# VERMILLON

## L'EMPIRE DES DAMNÉS

# VERMILLON

## L'EMPIRE DES DAMNÉS

LAURENT CHABIN

ÉDITIONS
MICHEL
QUINTIN

**Catalogage avant publication de Bibliothèque et Archives nationales du Québec et Bibliothèque et Archives Canada**

Chabin, Laurent, 1957-

L'empire des damnés

(Vermillon)

ISBN 978-2-89435-356-1

I. Titre.

PS8555.H17E46 2007 C843'.54 C2007-941618-7
PS9555.H17E46 2007

*Révision linguistique* : Sylvie Lallier, Éd. Michel Quintin
*Infographie* : Marie-Ève Boisvert, Éd. Michel Quintin
*Illustration de la couverture* : Jacques Lamontagne
*Illustration de la carte* : Claude Thivierge

Le Conseil des Arts du Canada
The Canada Council for the Arts
SODEC Québec
Patrimoine canadien Canadian Heritage

La publication de cet ouvrage a été réalisée grâce au soutien financier du Conseil des Arts du Canada et de la SODEC.

De plus, les Éditions Michel Quintin bénéficient de l'aide financière du gouvernement du Canada par l'entremise du Programme d'aide au développement de l'industrie de l'édition (PADIÉ) pour leurs activités d'édition.

Gouvernement du Québec – Programme de crédit d'impôt pour l'édition de livres – Gestion SODEC



ISBN 978-2-89435-356-1

Dépôt légal - Bibliothèque et Archives nationales du Québec, 2007
Dépôt légal - Bibliothèque et Archives Canada, 2007



Éditions Michel Quintin
C.P. 340, Waterloo (Québec)
Canada J0E 2N0
Tél.: 450 539-3774
Téléc.: 450 539-4905
www.editionsmichelquintin.ca

0 7 - G A - 1

Imprimé au Canada

*Le pouvoir ne se donne pas, il se prend.*
V. I. Ulia

VERMILLON
Île de la Couronne
Royaumes indépendants de Skand
Mogila
Petra
Tsarko
Peramma
Eka
La barrière de l'Ours
Marches de l'Ouest
Fleuve Nevki
Empire de Willem
Plaine du Gift (Atamans)
Zürn
Mer du Sud

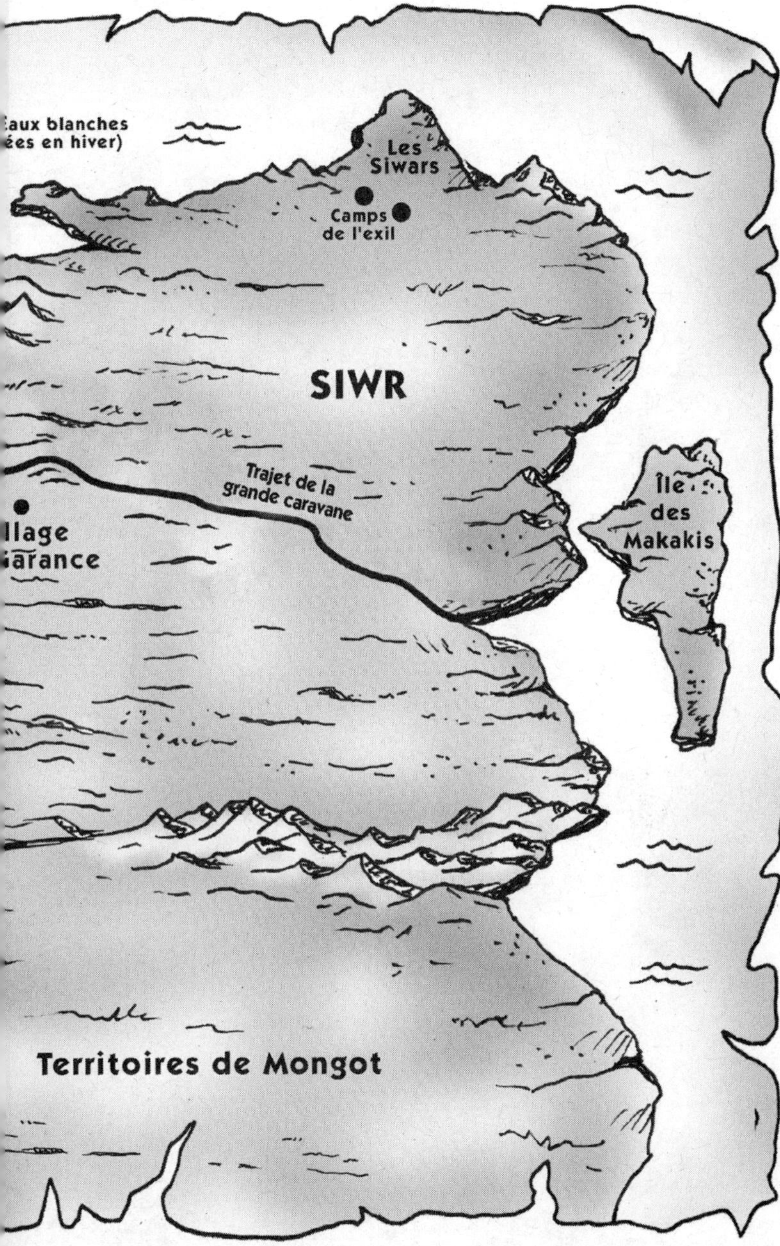

aux blanches
ées en hiver)
Les Siwars
Camps de l'exil
SIWR
Trajet de la grande caravane
llage
arance
Île des Makakis
Territoires de Mongot

# UN

Cette image me poursuivra jusqu'au bout : mon village en flammes dans le crépuscule, le rougeoiement du feu qui s'ajoute à celui du soleil couchant et irradie dans la nuit, les hurlements et les gémissements, le panache des chaumières qui se consument en torches cinglantes, les volutes noires et torturées qui montent à l'assaut des étoiles…

Le spectacle était terrifiant et splendide à la fois. C'était tout mon passé qui s'effaçait d'un seul coup. Un passé que je ne regretterais pas, avais-je alors pensé.

Debout à l'orée du bois, immobile et les pieds nus dans la boue gelée, je regardais les misérables chaumières disparaître au milieu de ces langues de feu qui léchaient le ciel comme pour lui fermer les yeux. Je suis restée là un long moment, face au brasier, sentant malgré la distance et le froid mordant la chaleur des flammes lointaines me caresser la figure. Puis je me suis mise en marche vers le village.

Lorsque je m'étais sauvée, ce matin-là, je ne soupçonnais pas ce qui allait arriver. Je savais que les hommes de l'empereur ou les Atamans allaient venir puisque le village avait refusé de payer les taxes – à cause de la pauvreté des dernières récoltes –, mais je pensais qu'ils se contenteraient de pendre une dizaine de paysans et de fouetter les autres jusqu'au sang, après avoir violé quelques femmes et battu des enfants. La routine...

Pourtant, lorsque j'avais vu les agresseurs traverser les bois en une meute effrénée, faisant claquer leurs fouets et poussant des hurlements de bêtes, j'avais compris que leur haine n'était pas ordinaire. J'avais remarqué, également, qu'il ne s'agissait ni des Atamans ni des hommes de l'empereur, et je m'étais demandé qui ils étaient. Je ne l'apprendrais que plus tard.

Puis j'avais pensé au village, à mes parents. J'avais aussi pensé à Koulak, et j'avais souri. « Ils vont le pendre, ce gros porc », m'étais-je dit avec un frémissement de satisfaction.

Les flammes s'étaient considérablement affaiblies, ayant dévoré presque tout ce qui pouvait brûler de ce ramassis de taudis. Ma maison n'était plus qu'un tas de cendres, comme les autres. Les cadavres jonchaient la place parsemée de débris calcinés où mouraient des flammèches. Mes parents étaient sans doute là, eux aussi, parmi les voisins. L'odeur du sang et de la chair brûlée flottait, répugnante. Je ne pouvais pas rester ici, il n'y avait plus rien pour moi. Ce village, c'était déjà du passé.

Il ne restait debout, à l'écart des décombres, que les ruines de la grange de Koulak, la seule dont les murs étaient construits en pierre. La massive porte de bois avait été épargnée, elle aussi. La porte derrière laquelle se trouvaient les réserves que Koulak gardait pour lui alors que nous mourions tous de faim.

J'imagine que ce n'est pas par bonté d'âme que les assaillants ne l'avaient pas incendiée comme le reste. C'était pour qu'elle puisse soutenir, exposé à la vue de tous – mais de qui, puisqu'il n'y avait pas un seul survivant? –, le corps de Koulak, qu'ils y avaient cloué avec d'énormes clous de fer, bras et jambes en croix.

Je me suis approchée. À ma grande surprise, j'ai constaté que Koulak respirait encore. Son ventre avait pourtant été fendu d'un coup de sabre et ce qui en sortait n'était pas beau à voir. Mais sa poitrine continuait de se soulever faiblement.

Je l'ai regardé attentivement. J'avais l'impression que sa graisse répugnante dégoulinait le long de ses flancs couverts de mouches en dépit du froid hivernal, luisant sous la lumière rouge des dernières flammes. Tout à coup, son visage a tressailli. Il s'était aperçu de ma présence et avait vu la gourde que je portais toujours à ma ceinture. Ses lèvres desséchées se sont entrouvertes avec peine, son gosier s'est agité, a vibré d'un tremblement douloureux de crapaud. Il a réussi à murmurer, d'une voix presque inaudible :

— Garance, j'ai soif... À boire... S'il te plaît...

Je l'ai regardé un long moment dans les yeux et, pour toute réponse, je lui ai craché au visage. Puis je lui ai tourné le dos et je me suis éloignée. Je ne me suis pas retournée.

Sans l'intervention des mystérieux incendiaires, c'est ce jour-là que mes parents m'auraient livrée à lui. Le jour même de mes treize ans. Ils m'avaient vendue la veille, après de longues tractations dont j'avais parfois surpris des bribes en me cachant, au risque de recevoir le fouet à clous. Il n'y a rien de pire que ce fouet. J'avais déjà vu des paysans en mourir. C'est d'ailleurs ainsi que mouraient habituellement les Damnés, depuis des générations. Ça leur évitait de crever de faim ou de froid…

Koulak, à plusieurs reprises, avait déjà essayé de me… Rien que d'y penser, un frisson de dégoût m'a envahie. Ses grosses mains sales sur ma peau, grasses, poisseuses… Sa viande noire, son ventre, épais comme celui d'un Homme… C'était pourtant un Damné, lui aussi. Mais qui voulait vivre comme un Homme.

« Allons, c'est fini, maintenant », m'étais-je dit. Ce village n'est plus. La carcasse de Koulak nourrira les corbeaux. Celles des autres également. Mais moi, les corbeaux ne m'auront pas.

J'avais souvent voulu mourir, au cours de toutes ces années, pour ne plus souffrir. Ce jour-là, pourtant, je me sentais libre et je voulais vivre. Loin de cette tourbe, loin de ce village de gueux. Loin des Damnés.

La plaine, autour de moi, n'en finissait pas de disparaître dans l'ombre. Je ne savais pas, à l'époque, jusqu'où elle s'étendait, jusqu'où s'étendait l'empire de Vermillon. Jusqu'au bout du monde, qui sait?

Alors, c'est là que j'irai, avais-je décidé. Aussi vrai que je m'appelle Garance.

Je me suis mise en marche, dans la direction où le soleil venait de se coucher, et je me suis enfoncée dans la nuit.

# DEUX

Je n'avais jamais connu autre chose que les interminables plaines de Siwr, qui appartiennent à l'empire de Vermillon. Koulak prétendait qu'on pouvait marcher pendant des mois et des mois vers le soleil levant sans en atteindre le bord. Au nord, les plaines se perdent dans les glaces des Eaux Blanches, mais j'avais entendu dire que les malheureux qui s'y aventuraient avaient toutes les chances de mourir de froid et d'épuisement avant d'y parvenir.

Au sud, elles se terminent là où commençaient les irréductibles territoires de Mongot, dominés par des peuples sauvages dont la cruauté, disait-on, n'avait d'égal que le nombre. Heureusement, les Atamans de la plaine du Gift, dont seul l'empereur Roman avait su dompter les terribles armées et s'assurer leur service, leur interdisaient toute incursion dans les immenses domaines de Vermillon.

Vers le couchant, les plaines sont arrêtées par la Barrière de l'Ours, qui court du nord au sud en une muraille naturelle ininterrompue. C'était là-bas, au-delà de la montagne, que résidait Roman, tyran de

Vermillon, au milieu de sa cour et de ses soldats d'élite.

Les vieux du village racontaient que Roman avait toujours été là et qu'il avait été placé sur le trône de Vermillon par Rus lui-même, afin de régner sans partage sur les Damnés. C'étaient d'ailleurs les prêtres de Rus qui, très souvent, transmettaient les ordres de Roman. Ils étaient tout à la fois son œil et sa bouche. Pour la main, les Atamans s'en chargeaient avec une violence implacable qui leur valait la peur, sinon le respect, des Damnés.

Les Damnés, eux, avaient toujours vécu sur ces terres ingrates qui suffisaient à peine à les nourrir. On disait qu'ils étaient nés avec elle. Ils en avaient la couleur et l'aspect, en tout cas : peau grisâtre et terreuse, membres courts et tordus par les longs labeurs, visage inexpressif et las. C'étaient de pitoyables créatures rampantes et attachées à un sol aussi épuisé qu'elles-mêmes. L'image de ces déshérités me mettait sur la piste d'une divinité fétide…

D'après mes parents, qui refusaient de pratiquer son culte, Rus n'était pourtant qu'un imposteur. Envoyé, peut-être, par le véritable créateur du monde pour éprouver ses créatures. Ou exilé dans ces plaines désolées dont aucun autre dieu n'aurait voulu…

Ils soutenaient que Roman, il y a bien longtemps, était venu de l'Ouest avec ses cavaliers et qu'il s'était tout simplement emparé de Vermillon en en chassant les dernières hordes de Mongot, qui avaient autrefois régné en maîtres sur les steppes de Siwr.

Mes parents prétendaient également que nous n'étions pas nous-mêmes des Damnés, même si nous leur ressemblions en tous points, ou presque. Les villageois nous nommaient « ceux du Bund » et, en effet, ils ne nous aimaient guère. Mais, habituellement, ils étaient à ce point abrutis par les travaux des champs, par le madogue et par leur propre misère qu'ils nous laissaient tranquilles, et il fallait que leurs conditions de vie deviennent atrocement insupportables pour qu'ils osent s'en prendre à nous physiquement.

C'était arrivé à quelques reprises, notamment à l'époque qui avait précédé ma naissance, lorsqu'une famine d'une ampleur sans précédent avait sévi dans tout l'empire. Cette année-là, les récoltes avaient été désastreuses et les sbires de Roman s'étaient emparés de la quasi-totalité de ce que les villages avaient pu sauver, laissant les Damnés mourir de faim.

Koulak, mes parents et quelques autres avaient survécu en enfouissant des sacs de grains sous la terre, courant le risque de se faire rouer et écorcher vifs si les hommes de Roman les avaient découverts. Je crois d'ailleurs que les prêtres de Rus, au village, avaient pris pour eux-mêmes la moitié des vivres en échange de leur silence.

Cette période avait été une véritable catastrophe pour les Damnés, à qui même les rebelles qui luttaient contre Roman avaient refusé leur aide, comme je ne devais l'apprendre que bien des années plus tard, à ma grande stupéfaction. Roman et les siens avaient continué de vivre dans l'opulence et de nombreuses émeutes avaient éclaté dans tout l'empire, provoquant la naissance de groupes violents issus tant des Damnés que de certains Hommes hostiles au pouvoir de Roman.

Ces Hommes, j'en avais vu quelques-uns au village, où ils étaient venus haranguer les Damnés et leur demander de les rejoindre dans la rébellion. Mais, même s'ils maîtrisaient parfaitement le langage, comme tous les Hommes, ceux-là étaient minces et n'avaient pas l'arrogance des sbires de Roman, ni le pouvoir de contraindre. Les paysans les avaient écoutés d'une oreille distraite, sourds à tout propos qui n'avait pas trait à la nourriture et à la terre qu'ils travaillaient. Les rebelles étaient repartis, poursuivis par les prêtres de Rus, et les villageois avaient continué à mourir de faim et de froid.

Ceux qui avaient survécu faisaient peur à voir et les Hommes qui contrôlaient et possédaient les domaines où ils travaillaient évitaient de sortir de leurs manoirs fortifiés.

Les Damnés avaient le visage couvert de poil et ils étaient plus petits que les humains. Leurs mains et leurs pieds nus, aux ongles torturés, étaient noirs et crevassés. Leur corps difforme disparaissait sous des haillons ou des peaux rapiécées et sales. Ils me faisaient parfois l'impression de pustules qui auraient éclaté à la surface de la terre et qui auraient pris forme en une sorte de parodie d'apparence humaine.

Un jour, à l'époque de la grande famine, de jeunes Hommes venus de l'autre côté de la Barrière de l'Ours avaient tenté de convaincre les Damnés et ceux du Bund qu'il fallait refuser désormais les ordres de l'empereur, chasser les maîtres et prendre leur place. Ils leur avaient expliqué qu'alors ils grandiraient et qu'ils deviendraient aussi fort que les humains, et qu'ils n'auraient plus à obéir à personne.

Tous s'étaient méfiés de ces belles paroles, se demandant ce qu'elles cachaient. Roman, d'après eux, était foncièrement bon et il allait bientôt entendre leurs plaintes. Ainsi ils auraient à manger et pourraient continuer à vivre comme avant. Les jeunes Hommes avaient été chassés. Les prêtres de Rus riaient sous cape.

La vie avait continué comme avant, en effet. Aussi misérable, aussi précaire. Et le travail avait repris. Avec les fouets.

La famine, pourtant, avait eu un effet inattendu. Leur main-d'œuvre décimée, les maîtres des châteaux s'étaient vus au bord de la faillite et ils avaient dû consentir à céder une partie de leurs terres, les plus mauvaises, à certains Damnés – parmi lesquels Koulak –, en échange de quoi ceux-ci s'engageaient à leur reverser une partie non négligeable des récoltes. Ceux du Bund – dont mes parents – avaient été exclus de cette distribution.

Les Damnés s'étaient réjouis, au début, de voir que l'un des leurs avait été capable de prendre aux maîtres une partie de leur patrimoine, auquel ils avaient toujours été attachés comme des bêtes de somme. Leur sort, pensaient-ils, allait en être amélioré. Mais leurs illusions n'avaient pas duré. Koulak, étant passé de l'autre côté, était devenu un maître comme les autres. Les Damnés qui travaillaient ses champs n'avaient pas vu la différence. Les coups qui leur cinglaient le dos étaient restés les mêmes.

Koulak s'était rasé le visage, avait abandonné ses oripeaux et s'était mis à porter des bottes, même en été. Ses avis n'étaient plus des avis, mais des commandements;

ses désirs n'étaient plus des désirs, mais des ordres. Il ressemblait maintenant, dans ce qu'il avait de pire, à un Homme…

Je l'avais vu pour la première fois alors que je n'avais que cinq ans. C'était à l'occasion d'un mariage et, ce jour-là, personne ne devait travailler, même les enfants. La mariée était une jeune Damnée malingre et pâle, qu'on avait coiffée le matin de cette sorte de voile grossier qui lui couvrait étroitement les cheveux et les oreilles, et qu'elle ne quitterait plus jusqu'à sa mort.

Après un banquet en plein air durant lequel le madogue, cette boisson qui rend fou et aide les Damnés à supporter leur misère, avait coulé à flots, on avait sauvagement balayé des tables les restes de victuailles et on y avait couché la jeune femme, dont les parents avaient eux-mêmes relevé les jupes au-dessus de la taille.

Le mari, un jeune Damné d'une maigreur à faire peur et dont le visage semblait avoir été taillé dans un morceau de bois, avait été poussé devant elle et, encouragé par les hurlements des villageois ivres de madogue, il s'était déculotté sous les rires gras de l'assistance.

Mais, trop faible, trop intimidé ou trop ignorant, il n'avait pas réussi à accomplir l'acte qu'on attendait de lui. Koulak s'était alors approché et l'avait écarté d'un geste brutal. Dénudant son ventre, qui m'avait paru énorme, il s'était couché de tout son long sur la pauvre fille, dont les hurlements avaient été aussitôt couverts par ceux de la foule.

Après une gymnastique effrénée, beuglant et bavant, Koulak s'était relevé puis, agrippant la mariée par les cheveux, il lui avait donné un coup de pied au ventre et l'avait traînée devant son mari, qui avait assisté à la scène, blême de honte. Il lui avait déclaré, d'un ton méprisant :

— Voilà comment tu devras la traiter si tu veux qu'elle te respecte. Prends-en de la graine.

Les vieux avaient hoché la tête en riant de tous leurs chicots, puis on n'avait plus prêté attention aux jeunes mariés, qui avaient disparu.

Avec les années, comprenant que leur sort ne s'améliorerait jamais, mes parents avaient commencé à courtiser Koulak. J'étais leur seul enfant et, à leur grand désespoir, j'étais une fille. Maigre capital… J'avais surpris plus d'une fois leurs conciliabules avec Koulak, qui jetait alors vers moi des regards appuyés et luisants. J'étais encore trop jeune pour comprendre exactement ce que signifiaient ces regards, mais plus assez pour ne pas me rendre compte qu'ils m'évaluaient comme une simple marchandise.

Je devinais que, tôt ou tard, et d'une façon que je ne me représentais pas encore avec précision, j'allais lui appartenir. Cette seule idée me révulsait et, chaque nuit, couchée sur la paille avec les chèvres et les poules, bercée par le ronflement de mes parents accablés de fatigue, je pleurais en silence.

Crispée dans les ténèbres, je me rappelais la jeune mariée étouffant sous le lard de ce gros porc, les yeux remplis de larmes; soumise, cependant, car son refus l'aurait exposée à des châtiments autrement plus cruels.

Après la « cérémonie », m'étant approchée de la table, j'y avais vu des traces de sang et je n'avais pas pu faire trois pas sans aller vomir. Depuis, je ne pouvais plus voir Koulak, même de loin, sans éprouver un frisson glacé.

Lorsque la vente avait finalement été conclue, mon monde – ce monde misérable – s'était écroulé d'un seul coup. Le lendemain, avant l'aube, je m'étais sauvée dans les bois.

Ce n'est que le soir, osant enfin me rapprocher du village, que j'avais assisté à sa destruction par le feu et savouré le spectacle de Koulak éventré et cloué sur la porte de sa propre grange.

# TROIS

La nuit était complète. Vers l'ouest, le ciel s'était totalement obscurci et, dans mon dos, les ruines du village incendié n'émettaient plus qu'une rougeur trop pâle pour éclairer mon chemin.

J'avais choisi de me diriger en m'aidant des étoiles. Tcherny, un jeune Damné d'une dizaine d'années plus âgé que moi, m'avait montré comment les étoiles dessinaient dans le ciel nocturne des formes qui se répétaient nuit après nuit et suivaient perpétuellement le même trajet sur la voûte céleste.

Au village, Tcherny avait été le seul être à me considérer autrement que comme une paire de bras destinés à travailler la terre. Il avait deviné mon caractère rêveur, que je m'appliquais pourtant à dissimuler du mieux que je le pouvais pour éviter le fouet. Il venait parfois me voir, le soir, et me montrait avec une douceur à laquelle je n'étais pas habituée des choses que jamais je n'aurais eu le loisir de remarquer sans lui.

— Tout ceci est à nous, me disait-il à voix basse en me désignant le ciel.

— Comment est-ce possible? répondais-je en secouant la tête. Rien ne nous appartient.

— Pas encore, Garance, pas encore. Mais le jour viendra, tu verras.

J'ignorais où Tcherny était allé chercher des idées pareilles, mais elles me consolaient parfois de l'âpreté de mon existence.

Il avait disparu sans prévenir, peu de temps après la visite d'un de ces jeunes Hommes qui venaient encore d'au-delà de la Barrière de l'Ours, parfois, pour tenter de pousser les Damnés à la rébellion. J'ignorais alors qui ils étaient, tout comme j'ignorais que, quelques années plus tard, ils allaient bouleverser ma vie et celle de millions d'autres.

Pour le moment, cependant, j'étais seule au monde, perdue dans la nuit, n'ayant pour tout trésor que le reste d'un croûton de pain que j'avais volé chez moi le matin même avant de me sauver. Tout ce que je savais, c'était qu'à plusieurs jours de marche se trouvait Tobol, la grande ville, et que j'y dénicherais peut-être quelque chose à manger.

En attendant, je devais voyager de nuit. L'incendie de mon village allait certainement provoquer une réaction des hommes de l'empereur. Ou, plutôt, des Atamans. Les armées de Roman répugnaient à se déplacer si loin dans les plaines de Siwr. Les Atamans, au contraire, s'y sentaient à l'aise. Ils pouvaient s'y livrer aux pires exactions sans risque de représailles et ils avaient l'habitude d'en profiter sauvagement.

Je n'avais vu qu'une seule fois des Atamans, des années auparavant. Je n'étais âgée que de quatre ou cinq ans, je crois, mais ils m'avaient laissé un souvenir ineffaçable et terrifiant.

Ils faisaient corps avec leur monture, à ce point que, pendant longtemps, j'avais cru qu'ils étaient des sortes de monstres à deux bras et quatre pattes, moitié humains, moitié chevaux. En fait, je crois qu'ils en descendaient à peine pour dormir ou pour se reproduire, et encore suis-je quasi certaine qu'ils se livraient à ces deux activités, aussi souvent que possible, sans mettre pied à terre.

Beaucoup moins velus que les Damnés, les Atamans ne laissaient pousser sur leur visage que de longues tresses noirâtres, de chaque côté de la bouche. Cela leur donnait un air féroce qu'ils utilisaient pour épouvanter les populations de Damnés chaque fois qu'ils en avaient l'occasion.

Ces occasions leur étaient données, notamment, lorsque les villages ne pouvaient s'acquitter du tribut annuel dû à Roman, à cause de la pauvreté des récoltes. Les années de sécheresse, surtout, la situation devenait intolérable pour les Damnés, qui avaient déjà en temps normal le plus grand mal à tirer leur propre subsistance d'un sol maigre et fatigué. À la faim s'ajoutaient alors les punitions des maîtres et les raids des Atamans, qui prenaient un plaisir évident à battre et à violer. Telle était la malédiction des Damnés de Siwr : mourir de faim, ou mourir pendu ou empalé par les Atamans.

Lorsqu'ils étaient arrivés au village, il y a un peu moins d'une dizaine d'années, alors que les Damnés tenaient à peine debout à cause des privations, je m'étais cachée sous une carriole renversée sur la place du village. Le galop furieux des Atamans avait provoqué la panique et les Damnés de tous âges couraient dans tous les sens, pour le plus grand plaisir des Atamans qui s'amusaient à les prendre en chasse comme un simple gibier.

Lorsqu'ils attrapaient un vieillard, ils lui arrachaient ses hardes et le ficelaient à un arbre, visage contre l'écorce, avant de le fouetter jusqu'au sang. Ils n'arrêtaient la torture que lorsque le corps du supplicié, sans force, n'était plus retenu debout que par les liens qui lui enserraient les poignets.

Les femmes, ils les attachaient par les mains ou par une jambe et les traînaient à cheval tout autour de la place jusqu'à ce qu'il ne leur reste plus sur le corps ni peau ni vêtements.

Paralysée par la peur, j'avais fermé les yeux avant d'apprendre quel traitement ils réservaient aux enfants. Je ne les avais rouverts qu'après leur départ, alors que plusieurs masures flambaient comme des torches, que les villageois pleuraient leurs morts et que les prêtres de Rus ânonnaient des prières stupides en répétant sans cesse que le seul salut pour les Damnés résidait dans la soumission inconditionnelle à l'empereur Roman.

À présent, seule survivante de ce village maudit, je n'avais plus que deux obsessions : trouver de quoi manger et échapper aux Atamans. Je me demandais si je tiendrais jusqu'à Tobol.

Dans la plaine alternaient les maigres cultures des villages environnants et les marais où, parfois, disparaissaient les Damnés qui ne supportaient plus l'oppression du tyran ou celle du village. On en retrouvait parfois le corps, des mois ou des années plus tard, terriblement amaigri et presque parfaitement conservé dans la tourbe.

Cependant, malgré le danger, c'était évidemment en passant par ces marais que j'aurais le plus de chance d'arriver saine et sauve à Tobol. Là-bas, bien sûr, les dangers seraient d'un autre genre, mais j'aurais tout le temps d'y songer en chemin, si toutefois j'y parvenais.

En attendant, il me fallait affronter les fonds traîtres et puants du marécage. Les derniers champs contournés, j'avais encore dû traverser une large étendue pierreuse et truffée d'herbes épineuses avant d'arriver aux premiers roseaux qui gardaient les tourbières, manquant de me briser à chaque pas les pieds sur la rocaille glissante et froide.

Les longs balais des roseaux, qui m'avaient paru si jolis au grand soleil, lorsque j'étais petite, me frôlaient le visage et paraissaient se détacher de leur pédoncule pour se glisser dans mon cou et descendre dans mon dos ou sur ma poitrine.

Une odeur fade et écœurante émanait du marécage. À tout moment, je posais mon pied nu sur quelque chose de mou et de visqueux, me demandant en réprimant un frisson s'il s'agissait d'un crapaud ou d'un cadavre en putréfaction. J'avançais en dépit de mon dégoût, respirant le moins possible, imaginant Tobol et les banquets somptueux que j'y ferais peut-être.

Mais Tobol était encore loin. À droite, à gauche, en avant ou en arrière, ce n'était que fonds vaseux et incertains, clapotis inidentifiables, grognements et sifflements aussitôt éteints. Quelle faune de cauchemar vivait là-dedans?

Finalement, je me suis rendu compte qu'il m'était impossible de faire un pas de plus dans ce grouillement répugnant sans risquer d'y glisser pour de bon et d'y disparaître, avalée par cette créature immense, vorace et sans cesse fuyante qu'était le marécage.

Je suis restée longtemps immobile, tremblante, sentant sur mes jambes à demi immergées les caresses de choses ignobles et invisibles. Avec Koulak, au moins, je savais qui détester…

Au bout d'un temps qui m'a paru une éternité, la lune s'est levée et j'ai pu contempler la morne étendue liquide. J'ignorais par où j'étais venue et il m'a fallu un bon moment avant de songer que, une fois de plus, je ne pouvais faire confiance qu'aux étoiles.

Le marécage paraissait sans fin et je commençais à comprendre à quel point je m'étais fourvoyée en pensant être capable de le traverser. Me fiant aux constellations, j'ai donc rebroussé chemin, avec l'idée de contourner l'immense bourbier plutôt que de le traverser. À la moindre alerte, à la moindre menace, je pourrais toujours m'y jeter en attendant que le danger disparaisse.

Lorsque je suis enfin arrivée à mon point de départ, l'est rosissait légèrement. Je me suis recroquevillée parmi les roseaux dont j'ai essayé tant bien que mal de me faire une sorte de tapis pour m'isoler de l'humidité. Puis j'ai sombré dans un sommeil agité.

C'est le soleil de midi qui m'a réveillée. Je me suis relevée brusquement. Le seul bruit était celui du vent dans les roseaux. La plaine, vers l'est, était déserte. Je me suis mise en marche vers le nord, suivant du plus près possible le bord du marécage.

Pendant les deux jours suivants, je n'ai eu pour seuls tourmenteurs que la faim et la soif. Il a bien fallu, pourtant, que je me résigne à boire un peu de cette eau boueuse et fétide. Pour la nourriture, il m'était arrivé bien des fois de ne rien avoir à manger pendant plusieurs jours. Par manque de provisions, ou par punition.

À la fin du troisième jour, je suis parvenue à une route, un chemin pierreux, plutôt, qui continuait vers le nord-ouest alors que la bordure du marais s'estompait vers l'ouest. La route de Tobol? Sans doute. Tobol était la seule ville dont j'avais jamais entendu parler, en dehors de Petra, la lointaine capitale de l'empire de Vermillon.

La nuit allant bientôt tomber, j'ai jugé préférable de ne pas m'engager tout de suite sur le chemin. La proximité du marécage, dans lequel je pouvais me cacher en cas de danger, me rassurait un peu. J'ai donc passé la nuit du mieux que j'ai pu, roulée en boule à l'abri des roseaux. Le lendemain, cependant, il me faudrait bien me résoudre à quitter le marais.

Le soleil levant m'avait réveillée. Je grelottais de froid et ma faim était insupportable. Je crois que, si des Atamans avaient surgi à ce moment-là sur la route, je me serais livrée à eux pour une bouchée de pain. Mais la plaine était déserte et je n'avais d'autre ressource que de suivre ce tracé droit et poussiéreux qui rayait l'immense solitude.

Surmontant ma faiblesse, je me suis donc mise en route. Je savais, pour avoir déjà éprouvé cette sensation, que des éblouissements et des hallucinations allaient bientôt s'emparer de moi. Si je ne trouvais pas de quoi manger le jour même, j'allais devenir folle.

Vers midi, alors que le soleil commençait à cogner vraiment fort, j'ai aperçu, plaquée comme une croûte sur la surface de la plaine, ce qui m'a semblé être une ferme. Harcelée par la faim, je me suis dirigée vers elle sans hésiter. Le sol caillouteux rendait la marche malaisée, mais j'avais vu bien pire et ce n'étaient pas les pierres coupantes qui m'empêchaient de courir, mais la faiblesse de mon corps sous-alimenté.

En approchant, je me suis rendu compte qu'en fait de ferme, il s'agissait d'un hameau. Une poignée de masures misérables ressemblant en tout point à celle où j'avais vécu avec mes parents. Aucun signe de vie, apparemment. Les champs se trouvaient sans doute de l'autre côté et les Damnés devaient déjà y être au travail, courbés sur la terre ingrate ou extrayant la tourbe des marécages.

C'était une aubaine que je ne pouvais pas laisser passer. Je trouverais certainement du pain dans une de ces bâtisses grossières, peut-être aussi du fromage ou des œufs. Abandonnant toute prudence, je me suis donc précipitée vers la plus proche des cabanes.

La porte, bien entendu, était ouverte. Il n'y a pas grand-chose à voler chez les Damnés et, quand bien même cela arriverait, les châtiments encourus par les voleurs sont tels qu'ils découragent toute tentative.

J'avais assisté, à deux ou trois reprises, dans mon village, à la punition de pauvres gens qu'on avait pris la main dans le sac. Un homme, qui avait dérobé un cheval, avait été soumis à un supplice très apprécié par les Damnés, qui étaient friands d'un tel spectacle.

Le voleur avait été cousu dans un sac de toile auquel on avait attaché une longue corde, qu'on avait fait passer sur la branche d'un gros arbre. Le sac et son contenu avaient été hissés à l'arbre, le plus haut possible. Puis on les avait brusquement relâchés. Le voleur s'était écrasé sur le sol, dans un hurlement de douleur, puis on l'avait aussitôt remonté à l'arbre, d'où on l'avait immédiatement relâché. Le jeu s'était continué longtemps, jusqu'à ce que les cris du supplicié ne soient plus qu'un gémissement continu et lancinant.

Le sac qui, au début, était déformé à chaque chute par les mouvements du voleur, était maintenant immobile. Les membres brisés, le malheureux avait été extrait du sac et abandonné à l'extérieur du village. Je ne sais pas ce qu'il était devenu.

Une autre punition courante consistait à faire sauter les yeux du condamné avec les pouces, qu'on enfonçait dans les orbites et qu'on tournait d'un mouvement sec. Le spectacle était bref mais, pendant les jours suivants, l'infortuné qui errait dans le village avec ses orbites creuses et sanglantes était un rappel à l'ordre constant et efficace aux villageois.

Je savais donc ce qui m'attendait si je me faisais prendre, d'autant plus que, chez les Damnés, femmes ou enfants n'étaient pas mieux traités que les mâles. Au mieux, on m'arracherait mes vêtements et on m'attacherait à l'arrière d'une carriole qui me traînerait dans tout le village, dont les habitants me lanceraient des pierres jusqu'à ce que je ne sois plus qu'une loque sanglante.

Pourtant, la faim qui me torturait était la plus forte. Mourir pour mourir, autant que ce soit le ventre plein, me disais-je. J'ai donc poussé doucement la porte et pénétré dans la cabane.

Je n'avais pas remarqué, au premier abord, que l'endroit était dépourvu des fétiches attachés au culte de Rus, qu'on retrouvait habituellement dans tout lieu habité par des Damnés. N'écoutant que mon estomac, je m'étais dirigée directement vers le garde-manger.

Victoire! Celui-ci contenait de quoi faire un festin : du pain, des fruits, et même un peu de fromage. Quelle aubaine! J'en aurais pleuré de joie. Mais à peine avais-je tendu la main vers ce trésor qu'une voix éraillée retentissait dans mon dos :

— Qui es-tu? Qu'est-ce que tu fais ici?

Le plafond se serait écroulé sur ma tête que je n'en aurais pas été plus assommée. Déjà, je voyais les bras vengeurs s'abattre sur moi, me saisir, m'emporter. J'entendais les cris de mort des Damnés exigeant qu'on me lapide, qu'on m'écorche, qu'on m'écartèle… Mais j'étais trop faible pour tenter de m'enfuir.

Avant de mourir, je voulais pourtant sentir encore une fois sur ma langue le goût du pain. Sans répondre à la voix aigre qui m'avait apostrophée, sans même me retourner, j'ai attrapé le quignon de pain et je l'ai porté à ma bouche.

Tout à coup, c'est comme si quelque chose avait explosé dans ma tête. Un violent éblouissement m'a aveuglée et je me suis écroulée sur le sol.

# QUATRE

Je me suis réveillée, en proie à l'hébétude, me demandant où je me trouvais. Enfer ou paradis? J'étais allongée, non pas sur le sol, mais sur une couche grossière faite de paille recouverte de peaux. Je n'osais pas ouvrir les yeux.

Un murmure, non loin de moi, a attiré mon attention. Sans bouger la tête, j'ai entrouvert un œil. Deux vieilles, sèches comme des coups de trique, étaient assises au pied de ma paillasse. Elles cousaient, tout en bavardant à voix basse. Leurs visages ridés et velus disparaissaient à moitié sous des foulards aux couleurs ternes qui leur retombaient sur les épaules.

Elles ne semblaient pas agressives pour le moment, mais j'hésitais à me manifester. Comment réagiraient-elles à mon réveil? N'allaient-elles pas se mettre à piailler pour ameuter les autres? Et quel serait alors mon sort?

Je ne pouvais cependant pas rester éternellement couchée sur ce grabat. La faim, par ailleurs, se faisait de nouveau sentir. J'aurais mangé la paille sur laquelle je reposais!

Une des deux vieilles a soudain relevé la tête. Avait-elle perçu le mouvement de mes paupières? Peu importe. Elle s'est relevée, abandonnant son ouvrage, et s'est approchée de moi tandis que l'autre me dévisageait d'un regard triste en murmurant :

— La pauvre enfant! La faim les chasse de plus en plus jeunes de chez eux.

J'étais surprise par cette réaction. Ouvrant tout à fait les yeux, j'ai essayé de m'accouder du côté droit en tremblant, tant mes membres étaient faibles. La femme debout est allée farfouiller dans un coin obscur de la pièce où elle s'est mise à remuer des pots et des ustensiles. Puis elle est revenue vers moi, portant un bol fumant qu'elle m'a tendu avec une sorte de sourire édenté.

De la soupe! Je n'ai pas pris le temps de réfléchir, de me demander si elle cherchait à m'engraisser avant de me faire battre – dans quelle intention, d'ailleurs? – ou si elle voulait tout simplement m'empoisonner. J'ai saisi le bol fébrilement et, sans même la remercier, je me suis brûlée les lèvres et le gosier en ingurgitant le liquide odorant.

Après avoir vidé le récipient presque d'un trait, au risque de m'étouffer, j'ai enfin relevé la tête et regardé autour de moi. La pièce était aussi misérable que celles que j'avais connues jusqu'alors, mais elle me semblait moins sale. Elle était également dépourvue, je m'en apercevais à présent, de tout objet lié au culte de Rus.

Les Damnés, en général, se méfiaient de Rus autant que de tout ce qui était étranger à leur minuscule vie quotidienne, mais ils craignaient ses prêtres. Aussi, aucune maisonnée ordinaire n'aurait osé se passer des amulettes et fétiches censés la protéger (la protéger de quoi, ça c'était une autre histoire; jamais Rus n'avait semblé effrayer les Atamans ou les hommes de l'empereur à l'heure des pillages et des viols...). L'absence des images sacrées ne pouvait signifier qu'une chose : les habitants de cette maison étaient du Bund.

La vieille qui m'avait servi la soupe caressait maintenant mon visage, prenant mon menton dans sa main, passant ses doigts entre mes cheveux hirsutes. Puis elle s'est mise à masser doucement mes pieds nus et sales, en hochant la tête, insistant sur l'orteil du milieu, beaucoup plus long que les autres. Ce sixième orteil, que je portais à chaque pied, m'avait valu jusqu'à ce jour d'innombrables sarcasmes de la part des Damnés. Je tenais cette caractéristique ridicule de mes parents, et je leur en avais longtemps voulu de m'avoir fait naître ainsi.

Alors la vieille a relevé les yeux vers moi et, dans un souffle, elle a chuchoté :

— Ainsi, tu es du Bund, toi aussi.

Que savais-je du Bund, à l'époque? Que j'en faisais partie, de même que mes parents. Que ceux du Bund étaient l'objet du mépris général, autant des Damnés que des Hommes ou des Atamans – sans parler des autres. Qu'ils refusaient le culte de Rus et n'avaient pas le droit de posséder de la terre. Mais qu'ils étaient indispensables à la communauté à cause de leur savoir dans certains domaines, savoir qui faisait défaut aux autres.

Nous n'étions pas vraiment des Damnés, même si nous vivions comme eux et souvent parmi eux. On nous reconnaissait à cet orteil supplémentaire et légèrement disproportionné, le troisième après le pouce. Quand les temps étaient durs, c'est à nous que les villageois s'en prenaient, puisqu'ils ne pouvaient atteindre Roman. L'empereur, loin de nous protéger, fermait les yeux. Ces persécutions faisaient d'ailleurs plutôt son affaire : plus on s'en prenait à nous, moins on remettait en question sa propre autorité.

Ceux du Bund, contrairement aux Damnés, n'étaient pas nés de la terre de Vermillon. Nous venions d'ailleurs, disait-on, d'une sorte de pays lointain et doré que nous avions quitté depuis d'innombrables générations, et ce mythe se transmettait sans interruption dans chaque famille.

— Pourquoi n'y retournons-nous pas? avais-je demandé un jour à ma mère, qui venait de tenter de m'endormir pour la centième fois avec cette fable inusable.

Elle s'était contentée de hausser les épaules et de détourner les yeux en soupirant avec tristesse. Pour moi, dès lors, ce rêve du pays perdu avait cessé d'être autre chose qu'une légende dérisoire destinée à nous faire supporter la souffrance en silence, et je n'y avais plus accordé aucun crédit.

Pour ma part, je n'étais rien de plus qu'une Damnée parmi les autres, avec un orteil supplémentaire mais sans davantage d'avenir ni d'espoir. L'avenir, mes parents avaient sans doute cru l'assurer pour moi en me vendant à Koulak, en me faisant accéder à ce monde où l'on avait à manger tous les jours et où l'on portait des souliers. Et où l'on pouvait finir, malgré tout, éventré et crucifié sur une porte de grange…

Cependant, je me rendais compte maintenant qu'il n'était pas si facile de quitter ceux du Bund. À cause de mes orteils, je leur appartenais aussi sûrement que si j'avais porté un insigne brodé sur ma blouse. La vieille venait de me reconnaître comme l'une des leurs, et cela semblait signifier quelque chose pour elle.

— Les Damnés s'agitent en ce moment, a-t-elle repris après avoir abandonné mon pied. Il ne fait pas bon être du Bund par les temps qui courent, n'est-ce pas?

— Les Damnés ont faim, ai-je répondu. La faim fait perdre la tête.

La vieille hochait la tête en souriant. Elle n'avait plus de dents et son sourire était hideux, mais je ne sentais en elle aucune animosité envers moi.

— Alors mange un peu et retrouve la tienne. Tu ne peux malheureusement pas rester ici. Nos maris et nos fils vont rentrer des tourbières, et ils ne seront pas heureux de trouver une nouvelle bouche à leur table. Va à Tobol. Si tu ne muses pas en route, tu peux y être dans deux jours. Ceux du Bund y sont plus nombreux qu'ici et ils pourront t'aider. Beaucoup partent au-delà de la Barrière de l'Ours. Il paraît que ça bouge, là-bas. Les choses sont en train de changer, à ce qu'on dit. Profites-en. Tu es jeune. Trop jeune pour mourir ici.

Sur ces mots, l'aïeule m'a donné un morceau de pain, des fruits séchés et, rare trésor, un petit bout de fromage.

La soupe m'avait redonné force et courage. J'aurais aimé rester un peu plus dans cette maison accueillante, mais je savais que je n'y serais pas longtemps la bienvenue et que la vieille risquait de recevoir une sévère correction si on s'apercevait qu'elle m'avait donné à manger.

Le soleil déclinait et les villageois n'allaient pas tarder à revenir. J'ai repris la route, me demandant ce que la paysanne avait voulu dire par « Il paraît que ça bouge, là-bas. »

Tcherny, avant de disparaître, m'avait parfois laissé entendre des choses semblables. Des hommes venus d'au-delà des Marches de l'Ouest, racontait-il, avait apporté l'espoir pour les Damnés. Dans les villes, surtout, les Damnés se regroupaient pour secouer le joug de Roman le tyran. Parfois, des hommes de Roman qui refusaient sa toute-puissance se joignaient à eux. Parmi ceux-ci, Ulia était le plus connu.

Ulia savait parler et il était capable de donner une voix aux Damnés qui ne savaient manifester leur désespoir qu'en meutes tonitruantes que les Atamans se chargeaient de disperser à coups de fouet et de pendaisons sommaires. Ulia mettait le feu avec ses discours incendiaires, puis il s'évanouissait et reparaissait ailleurs, poursuivant inlassablement ses activités subversives.

Ulia était pourchassé sans relâche par les espions de l'empereur et, quelques années auparavant, il avait été exilé dans les plaines de Siwr, avant de disparaître définitivement. Cependant, avait affirmé Tcherny, malgré l'éloignement et les cachots, Ulia continuait d'attiser la révolte contre Roman et son influence était restée intacte. Était-ce pour le rejoindre que Tcherny avait subitement disparu?

Les mots de la vieille m'avaient donné un regain d'énergie. Peut-être retrouverais-je à Tobol la trace de

Tcherny. Alors je ne serais plus seule. Tobol n'était déjà plus un but pour moi, mais une étape vers quelque chose de plus grand.

Le soleil déclinait sur l'horizon. Pleine d'une énergie nouvelle, je me hâtais vers le nord-ouest sans plus songer aux deux vieilles qui m'avaient pourtant nourrie sans rien me demander en échange.

Deux jours plus tard, j'arrivais à Tobol. Jamais je n'avais vu autant de maisons, autant de gens se presser dans les rues, autant de carrioles et de charrettes.

La plupart des habitants de la ville étaient des Damnés, mais je voyais aussi, pour la première fois, des calèches transportant des maîtres et leurs femmes, dont les toilettes me paraissaient somptueuses et invraisemblables. Leurs visages humains aux traits fins émergeaient de fourrures délicates, et leurs robes brodées brillaient davantage que les images dédiées à Rus dans les chaumières de Siwr.

S'écartant à leur passage, les Damnés baissaient la tête et semblaient disparaître dans leurs hardes informes et leurs blouses sales. Les maisons étaient en pierre et dépassaient en hauteur tout ce que j'avais vu jusqu'alors. Pieds nus dans la boue, mal fagotée dans mes haillons grisâtres, j'avais l'impression de n'être qu'une boule de crottin abandonnée par le plus laid des chevaux tirant l'une de ces calèches.

J'étais complètement désorientée. Où aller? Pourquoi telle direction plutôt que telle autre? Il n'y avait dans mon village qu'une cinquantaine de maisons en tout et pour tout. Celui où j'étais passée deux jours auparavant n'en comportait probablement qu'une vingtaine. Ici, au contraire, les rues avaient l'air de ne jamais devoir finir. Les habitants s'y pressaient sans me jeter le moindre regard, ou bien me bousculaient et, après un bref coup d'œil indifférent, reprenaient leur marche pressée.

Je me suis mise à errer au hasard. Très vite, j'ai évité les rues dont les maisons me paraissaient trop riches. Je ne m'y sentais pas à l'aise. Pas en sécurité... Les quartiers populaires m'attiraient davantage, avec leur foule crasseuse et agitée, leurs mendiants et leurs femmes dépoitraillées donnant un sein fripé à un bébé famélique, assises à même le sol ou sur le siège d'une carriole branlante.

J'avais l'impression d'être invisible. Ce n'était pourtant pas par indifférence qu'on m'ignorait, je le sentais bien. Il me semblait plutôt que l'extrême misère de ces Damnés leur avait enlevé toute curiosité. Je ne ressentais pas, à Tobol, cette méfiance à l'égard de l'étranger qui caractérisait les paysans. Les gens, dans ces taudis entassés les uns sur les autres, me paraissaient à ce point déshérités qu'ils n'avaient plus rien à perdre et, partant, se fichaient pas mal de la présence d'une jeune fille inconnue dans les parages. Ils ne me voyaient même pas.

Le cœur serré, me demandant où j'allais passer la nuit dans cet environnement qui ne m'était pas habituel, je continuais de m'égarer dans des ruelles nauséabondes et tortueuses, perdant le peu d'espoir qui m'avait amenée jusqu'ici.

La nuit allait bientôt tomber. La peur, peu à peu, remplaçait mes autres sentiments. Avec l'ombre naissante, les visages inexpressifs devenaient agressifs, les silhouettes furtives se faisaient menaçantes. Des Damnés si maigres qu'ils ressemblaient à des spectres surgissaient à mes côtés et s'évanouissaient presque aussitôt sous des porches ténébreux, après m'avoir lancé des regards inquiétants.

La panique s'emparait de moi. Je marchais de plus en plus vite, courant presque, trébuchant sur des obstacles que je ne parvenais pas à identifier. J'avais le sentiment que, derrière moi, la foule commençait à se former pour me poursuivre, mais j'avais tellement peur que je n'osais pas me retourner.

Parvenue à un carrefour, j'ai aperçu au loin une faible lumière rouge. Sans la moindre raison, j'ai alors pensé que, si je réussissais à l'atteindre, je serais sauvée. J'ai accéléré autant que me le permettait ce qui me restait d'énergie et je me suis dirigée vers la lumière, tandis qu'autour de moi vacillaient des ombres sinistres et malveillantes.

La lumière était toute proche maintenant. Elle émanait d'une sorte de lampe à huile au faisceau tremblotant, enfermée dans un habitacle de verre dépoli et rouge. La lampe était suspendue au-dessus d'une porte massive de bois renforcé de ferrures et de clous de fer. La porte était abritée par un porche de pierre de taille qui me paraissait être une véritable forteresse.

Cependant, au lieu d'être enfin rassurée, je me suis brusquement sentie submergée par une terreur renouvelée. Que pouvait être ce bâtiment fortifié et rébarbatif, sinon une prison?

Tout était perdu. Des Atamans ou des sbires de l'empereur allaient en jaillir et m'y entraîner avant que j'aie le temps de pousser un cri, ils me jetteraient dans un cachot souterrain et je disparaîtrais définitivement de la surface de ce monde sans que personne le sache. Le sang, à mes tempes, battait si fort que j'étais à deux doigts de m'évanouir.

Alors, la porte s'est ouverte sans bruit et une haute silhouette est apparue. J'aurais dû m'enfuir, mais je suis restée là, bouche bée, paralysée par la peur.

Le personnage qui se tenait devant moi était indubitablement un Damné, mais ses yeux bleus et perçants étaient fixés sur moi avec une telle intensité que j'étais incapable de prononcer le moindre mot.

Les yeux me déshabillaient avec une impudeur dont je n'avais jamais eu la moindre idée auparavant. Même les regards vicieux de Koulak n'avaient pas su m'atteindre ainsi. Koulak était un porc qu'il suffisait de toiser avec mépris pour le rabaisser. Mais celui qui me faisait face avait plutôt l'air d'être issu d'un autre monde, d'un monde puissant et supérieur contre lequel je ne pouvais rien. Toute ma volonté avait disparu.

Après un temps qui m'a paru interminable, le mystérieux personnage a esquissé un sourire étrange et a déclaré, d'une voix profonde qui m'a fait tressaillir :

— N'aie pas peur, petite sœur. Je t'attendais. Viens avec moi.

Puis il m'a prise par la main et, sans que je puisse offrir la moindre résistance, il m'a entraînée avec lui. La porte s'est refermée derrière moi, claquant avec un bruit sourd qui était celui de l'enfer.

# CINQ

Les couloirs étaient sombres et brillants, comme si l'humidité des murs n'avait jamais eu le temps de sécher depuis des années. Je suivais la haute silhouette de l'inconnu sur les dalles inégales et glissantes. L'odeur qui régnait là était épouvantable.

Tout à coup, nous avons débouché dans une vaste salle éclairée par plusieurs flambeaux fixés aux murs. Plusieurs Damnés se trouvaient là, debout, dans la salle dépourvue de tout mobilier à l'exception de longs bancs de bois placés contre les murs.

Entre chaque flambeau, on avait accroché des images peintes dont chacune représentait une scène de combat entre des personnages ailés, les uns d'un blanc immaculé, les autres d'un rouge violent et sombre. L'avantage me paraissait être du côté des blancs. Leurs ennemis, dont les visages torturés exprimaient la souffrance et la haine, étaient des Damnés aux figures grotesques et répugnantes.

Une porte s'ouvrait dans le mur du fond, sur la gauche. Je ne pouvais pas voir où elle menait, mais j'entendais, provenant de pièces lointaines, des cris qui me faisaient froid dans le dos. Pas des cris de douleur ou de désespoir, pourtant, comme je m'y serais attendue. Des cris… étranges. Rauques ou aigus, sourds ou stridents. Des rires déments, des soupirs hystériques, des grognements de fauves…

Celui qui m'avait amenée là m'a enfin lâché la main. Je suis néanmoins restée immobile. Les autres ont tourné leur visage vers moi, me dévisageant, selon les cas, avec indifférence ou hauteur. Mais je devinais que, au moindre geste, ils n'hésiteraient pas à se jeter sur moi sans merci.

Un poil long et dru leur mangeait le visage. Tous étaient vêtus de grossières robes de bure et de longs capuchons à demi rabattus sur la figure. Ils ne portaient ni bottes ni souliers. Machinalement, j'ai regardé leurs pieds. Des pieds de Damnés, épais, cornés et sales, avec les talons crevassés. D'instinct, j'ai crispé les miens pour essayer de rentrer mes orteils…

L'un d'eux s'est mis en mouvement vers moi et, lorsqu'il s'est trouvé assez près, il a tendu une main maigre et sèche pour me toucher la poitrine sans ménagement, comme un paysan tripote le pis d'une chèvre, au marché, avant de l'acheter. Très vite, l'homme aux yeux bleus m'a agrippée par le bras et m'a brutalement tirée vers lui.

— Elle est à moi, a-t-il déclaré. C'est moi qui l'ai trouvée.

L'autre s'est arrêté, interdit.

— Qu'est-ce qui te prend, Efi? Elle n'est pas plus à toi qu'à moi ou à quiconque. Les Khlystys ne peuvent rien posséder, tu le sais bien. Amène-la plutôt avec les autres. Pour le bien commun…

Le dénommé Efi ne me lâchait pourtant pas. Sa main de fer me broyait le bras et je n'allais pas pouvoir retenir longtemps mes larmes.

L'homme encapuchonné avait prononcé le nom de Khlysty. J'avais entendu ce mot une fois ou deux, il y avait très longtemps, mais j'ignorais de quoi il s'agissait. Affamée comme je l'étais en permanence, et ayant parfois entendu raconter d'horribles histoires à ce sujet, j'imaginais une secte de cannibales de la pire espèce.

De telles choses arrivaient quelquefois, dans les régions reculées des plaines de Siwr. Durant les périodes de disette, certains Damnés en mangeaient d'autres, qu'ils allaient tuer dans des villages voisins. Cependant, selon ce qu'on racontait, jamais les Damnés n'auraient mangé une personne du Bund. Non par crainte de représailles, mais plutôt en vertu d'une sorte de tabou. Apparemment, nous n'étions pas comestibles… Y avait-il là une façon de sauver ma peau?

J'étais sur le point de dévoiler ma nature en exhibant mes orteils quand un bruit s'est fait entendre dans mon dos. La porte de la rue venait de s'ouvrir. Quelques instants plus tard, un Khlysty de petite taille, le visage entièrement dissimulé sous son capuchon, faisait irruption dans la pièce.

Au respect que lui témoignaient les autres, j'ai compris que l'arrivant, en dépit de son apparence peu reluisante, n'était pas n'importe qui. Efi a légèrement relâché son étreinte. C'est à lui que le nouveau venu s'est adressé, sans même saluer les autres.

— Tout est arrangé, Efi. Tu partiras sans tarder et tu devrais être à Petra dans moins de trois semaines. Le palais de l'empereur – que Rus le protège! – te sera ouvert.

Puis, semblant enfin m'apercevoir, il a ajouté en me désignant :

— Qui c'est, celle-là?

Sans laisser à Efi le temps de répondre, je me suis écriée :

— Je vais à Petra, moi aussi. Je dois rejoindre mon frère qui s'y est installé. Il travaille au palais impérial.

Pourquoi avais-je inventé une telle histoire? Probablement parce que, même si l'individu aux yeux bleus m'effrayait, tout me semblait préférable à l'idée de demeurer un instant de plus dans cette sombre bâtisse où m'attendait je ne sais quel sort à peine imaginable. Il me serait moins difficile de fausser compagnie à l'étrange Efi au cours d'un voyage que de m'échapper de cette maison aux murs épais.

Le Damné au regard envoûtant a baissé les yeux vers moi. Il souriait de ce même sourire qu'il avait eu en m'appelant « petite sœur », tout à l'heure, sous la lanterne de la rue. Puis il a hoché la tête et il m'a doucement poussée devant lui.

— Eh bien, allons-y, petite sœur. Nous partirons dès demain.

La puanteur qui se dégageait de lui me montait à la gorge, mélange d'odeurs de bouc, de charogne et de sueur aigre. Elle me donnait des frissons. J'avais pensé, en pénétrant dans cette étrange maison, que l'horrible odeur qui y régnait émanait des murs. À présent, je me rendais compte qu'elle provenait de ce Khlysty dénommé Efi.

Très vite, nous nous sommes retrouvés dans la rue. La nuit était complète, maintenant. Nous marchions rapidement, sans dire un mot. Efi me tenait constamment par le bras. Après une longue déambulation dans les rues noires, nous nous sommes arrêtés devant une maison d'apparence misérable. Efi a poussé la porte et s'y est engouffré.

Une vieille femme édentée nous a accueillis et a ricané en me voyant.

— Efi a encore trouvé une petite sœur, a-t-elle commenté en gloussant. Il aura peut-être bientôt besoin de moi.

Son rire s'est terminé en un gargouillis ignoble. La manière dont elle avait prononcé sa dernière phrase me donnait froid dans le dos. Qu'avait-elle voulu dire par là? Son regard cauteleux ne faisait rien pour arranger les choses.

L'ignorant avec mépris, Efi m'a entraînée dans le fond de la pièce, meublée d'une longue table et de bancs de bois, et où brûlait un maigre feu de tourbe. Me poussant vers un des bancs, il a enfin lâché mon bras.

— Tu dois avoir faim, petite sœur, a-t-il dit en s'asseyant à son tour en face de moi.

Cette manière qu'ils avaient de m'appeler « petite sœur » commençait à m'énerver, mais j'avais effectivement faim, une faim à dévorer un Khlysty… Je me suis donc contentée de hocher la tête.

Efi a hélé la vieille d'une voix tonitruante et a réclamé du pain, de la soupe et des œufs. Des œufs! Dans mon village, seul Koulak en mangeait.

Tandis que la vieille préparait le repas, Efi ne cessait de me dévisager. Son regard me mettait mal à l'aise : il semblait me sonder si profondément que je me sentais mise à nu devant lui. J'étais persuadée qu'il avait compris que j'avais menti à propos de Petra et de mon frère inventé, et qu'il avait autre chose en tête que de m'emmener à la capitale de Vermillon. Au bout d'un long moment, il a demandé :

— Ainsi, petite sœur, ton frère travaille au palais impérial. Comment s'appelle-t-il?

— Tcherny, ai-je répondu sans hésiter, citant le premier nom qui me venait à l'esprit.

Sans me quitter des yeux, Efi a hoché la tête, le sourire aux lèvres. Je ne savais pas comment interpréter ce sourire. Se moquait-il de moi, ayant deviné mes mensonges et s'amusant avec moi comme un chat avec une souris? Ou bien se fichait-il complètement de ce que je disais, uniquement intéressé par ce qu'il comptait faire de moi au cours de la nuit?

— Tcherny, dis-tu, a-t-il repris d'un air songeur. Quelle curieuse coïncidence. J'ai connu un Tcherny à Petra. Mais il ne travaillait pas au palais. Il traînait avec ces maudits Boleshs sur les quais et dans les bouges du port. Il ne s'agit sûrement pas du même, n'est-ce pas?

Mon cœur s'est arrêté de battre. J'avais lancé le nom de Tcherny à l'aveuglette, pensant me tirer d'un mauvais pas, et voilà que je venais de mettre le pied dans un nouveau piège.

Je n'avais pas la moindre idée de ce qu'étaient ces Boleshs, qu'il venait d'évoquer, mais je comprenais qu'il valait mieux que « mon » Tcherny n'ait rien à voir avec ces gens-là. Le ton sur lequel Efi les avait désignés ne laissait aucun doute là-dessus. Par ailleurs, je me demandais si le Khlysty avait réellement rencontré mon ami à Petra, ou s'il le prétendait dans le seul but de me confondre.

La sueur coulait le long de mon dos et je tentais maladroitement d'essuyer mes mains moites sur ma blouse de toile. Heureusement, la vieille est arrivée à ce moment-là avec deux bols fumants et un gros pain de seigle. Semblant perdre tout intérêt pour ma réponse, Efi s'est jeté sur la nourriture, qu'il a commencé d'avaler salement et avec bruit.

Provisoirement soulagée, je l'ai imité et je me suis restaurée. Efi, tout à coup, paraissait ne même plus me voir. Les poils drus et longs qui lui couvraient le visage n'ont pas tardé à être souillés de soupe et de miettes de pain. Les magnifiques yeux bleus, au milieu de cette répugnante broussaille, semblaient s'être trompés de propriétaire.

Tout en mangeant, je songeais tout de même à la manière dont j'allais répondre à sa question, car je ne doutais pas que, une fois rassasié, Efi la remettrait sur le tapis. Je ne voyais pas pour quelle raison le palais de Roman devait s'ouvrir pour un personnage aussi malpropre, mais j'imaginais qu'on lui avait trouvé une place de palefrenier ou de porcher, loin des parfums de la cour. Je n'avais donc qu'à prétendre que Tcherny était employé aux cuisines ou à la garde-robe. Ainsi, il serait plausible que les deux hommes ne se soient jamais rencontrés.

Le moment que j'appréhendais est enfin arrivé. Efi a repoussé son bol sur la table et s'est largement essuyé la bouche d'un revers de manche. De nouveau, il a plongé ses yeux dans les miens.

— Ce Tcherny, a-t-il repris comme si l'épisode de la soupe n'avait pas duré plus d'une seconde, c'est un Bolesh, n'est-ce pas?

— J'ignore ce qu'est un Bolesh, mais je ne pense pas qu'il en soit un. C'est un villageois comme moi, et il est allé à Petra pour servir l'empereur, notre père à tous.

Je m'efforçais de donner un accent de sincérité à ce mensonge. Les mots, cependant, m'écorchaient les lèvres, car si les prêtres de Rus nommaient en effet Roman le « Père des Damnés », j'avais toujours pensé qu'un père qui traitait ainsi ses enfants méritait mille fois d'être pendu.

Néanmoins, Efi a continué de sourire en hochant la tête.

— Tu es une bonne fille, a-t-il dit. Je vais t'aider. Mais dis-moi, pourquoi tes parents ne t'accompagnent-ils pas? Ce voyage est long et périlleux pour une aussi jeune fille.

— Mes parents sont morts, ai-je répondu en pensant l'apitoyer, sans me rendre compte qu'en disant cela, je me jetais au contraire pieds et poings liés entre ses griffes.

— Et j'imagine que tu es… que tu n'as jamais été mariée.

Je commençais à flairer le piège. Loin d'être ému par ma situation d'orpheline, Efi essayait simplement de vérifier que j'étais seule au monde, et que personne ne se préoccuperait de mon éventuelle disparition. C'était du moins ce que je pensais. J'ignorais, à ce moment-là, que c'était pour une tout autre raison que le Khlysty me posait cette question.

En découvrant, plus tard, qui étaient ces personnages inquiétants et quelles étaient leurs motivations, le comportement de celui-ci m'apparaîtrait tout à fait cohérent. Mais, pour le moment, je tentais simplement de ne montrer ni ma faiblesse ni ma solitude. Pourrais-je le tromper longtemps? J'en doutais, mais j'étais encore jeune et je me trouvais plongée dans un monde entièrement nouveau pour moi, dont je ne connaissais pas les règles.

— Mon fiancé viendra me rejoindre aussitôt que je lui aurai envoyé des nouvelles de Petra, ai-je répondu en m'efforçant de ne pas bégayer.

— Ton fiancé?

Les yeux du Khlysty s'étaient presque complètement fermés, seule une fente imperceptible laissait filtrer ce regard intense et bleu qui me pénétrait jusqu'à la moelle. Il est resté silencieux un long moment, puis il a repris d'une voix sourde :

— Est-ce que vous avez…

— Non, jamais! ai-je répliqué sans réfléchir, persuadée, je ne savais pourquoi, que ma virginité pouvait encore constituer un rempart contre le désir bestial que je sentais en lui.

Ce regard bleu, glacé, fixe… Je ne pouvais en détacher mes yeux et je commençais à avoir du mal à respirer. La sueur, froide, coulait dans mon dos et les mains me picotaient d'une façon à peine tolérable.

— Bien, bien, a-t-il enfin marmonné en farfouillant dans sa barbe d'une main noire de crasse. Je te crois, petite sœur. Je vais donc te protéger. Je t'accompagnerai jusqu'à Petra. Avec moi, tu n'auras rien à craindre.

La tension est retombée. Je me demandais pourtant comment un individu aussi pouilleux pourrait me protéger de quoi que ce soit. Je le voyais au contraire comme le danger le plus imminent. Que comptait-il faire de moi, maintenant que nous avions fini de manger? La réponse n'a pas tardé.

— Tu dois te reposer, maintenant. Suis-moi, mon lit sera pour toi.

Voulait-il dire qu'il allait me céder son lit pour moi seule, ou bien qu'il m'invitait à le partager? J'avais souvent dormi avec les poules ou les chèvres, mais jamais avec un Damné. Le seul qui y avait songé sérieusement s'était retrouvé cloué sur la porte de sa grange…

Discrètement, j'ai jeté un coup d'œil autour de la pièce. Deux portes s'y ouvraient. L'une d'elles, fermée par un simple rideau défraîchi, devait mener aux chambres – ou à *la* chambre. Quant à l'autre, par laquelle nous étions entrés, la vieille venait de la barrer au moyen d'une longue planche de bois. Comme la plupart des habitations des Damnés, celle-ci était entièrement dépourvue de fenêtre.

Efi s'est levé et m'a conduite vers la porte munie du rideau. Il a écarté celui-ci et m'a poussée à l'intérieur. La pièce était sombre et muette. Il y régnait une odeur de bête et de renfermé. Une sorte de paillasse assez large pour trois personnes en occupait le centre. Il n'y avait pas d'autres meubles.

Efi a retiré son épaisse tunique. Son torse était blême et maigre, mais je devinais sous la peau des muscles tendus aussi durs que du fer. Il s'est assis sur la paillasse et m'a fait signe d'approcher. C'est alors que j'ai vu la médaille qui pendait à son cou par un long lacet et se balançait doucement sur sa poitrine.

La médaille était d'un métal jaune et brillant et semblait dégager une sorte de chaleur douce. Elle était sertie de cristaux brillants, qui paraissaient presque vivants. Jamais je n'avais vu de bijou de cette sorte. Remarquant mon regard fasciné, Efi a largement souri.

— Tu admires mon talisman, n'est-ce pas? Sais-tu qui me l'a donné? L'impératrice elle-même, en signe de grande amitié. L'empereur Roman et son épouse m'appellent « Notre Ami », le savais-tu? Ils ont toute confiance en moi. Pour leur fils, le prince Niko. C'est pour lui que je vais à Petra. Il a besoin de mon aide.

Espérait-il m'impressionner avec un mensonge d'une telle énormité? C'était grotesque. J'ignorais à quoi pouvait ressembler l'empereur, l'homme de qui dépendait toute vie à Vermillon, mais je ne l'imaginais certainement pas s'approcher d'un être aussi vil et aussi répugnant que ce Khlysty aux yeux bleus.

D'un autre côté, curieusement, Efi ne semblait pas se vanter de la possession de ce bijou, ni de sa provenance. Il émanait de son discours une étonnante naïveté, comme si en lui cohabitaient la plus simple innocence et les calculs les plus tortueux sans qu'il y ait opposition entre les deux.

La vieille nous avait rejoints et contemplait elle aussi le bijou.

— N'oublie pas de me recommander au très saint empereur, a-t-elle murmuré. Dis-lui quelle est notre misère ici, dis-lui de ne pas nous oublier.

Efi a éclaté de rire.

— Tu plaisantes, Krasha! s'est-il exclamé. Comment oses-tu croire que Roman le Grand puisse se préoccuper d'une souillon de ton espèce? Il a d'autres chats à fouetter. Les Makakis menacent les frontières de l'est et son fils est la proie des Suceurs. Sans compter les Boleshs qui s'agitent dans les murs mêmes de la capitale. L'empereur se soucie de toi comme de la première crotte du cheval du dernier des Atamans.

Vexée, la vieille Krasha a haussé les épaules et, sans même se déshabiller, elle s'est couchée sur la paillasse, tournant le dos à son interlocuteur.

— Les Suceurs poursuivent la famille de Roman depuis des siècles, a repris Efi. Ils s'en prennent maintenant à son jeune fils, qu'ils tourmentent sans relâche. Personne n'a jamais pu le libérer de leur emprise. Moi seul en suis capable.

— Les Suceurs?

— Les Suceurs sont des créatures qui se sont introduites à Vermillon en suivant la famille de l'actuelle impératrice. Ce sont des vampires invisibles, impalpables, qui parasitent le corps des femmes enceintes, à leur insu, et passent ensuite dans celui de leur enfant. Si c'est un mâle, le Suceur se nourrira de son sang, jusqu'à la mort de son hôte. Nul ne peut les voir, nul ne peut les saisir. Ils s'attachent à une famille, sans qu'on sache pourquoi, et rien ne peut les en séparer. Guérisseurs et savants sont impuissants face à cette engeance monstrueuse. Ce sont les ennemis les plus implacables auxquels l'empereur ait jamais eu à faire face, et personne ne peut l'aider. Personne sauf moi, Efi Novykh.

Ses yeux bleus brillaient d'un éclat étrange et, malgré moi, je ne pouvais m'empêcher de croire à ses fables insensées. De quels pouvoirs disposait-il pour prendre ainsi le contrôle de la pensée des autres? De la mienne, en tout cas…

Et puis, brusquement, il s'est allongé sur la paillasse et a fermé les yeux, comme s'il ne m'avait jamais adressé la parole. Il était immobile. Hésitante, je l'ai regardé un long moment, puis je me suis retournée vers la porte.

À peine avais-je esquissé ce mouvement léger que sa voix s'élevait, calme et impérieuse à la fois.

— Ne songe pas à sortir d'ici, petite sœur, c'est impossible. Viens te coucher. Nous partirons demain. Tant que tu resteras près de moi, rien ne pourra t'arriver.

Privée de toute volonté, je suis allée me recroqueviller près de Krasha, dont les ronflements se faisaient déjà entendre. J'avais l'angoissante impression de ne plus m'appartenir.

# Six

J'ai passé la nuit en alerte, guettant chaque bruit, chaque mouvement. Il me semblait entendre courir les cafards dans la pièce. La respiration d'Efi était régulière. Je ne savais pourtant pas s'il dormait vraiment ou s'il faisait semblant. Ses yeux n'étaient pas complètement fermés et je pouvais en voir le blanc, brillant entre ses paupières entrouvertes sur un abîme insondable. Le sommeil a quand même fini par avoir raison de ma résistance et j'ai sombré dans l'inconscience avant la fin de la nuit.

Au réveil, j'étais seule sur la paillasse puante. L'atmosphère de la pièce était lourde et épaisse, surchargée d'odeurs corporelles et de moisissure. Un cheval aurait étouffé là-dedans! De l'autre côté du rideau me parvenait un bruit diffus. Je me suis levée. Comme la vieille Krasha, j'avais dormi tout habillée et je n'ai eu qu'à me passer rapidement la main dans les cheveux pour être présentable. Tout au moins selon les normes en vigueur chez les Damnés…

Dans l'autre pièce, Krasha s'activait à son fourneau. Elle était seule. Je me suis approchée. Elle s'est retournée et m'a gratifiée d'un large sourire qui a découvert ses gencives édentées, puis elle m'a offert un bol de soupe et du pain. Elle sentait presque aussi mauvais qu'Efi mais, pour de la soupe, j'aurais mangé à quatre pattes avec les cochons.

Efi m'avait-il oubliée et était-il parti raconter à d'autres ses fables insensées? C'était peu probable. Krasha ne me nourrissait sans doute pas gratuitement. Je ne sais pas ce que ce Khlysty était pour elle, mais elle semblait lui obéir. Par peur?

Néanmoins, je pouvais profiter de son absence pour en apprendre un peu plus sur son compte.

— Dis-moi, Krasha, c'est vrai qu'Efi est attendu au palais de l'empereur Roman?

— Tout à fait vrai, ma fille. Efi a déjà été présenté à la cour impériale et il a fait une excellente impression. Ses pouvoirs sont considérables, il a réussi là où tous avaient échoué.

— Réussi quoi? ai-je demandé, intriguée.

— Lui seul, à ce jour, est parvenu à repousser les Suceurs qui tourmentent le jeune prince.

— Mais qui est-il vraiment?

— Efi? Un Damné comme nous autres, je pense. Du moins à l'origine. Mais il a vu Rus, il y a quelques années, et tout a changé.

— Rus? me suis-je écriée.

Comment un Damné avait-il pu voir Rus – à supposer que celui-ci existe vraiment – alors que ses prêtres, et même l'empereur, disait-on, ne pourraient le connaître qu'après leur mort?

— Les Khlystys sont capables de bien des choses, a murmuré la vieille. Personne n'oserait parler contre eux. Il faut dire qu'ils ne sont pas tout à fait comme nous.

Elle allait ajouter quelque chose lorsque la porte s'est ouverte. Efi est entré, faisant pénétrer par la même occasion un peu d'air frais dans la pièce. Il a jeté un curieux regard à Krasha, qui est retournée sans un mot à ses casseroles, puis il s'est tourné vers moi et son visage s'est adouci.

— Il est temps, petite sœur, a-t-il dit en souriant. Nous allons nous joindre à la Grande Caravane. La route est longue et c'est le meilleur moyen d'éviter les mauvaises rencontres.

La perspective de voyager avec ce bonhomme répugnant ne m'enchantait guère mais, au moins, je me disais qu'avec lui j'aurais peut-être à manger tous les jours. Et puis, j'avais vu ses muscles durs sous sa peau blême : vu sa taille, il devait être d'une force terrifiante. Sans doute avait-il raison. Avec lui, je serais protégée de la faune douteuse qui ne manquait pas de rôder sur les chemins de la Grande Caravane.

La Grande Caravane traversait l'empire de Vermillon d'ouest en est. L'empereur utilisait ses services autant pour le commerce que pour transporter ses troupes jusqu'à l'extrémité orientale de l'empire, menacée par les Makakis, une race de guerriers établis dans une grande île à l'est de Vermillon. Ces créatures belliqueuses au teint ocreux, d'une constitution semblable à celle des Hommes mais de plus petite taille qu'eux, avaient débarqué quelques mois plus tôt sur le continent, au sud-est de Vermillon, et Roman avait envoyé contre eux une partie importante de son armée dans le but de leur donner une bonne leçon.

La Grande Caravane avait pratiquement le monopole des transports dans tout l'empire. Il ne restait à ceux qui voulaient se passer de ses services – ou qui préféraient voyager discrètement – que la marche à pied ou les carrioles bringuebalantes des paysans. La traversée de l'empire pouvait alors prendre des mois, sans parler des risques permanents de tomber sous les coups des peuplades cannibales et des assassins qui infestaient les plaines de Siwr, ou encore des bannis ou des Damnés rendus fous par les privations incessantes et les mauvais traitements.

Une certaine sécurité était garantie aux utilisateurs de la caravane. Pour autant, l'emprunter n'était pas exempt de tout danger. Outre les soldats de Roman, on pouvait y rencontrer des exilés – personnages hautement dangereux, disait-on, partant sous escorte pour purger leur peine dans les régions les plus reculées et les plus inhospitalières de Siwr –, des commerçants, des espions impériaux et, bien sûr, l'inévitable ramassis de voleurs et de détrousseurs de tout poil.

Les caravaniers étaient regroupés au sein d'une guilde puissante qui avait la maîtrise des routes et des passages. La guilde avait également, par voie de conséquence, le pouvoir de paralyser le pays en en coupant les communications si elle se sentait menacée. Il était donc de l'intérêt de tous de ne pas trop la contrarier.

Nous avons quitté de bonne heure la maison de la vieille Krasha, et pas un seul instant, dans les rues,

Efi n'a lâché mon bras. J'étais étonnée par le peu de bagages emportés par le Khlysty pour un aussi long voyage. Il ne portait en tout et pour tout qu'une besace en cuir de dimensions assez réduites. Il n'avait pas non plus changé de vêtements et était toujours vêtu de son informe pelisse luisante de crasse. Était-ce ainsi qu'il comptait se présenter devant l'empereur Roman?

La caravane faisait escale sur une grande place, au cœur de Tobol. L'endroit était noir de monde. Hommes, Damnés, paysans et commerçants s'affairaient et se bousculaient. Quelques Atamans, raides sur leurs chevaux, traversaient ce grouillement sans daigner abaisser les yeux sur la populace qui s'écartait respectueusement devant leurs montures nerveuses. D'autres individus dont je ne parvenais pas à déterminer l'origine allaient et venaient également, apeurés ou arrogants, pitoyables ou inquiétants.

Arrivée la veille en provenance des frontières de l'est, la caravane avait déversé sur la ville tout un contingent de soldats impériaux revenant du front oriental. Fatigués, souvent blessés, ils revenaient de se battre contre les Makakis et attendaient le départ vers leurs foyers, par petits groupes silencieux et mornes.

J'étais stupéfaite. Je m'étais toujours imaginé les soldats de l'empereur comme des Hommes de haute taille, vigoureux et fiers, vêtus d'uniformes étincelants, chevauchant des montures qui auraient fait pâlir d'envie les Atamans eux-mêmes.

Au lieu de ça, je m'apercevais que ces soldats n'étaient autres que des Damnés, des créatures tristes aux traits tirés. Les officiers, en revanche, étaient des humains. Des vrais. Chamarrés, couverts de décorations et d'insignes dorés, hautains et méprisants, ils se tenaient à l'écart de la troupe et, si un de leurs subordonnés, par inadvertance, venait à les frôler d'un peu près, ils le cinglaient d'un vif coup de cravache, généralement sur le dos, mais parfois aussi au visage.

Le soldat misérable s'effaçait alors, les yeux baissés, tandis que ses camarades l'accueillaient afin qu'il se fonde dans leur masse grise et uniforme jusqu'à retrouver l'anonymat qu'il n'aurait jamais dû perdre.

Étaient-ce donc là les fameux guerriers de l'empereur Roman, ceux que craignait comme la mort tout ce qui respirait à Siwr, ceux qui avaient été envoyés contre les Makakis pour n'en faire qu'une bouchée? Tandis que je les dévisageais, bouche bée, Efi m'a brutalement tirée par le bras et entraînée plus loin.

— Cesse de t'apitoyer sur ces déchets, a-t-il grommelé. Ils ne méritent pas de servir Roman. Qu'est-ce qu'ils font à traîner ici? Pourquoi ne se sont-ils pas fait tuer jusqu'au dernier pour défendre Vermillon plutôt que de revenir ainsi en arrière et de nous infliger le spectacle de leur humiliation? L'empereur devrait les faire empaler.

J'ai ignoré cette remarque d'Efi. En revanche, je me demandais comment Roman pouvait avoir confiance en une armée composée de ces mêmes Damnés qu'il opprimait si durement. Quel était son secret? Comment obtenait-il de ces malheureux qu'ils aillent lui offrir leur vie dans des guerres lointaines auxquelles ils étaient étrangers? Les Makakis, nous ne savions même pas exactement à quoi ils ressemblaient.

L'atmosphère était fébrile. Tandis que nous nous frayions un chemin dans la cohue, je surprenais quelques bribes de conversations entre certains Damnés qui s'étaient approchés des soldats.

— Il paraît que tous les navires de l'empereur ont été détruits…

— Il fera lever davantage d'impôts pour en construire de nouveaux…

— Nous ne verrons jamais le bout de nos misères…

— Oh! si seulement les Makakis arrivaient jusqu'ici et nous massacraient jusqu'au dernier, c'en serait enfin fini…

Cette phrase terrible avait été prononcée par une vieille édentée dont le visage ridé ressemblait à une pomme tapée. Elle était vêtue de haillons et sa maigreur était affreuse.

— Il m'a enlevé mon mari et mes deux fils, a-t-elle repris en se tordant les mains de douleur. Je ne les ai jamais revus. Pour survivre, je dois disputer ma nourriture aux poules et aux cochons, quand ils en ont.

Elle errait entre les groupes de soldats, allant de l'un à l'autre, interrogeant humblement. Les soldats baissaient les yeux et secouaient négativement la tête, puis elle poursuivait son chemin, ressassant inlassablement la même plainte, les mêmes questions.

Efi n'avait pas desserré son étreinte et il tentait de m'emmener à l'écart des groupes armés. Ses yeux bleus semblaient insensibles à cette souffrance qui s'étalait autour de nous.

J'avais toujours vu les Damnés se plaindre – à juste titre, d'ailleurs – mais, courbés sur la terre qu'ils travaillaient pour d'autres, ils n'avaient guère le loisir de laisser éclater leur détresse avec autant d'ostentation. Ici, on aurait dit que le désœuvrement leur permettait enfin de se laisser aller à leur désespoir et ces groupes de paysans déracinés et de femmes abandonnées semblaient être arrivés au terme d'un voyage au bout de leur néant.

Qu'un de ces vaincus ose relever la tête, et le fouet d'un des hommes de Roman s'abattait sur lui sans autre forme de procès. L'apathie retombait, les têtes s'abaissaient et les yeux battus s'éteignaient dans la broussaille hirsute qui mangeait ces visages asservis.

Un soldat auquel manquait une jambe, courbé sur ses béquilles, se frayait tant bien que mal un chemin parmi ses camarades assis ou allongés sur le sol. Son visage disparaissait à moitié sous des bandages sanglants. Alors qu'il passait près d'un cavalier raide et immobile sur son cheval, il n'avait pas levé la tête, attentif seulement à ne pas se casser la figure.

Le cavalier s'était redressé sur ses étriers, comme si une guêpe l'avait piqué. Un murmure d'inquiétude courait déjà parmi les soldats, qui avaient suspendu leurs conversations.

— Eh, toi!

Ne comprenant pas que c'était à lui que s'adressait cet appel bref, l'unijambiste continuait sa pénible progression. Les autres essayaient tant bien que mal d'attirer son attention, mais le bandage qui enserrait sa tête l'empêchait de les voir.

S'étant rassis sur sa selle, le cavalier s'était mis en route. En trois pas, il avait rattrapé le pauvre bougre.

— Eh, toi! avait-il repris d'une voix de stentor.

Cette fois, l'infirme avait relevé la tête. Mais il n'avait pas eu le temps de répondre à l'officier qui l'avait apostrophé que celui-ci, d'un geste violent, l'avait frappé au visage de sa cravache. Sous le coup, le soldat avait vacillé et était tombé sur le sol.

— La prochaine fois que tu oublieras de saluer un supérieur, hurla le cavalier, je te ferai donner cinquante coups de fouet à clous sur la place publique, jusqu'à ce que tu n'aies plus de peau!

Puis, se retournant, il était parti tranquillement au petit trot.

Le soldat gisait sur le sol, le visage en sang. Ses compagnons l'entouraient maintenant, essayant sans succès de le relever. Les plus hardis osaient lever un poing en direction du cavalier qui s'éloignait, mais abandonnaient vite ce geste, craignant d'être vus. Des regards furtifs s'échangeaient rapidement, furieux ou apeurés.

La colère grondait en moi. « Comment ne se révoltent-ils pas? me demandais-je. Ils sont nombreux, ils sont armés. Ils ont une puissance qu'ils ne semblent même pas soupçonner. Pourquoi ne s'en servent-ils pas pour se défendre? »

— Ces misérables ne méritent pas le pain que leur donne l'empereur, s'est soudain exclamé Efi. Il les nourrit, il les habille, et voilà comment ils le remercient.

Le pain? Était-ce ainsi, tout simplement, que l'immonde Roman s'assurait la fidélité de ses soldats : en leur donnant de quoi manger? Peut-être. Après tout, que n'aurais-je fait moi-même, le ventre creux, pour le remplir? À peu près tout ce qu'on peut imaginer… Telle était la misère des Damnés qu'ils n'hésitaient pas à se vendre pour une bouchée de pain.

Je me souvenais de ce que m'avait dit Tcherny, un soir, au village, en me montrant l'horizon : « Tout ceci est à nous. » Quel rêve dérisoire! Non, rien ne nous appartenait. Ce monde était la propriété de l'empereur Roman et, Damnés ou gens du Bund, nous n'étions que ses esclaves tremblants de peur. Nous ne possédions même pas notre propre vie.

Qu'arriverait-il, songeais-je, si je faussais compagnie à l'étrange Efi, si je m'arrachais à sa poigne de fer pour me fondre dans cette foule grouillante? À supposer qu'il ne m'y retrouve pas en personne en quelques instants, ces mêmes Damnés qu'il méprisait me livreraient peut-être à lui pour une monnaie de cuivre ou un bol de soupe. Et, dans le meilleur des cas, si je parvenais vraiment à m'échapper, j'errerais parmi cette foule humiliée et sans fierté jusqu'à ce que j'y meure de faim.

Je ne valais pas mieux que les autres, dans le fond. Efi n'avait sans doute plus besoin de me tenir par le bras, la vision de ce troupeau servile et veule avait suffi à m'enlever toute volonté de fuir. Je l'aurais suivi n'importe où comme un fantôme rien qu'en pensant aux deux repas par jour qu'il m'avait promis le matin même.

Avant la fin de la journée, il avait réservé deux places dans un chariot couvert qui nous conduirait jusqu'à Petra. Durant les trois semaines que durerait le voyage, j'aurais tout le temps de réfléchir à la conduite à suivre une fois arrivée à Petra.

En attendant, mon ambition se bornait à manger, à dormir… et à préserver ma virginité, que le Khlysty paraissait apprécier tout particulièrement, sans que j'aie encore réussi à comprendre pour quelle raison puisqu'il ne m'avait même pas touchée – à part mon bras, qui devait porter la marque de ses doigts...

# SEPT

Le coche qui nous emportait vers la capitale de l'empire puait presque autant que le bouge de Krasha, où j'avais dormi la nuit précédente.

Je n'étais pas d'une nature délicate, loin de là, mais les odeurs de basse-cour ou de porcherie dans lesquelles j'avais vécu jusque-là avaient toujours été tempérées par l'air du dehors – glacial en hiver et suffocant en été – et avaient quelque chose de naturel qui ne me répugnait pas.

Dans l'espace clos du coche, où se mêlaient Hommes et Damnés, l'atmosphère était saturée d'une puanteur ignoble. Celle-ci émanait des passagers, et il me faudrait donc la supporter jusqu'au bout car il n'y avait pas de fenêtres.

Nous étions une vingtaine, entassés là-dedans. La plupart étaient des moines, comme les Khlystys. Ils n'étaient pas maigres, contrairement aux Damnés. Les moines avaient ceci de commun avec les soldats qu'ils mangeaient à peu près à leur faim – les moines surtout, il faut dire. L'exception venait des Khlystys, qui pratiquaient une sorte d'ascétisme et n'étaient jamais gras.

Outre les moines, le coche transportait des colporteurs et des artisans et, installé à l'écart, un jeune couple vêtu de noir. La femme avait rabattu son bonnet de fourrure sur ses yeux et s'était endormie. Son compagnon l'avait aussitôt imitée.

Aucun paysan, en revanche. Ces derniers n'avaient aucune confiance en la guilde de la Grande Caravane et ils ne se déplaçaient qu'à pied ou dans leurs propres charrettes. Les occupants étaient à peu près silencieux, à l'exception des moines qui avaient pris leurs aises et parlaient haut.

Les moines ordinaires considéraient les Khlystys avec suspicion, car leur ascétisme était souvent considéré comme une façade destinée à dissimuler des pratiques inavouables. Les bruits que j'avais entendus au cours de mon bref passage dans leur maison de Tobol m'avaient intriguée, en effet, mais je n'avais pas été capable d'en déceler l'origine.

Néanmoins, une chose était certaine : Efi Novykh n'avait rien tenté contre moi et, finalement, jusqu'à présent, à part son abominable odeur, je n'avais rien à lui reprocher. Sa seule stature semblait suffire, pour le moment, à maintenir à distance les importuns. Les moines, par ailleurs, même si j'avais entendu les pires racontars à leur sujet, ne s'en seraient pas pris à une jeune fille en plein jour, au vu et au su de tous.

Le seul domaine dans lequel moines et Khlystys se rejoignaient était leur culte inconditionnel pour l'empereur, qu'ils considéraient comme l'incarnation terrestre de Rus.

Les moines, comme tous les hommes de l'empereur, n'aimaient pas les gens du Bund. Heureusement, avant de quitter la maison de Krasha, Efi m'avait donné des bandes de tissu dont j'avais entouré mes jambes et mes pieds : personne ne pouvait donc savoir combien j'avais d'orteils.

Je m'en félicitais d'autant plus que, au bout d'un moment, la conversation s'était mise à tourner autour des misères du temps et de ceux qui en étaient responsables. À savoir, ceux du Bund, bien sûr.

— Roman devrait les brûler jusqu'au dernier, disait l'un de ces porcs à la trogne rougeoyante. Ces créatures nous infectent comme une vermine et affaiblissent le sang pur des Damnés.

— Certains n'attendent pas les ordres de l'empereur, a répliqué un autre. La semaine dernière, à Tobol même, de bons fils de Rus en ont grillé quelques dizaines. On dit que ce n'est qu'un début.

Je me mordais les lèvres pour ne pas exploser. Qu'avaient donc fait les gens du Bund pour mériter un tel opprobre? Rien. Mais ils n'adoraient pas Rus et ne payaient aucun tribut à ses prêtres. Souvent, aussi, ils savaient lire et, si ce n'était pas vraiment un crime, c'en était au moins le germe.

Du coin de l'œil, je guettais les réactions de mon protecteur à ces propos haineux auxquels tous hochaient la tête en signe d'assentiment, quand ils n'en rajoutaient pas. Efi était immobile. Le regard perdu dans le vague, il semblait absent. Un des moines, qui l'observait à la dérobée depuis un moment, l'a alors apostrophé d'une voix forte:

— Et toi, frère, qu'en penses-tu?

Efi ne bougeait pas. Absorbé dans quelque contemplation invisible, ses yeux paraissaient ouverts sur un autre monde.

— Eh bien, a repris le moine, enhardi et énervé à la fois par l'absence de réaction du Khlysty, tu ne dis rien? Voudrais-tu nous cacher quelque chose? Que ta fille a un sixième orteil, par exemple?

Ses compagnons ont éclaté d'un rire gras et bruyant. Tous maintenant me dévisageaient avec un amusement sous lequel se dissimulait mal le mépris qu'éprouvent les mieux nourris envers ceux qui ont eu moins de chance.

Instinctivement, j'avais serré les poings. Efi était peut-être fort, mais ces hommes étaient nombreux et, s'il leur prenait la fantaisie de vouloir regarder mes pieds afin d'en compter les orteils, je ne donnais pas cher de ma peau.

Efi, cependant, restait calme. Mais ses yeux, que je ne voyais plus car il avait tourné la tête vers le moine qui lui avait parlé, avaient dû retrouver leur éclat habituel. Davantage, même, à en juger par la mine du moine qui, soudain, était en train de perdre ses couleurs. Le silence s'était fait.

La voix d'Efi a alors retenti, à la fois grave et ironique :

— Un sixième orteil te poussera sur le bout du nez avant que tu aies l'occasion de satisfaire ta vilaine curiosité, petit frère. Mais je demanderai à l'empereur Roman de te le faire couper pour que tu ne sois pas ridicule jusqu'à la fin de tes jours.

Le moine, sidéré par une telle audace, en restait bouche bée, mais un autre, qui semblait avoir de l'ascendant sur ses confrères, est venu à son secours. D'une voix tremblante de colère, il s'est exclamé :

— Qui es-tu pour oser parler ainsi à un frère du plus grand monastère de Tobol? Et pour évoquer avec autant de légèreté notre très saint empereur Roman?

Très posément, le sourire aux lèvres, Efi s'est tourné vers lui. Avec une lenteur exaspérante, il a délacé le haut de son manteau et en a sorti sa médaille, qu'il a brandie sous les yeux des moines médusés.

— Je n'évoque rien ni personne à la légère, petit frère. Je m'appelle Efi Novykh. Vois ce que l'impératrice m'a offert à Petra. Si tu ne veux pas être envoyé en mission chez les Makakis pour tenter de les convertir à la vraie foi, tu ferais mieux d'abandonner l'idée de compter les orteils de qui que ce soit dans cette voiture.

Sans doute les moines connaissaient-ils la signification du talisman, car ils se sont calmés immédiatement, jetant à Efi des regards à la fois pleins de crainte et d'admiration. Celui qui avait parlé en dernier était littéralement suffoqué. Il s'agitait d'une façon grotesque, comme s'il ne savait plus s'il devait se prosterner ou s'enfuir.

Je n'étais pas moins abasourdie qu'eux. Efi possédait-il vraiment les pouvoirs et les amitiés qu'il s'était vanté de détenir? J'en doutais. Cependant, il avait une assurance hors du commun et je me disais que, même s'il avait volé ce bijou à son véritable propriétaire, ou qu'il avait simplement détroussé son cadavre – ce qui me paraissait tout à fait plausible –, il faisait preuve d'un tel aplomb que rien ne lui était impossible.

Peu m'importait, dans le fond. L'essentiel, c'était qu'on me laisserait tranquille jusqu'à la fin du voyage et que mes orteils – et ma peau – étaient provisoirement en sûreté. Rassurée, je me suis installée plus à mon aise, non sans jouir des coups d'œil furtifs et respectueux qu'osaient à peine me lancer certains des moines. J'aurais aussi bien pu me déshabiller pour dormir au milieu d'eux, pas un n'aurait eu l'audace de m'effleurer.

Ce n'était pas mon intention, cependant. Le respect tout nouveau que pouvaient me porter ces grossiers personnages était certes flatteur pour moi, fille de rien, mais je tenais avant tout à passer inaperçue. Si on découvrait un jour à qui appartenait réellement le bijou porté par Efi, j'aurais tout intérêt à être invisible : ma vie ne vaudrait pas celle d'un chien.

J'évitais donc de croiser leurs regards. Eux-mêmes, d'ailleurs, ne s'y risquaient pas. L'ambiance avait changé du tout au tout et, Efi ayant repris son attitude absente, plus personne n'osait élever le ton.

C'est alors que j'ai remarqué que le jeune homme en noir, au fond du coche, ne dormait pas, comme je l'avais cru au début. Les bras croisés, la toque de fourrure au ras des yeux et la tête légèrement inclinée, il me dévisageait intensément.

Ce personnage détonnait un peu au milieu de cette faune puante et braillarde. Il était vêtu comme un habitant des villes. Son visage était soigné et peu velu, ses quelques poils étant réunis en un fin triangle sous le menton. Ses yeux étaient cerclés de métal et son regard pénétrant me désarmait.

Au bout d'un moment, il s'est penché vers sa compagne et lui a murmuré quelque chose à l'oreille. Elle a relevé la tête et m'a regardée à son tour. Ses yeux allaient de moi à Efi, de lui à moi, avec une sorte d'étrange sourire.

Jamais je n'avais vu une femme pareille. Toutes celles que j'avais connues avaient un air battu et las, soumis, défiguré par la souffrance. Je me suis souvenue de la jeune mariée déflorée par Koulak…

Celle-ci, au contraire, avait les traits fins et énergiques. Les épreuves ne l'avaient pourtant pas épargnée, mais je lisais sur son visage, outre les stigmates de la douleur, une détermination inébranlable en même temps qu'une immense compassion. L'homme, à ses côtés, pouvait être son mari, mais il n'était pas son maître. Il me rappelait un peu ces jeunes hommes qui étaient venus au village, dans les années passées, pour inciter les Damnés à la révolte.

Soudain, un des moines a remarqué la direction de mon regard et il s'est retourné. L'homme et la femme ont aussitôt baissé la tête et ont fait semblant de dormir. La rapidité de leur réaction, si vive et si discrète que le moine n'a rien vu, m'a donné à penser que le couple étrange avait une longue habitude de la persécution.

Le bref échange visuel que j'avais eu avec eux m'avait interloquée. Pourquoi cet intérêt soudain pour ma petite personne alors que la scène marquante s'était jouée entre Efi et les moines? Personne ici ne savait qui j'étais, et cela n'avait d'ailleurs aucune importance.

Je m'étais demandé, autrefois, si ces mystérieux personnages itinérants n'étaient pas en fait des espions de l'empire, des agents provocateurs qui poussaient les Damnés à la rébellion pour découvrir les esprits réfractaires et les dénoncer aux hommes de Roman.

Je n'y croyais guère, mais je devais me méfier de tout et de tous. Je n'avais pas la moindre idée des intentions réelles d'Efi à mon égard. Je me doutais que, tôt ou tard, il me ferait payer la protection qu'il prétendait m'accorder, même si j'ignorais comment. Je me sentais donc perdue, prise au piège dans un monde hostile dans lequel tout compagnon d'apparence bienveillante pouvait dissimuler un ennemi mortel.

Les heures ont passé. La monotonie du voyage a fini par avoir raison des conversations des uns et des autres. On n'entendait plus, venant de l'extérieur, que les cris des charretiers et les blatèrements des bêtes de trait. La lumière du dehors ne filtrait que par quelques ouvertures minuscules pratiquées sur les côtés et à l'arrière des parois, et l'intérieur du coche baignait dans une pénombre maussade.

J'avais mal aux fesses, mal partout. J'étais habituée à la paille, pas aux bancs de bois. Je me sentais totalement abrutie, comme si l'air raréfié avait commencé à noyer mon cerveau.

À un moment, un rayon du soleil couchant a traversé l'espace confiné pour aboutir sur le couple immobile au fond du fourgon. Il l'auréolait d'une lumière orangée et faisait ressortir sa singulière beauté.

Efi, assis à côté de moi, n'avait pas bougé depuis des heures. J'aurais été incapable de dire s'il dormait ou non. Ses paupières mi-closes laissaient filtrer comme une lueur venue d'ailleurs, ainsi que je l'avais déjà remarqué au cours de la nuit précédente. J'en éprouvais une certaine gêne. J'avais l'impression que jamais sa vigilance ne se relâchait.

Tout à coup, sans même que ses lèvres paraissent remuer, il a prononcé, dans un souffle rauque et presque inaudible, comme s'il bredouillait dans son sommeil :

— Maudits Boleshs! Qu'ils crèvent tous!

Je me suis redressée. À qui avait-il parlé? S'était-il seulement adressé à quelqu'un? Apparemment, j'étais la seule à l'avoir entendu. J'osais à peine le regarder. Du coin de l'œil, pourtant, il me semblait à présent discerner son regard fixé sur le couple vêtu de noir qui, là-bas, était mis en relief par le rai de lumière crépusculaire.

Puis – passage d'un nuage, changement de direction du convoi? –, la clarté s'est évanouie et l'obscurité a repris possession des lieux. Le couple s'est fondu dans l'ombre.

— C'est ainsi qu'ils disparaîtront tous, a repris Efi en grommelant. Avalés par les ténèbres de l'Enfer.

Les Boleshs. Efi avait déjà prononcé ce nom avec haine et mépris à propos de Tcherny, comme s'il s'agissait des pires assassins. En quoi ce terme injurieux pouvait-il s'appliquer à ces deux personnes discrètes et bien mises, qui n'avaient en rien l'allure de bandits de grands chemins?

Je n'osais pas lui poser la question. Je me souvenais que Tcherny, peu de temps avant sa disparition, avait rasé son visage pour n'y laisser que cette touffe de poils sur le menton, identique à celle de l'inconnu qu'Efi venait de qualifier de Bolesh.

Le coche était maintenant plongé dans les ténèbres et j'ai décidé que je m'étais assez torturé l'esprit pour une même journée. Le manque de sommeil de ces derniers jours se faisait ressentir. Une heure plus tôt, les moines avaient partagé avec nous du pain et du fromage et, l'estomac plein, je n'avais plus qu'une envie : dormir. Ce que je n'ai pas tardé à faire.

Une sorte de hurlement m'a soudain tirée de mon sommeil. Une clarté blafarde baignait l'atmosphère surchargée d'odeurs corporelles qui me levaient le cœur. Le coche était immobile, après avoir voyagé toute la nuit sans que je me sois rendu compte qu'on avait changé les bêtes de trait.

Les moines s'étiraient et bâillaient bruyamment. Efi a constaté avec satisfaction que j'étais réveillée.

— Allons déjeuner, a-t-il dit. Je meurs de faim.

Nous frayant un chemin entre les corps assis ou allongés parmi les ballots, nous nous sommes dirigés vers la sortie. Machinalement, je me suis retournée pour jeter un coup d'œil aux prétendus Boleshs.

Ils avaient disparu.

# HUIT

Le voyage s'éternisait et je vivais à présent dans une sorte d'hébétude interrompue par de rares arrêts pendant lesquels montaient et descendaient des voyageurs. Parfois, le matin, j'étais réveillée par une brûlure désagréable à la saignée du bras. Ma peau était aussi blême que d'habitude, cependant, mais elle montrait une légère écorchure. Je me grattais furieusement, ce qui ne faisait qu'augmenter l'irritation.

Au début, j'avais pensé qu'une punaise ou un quelconque insecte avait dû me mordre ou me piquer pendant la nuit, mais, en observant de plus près la minuscule blessure, je m'étais rendu compte qu'aucun animal n'aurait pu laisser une telle marque sur la peau, aussi fine, aussi nette. Efi, qui m'observait du coin de l'œil, un de ces matins-là, avait doucement posé sa main sur mon bras et la démangeaison avait cessé aussitôt. Je n'y avais plus pensé.

Efi ne me laissait jamais sortir seule mais, une fois ou deux, à l'occasion d'un arrêt, me hissant jusqu'aux claires-voies qui donnaient un peu de lumière à l'intérieur de l'immense voiture, il m'a semblé apercevoir les silhouettes noires et furtives de ceux qu'il nommait les Boleshs. Seuls ou en très petits groupes, ces individus discrets marchaient d'un pas vif et disparaissaient rapidement hors de ma vue. Je me demandais combien ils étaient ainsi, disséminés – dissimulés? – tout au long de la caravane.

Efi n'avait pas remis le sujet sur le tapis et je n'osais pas l'interroger sur l'identité de ces personnages énigmatiques. Il avait maintenant l'air de se désintéresser de tout, sauf de la nourriture. Il mangeait toujours salement, avec ses doigts, et chaque fois je l'imaginais, avec la plus grande incrédulité, assis à la table de l'empereur. Je devais me retenir pour ne pas pouffer de rire.

Un jour, en milieu d'après-midi, nous sommes enfin arrivés dans une ville, au-delà de laquelle s'élevaient, à l'horizon, les dents menaçantes de ce qui me paraissait être une barrière infranchissable.

— Nous voilà au pied de la Barrière de l'Ours, m'a dit Efi en me sortant de ma torpeur. Le passage y est long et difficile.

Il se tenait debout devant moi, l'air d'un géant. Une fièvre toute nouvelle semblait l'animer, contrastant avec son apathie des jours précédents.

— La caravane s'arrête ici jusqu'à demain, a-t-il poursuivi. Cette ville s'appelle Ekateri. On y mange bien. Viens avec moi.

Là-dessus, il m'a empoignée par le bras et nous avons quitté l'atmosphère confinée du coche.

L'air frais du dehors me faisait un peu tourner la tête et les images colorées de cette ville bruyante se bousculaient en moi, provoquant une sorte d'ivresse.

Des gens de tous les horizons s'y croisaient, certains aux mines peu engageantes, et j'entendais parler des langues inconnues.

Efi m'a entraînée dans la cohue jusqu'à une auberge à l'entrée de laquelle se pressaient de nombreux voyageurs. Il s'est frayé un chemin entre eux avec aisance. Curieusement, j'avais l'impression que les gens s'écartaient à son passage sans même avoir l'air de s'en rendre compte, comme si du Khlysty avait émané un invisible pouvoir répulsif.

À l'intérieur de l'auberge, la foule bruyante s'agglutinait autour de tables garnies de nourritures que je n'avais jamais vues et de larges brocs qui contenaient certainement, si j'en jugeais par l'agitation nerveuse montrée par les consommateurs, du madogue.

Efi avait l'air de connaître l'endroit. Il s'est faufilé jusqu'au fond sans me lâcher le bras, est entré dans une deuxième salle qui ne comportait pas de fenêtre, puis s'est installé à une table que des paysans venaient de quitter.

Les clients de l'auberge nous jetaient de furtifs coups d'œil, puis replongeaient le nez dans leur écuelle ou leur gobelet de madogue. Je n'aimais guère leur allure. Je les devinais ignorants et brutaux, soumis à leurs seuls instincts. Les plus gros d'entre eux, portant souvent des bagues aux doigts, me rappelaient Koulak...

Efi a commandé deux repas et du madogue. J'en ai été étonnée, persuadée que les Khlystys, étant des moines, ne buvaient pas. Assez vite, il s'est mis à en engloutir des quantités qui me paraissaient suffisantes pour assommer un bœuf. Il ne semblait cependant pas en souffrir et continuait de manger et de rire avec nos voisins de table, m'ignorant complètement. C'était comme si, d'un seul coup, je n'existais plus pour lui.

Pour ma part, sachant quel pouvait être l'effet du madogue sur ceux qui en boivent, je me suis abstenue d'y toucher. Le spectacle offert par Efi était consternant. De la graisse plein le visage, il parlait à qui voulait l'entendre de ses voyages lointains, de l'empereur qui était son ami, de la capitale. Entre deux gorgées de madogue, il s'essuyait la bouche d'un revers de manche et rotait bruyamment.

Son auditoire, malgré cet étalage de vulgarité et de naïveté, était sous le charme. Fascinés, les buveurs le regardaient avec un mélange d'admiration et de curiosité. Je décelais également dans les regards de la peur et de la méfiance, ce qui était normal : à cette époque, on ne parlait pas impunément de l'empereur Roman, dont les espions étaient partout...

Tout à coup, Efi s'est levé et a déclaré qu'il devait pisser sous peine d'éclater. Il s'est dirigé sans chanceler vers le fond de la salle, où il a disparu par une petite porte. Les autres clients, qui s'étaient contentés jusqu'alors d'approuver ou de rire grassement à ses sorties, m'ont paru brusquement libérés d'une sorte d'oppression.

L'un d'eux s'est approché de moi et m'a demandé comment je m'appelais, m'envoyant en plein visage une haleine chargée de madogue et de pourriture. Les autres l'encourageaient et me serraient de plus en plus près. Déjà des mains s'égaraient sous la table et me malaxaient les cuisses sous la toile grossière de ma robe de paysanne. J'en ai senti une autre s'introduire sous ma blouse, par le côté, en quête de ma poitrine.

Je ne disais rien afin de ne pas les provoquer davantage, serrant les mâchoires à me briser les dents. Ces ivrognes répugnants puaient la charogne et me collaient comme des sangsues, me glissaient des cochonneries à l'oreille, me trituraient comme si je n'avais été qu'une génisse. Et Efi qui ne revenait pas! Combien de seaux était-il donc en train de pisser?

Au bout d'un moment, les hommes se sont levés et m'ont emmenée avec eux vers une autre porte, dans le fond de la salle. Dans la cohue générale, personne ne nous remarquait. Ils m'ont poussée à l'intérieur. C'était une pièce sombre et enfumée, meublée de tables comme la salle principale de l'auberge, mais aussi de divans et de sofas alignés contre les murs. C'est là qu'ils m'ont entraînée. Je ne comptais plus les mains qui me parcouraient et pinçaient ma peau nue.

Les vêtements en désordre, ils m'ont forcée à m'allonger sur un des sofas et l'un d'eux a commencé à relever ma robe, tandis que deux complices me maintenaient fermement, tout en me bâillonnant d'une main incrustée de crasse. Puis la robe est passée par-dessus ma tête et d'autres mains m'ont violemment écarté les jambes. Je ne voyais plus rien, je ne sentais que leur souffle chaud sur mon ventre nu.

C'est alors que la porte s'est ouverte avec fracas et qu'un hurlement a retenti. Un hurlement de fauve, un rugissement de prédateur à qui on vient d'enlever sa proie. J'ai à peine reconnu la voix d'Efi, mais je l'ai entendu se lancer à l'assaut de mes agresseurs. On m'a lâchée d'un seul coup. J'en ai profité pour rabattre ma robe et j'ai vu Efi, en proie à une fureur sans borne, soulever les meubles et frapper ces loqueteux à tour de bras.

Tables et bancs volaient comme s'ils n'avaient rien pesé. Rien ne pouvait arrêter une telle tornade. Surpris et effrayés par la violence de l'intervention, les hommes battaient en retraite en titubant, affaiblis par l'effet du madogue qui, curieusement, ne semblait avoir aucun effet sur Efi malgré l'énorme consommation que je l'avais vu en faire.

Plusieurs avaient la bouche sanglante, des dents cassées ou les yeux pochés. L'un d'eux avait les doigts brisés, et un autre boitait douloureusement. Très vite, ils ont disparu par l'unique porte et je me suis retrouvée seule avec le Khlysty, dont les yeux étaient injectés de veinules écarlates.

Efi me dévisageait d'un regard à glacer le sang. Je ne comprenais pas la signification de ce regard. M'accusait-il d'avoir provoqué moi-même cette tentative de viol? D'avoir osé disposer de moi-même sans son consentement? Les larmes me sont montées aux yeux.

À cette époque, je pensais que le Khlysty m'avait vaguement adoptée et, d'une certaine façon – et pour d'obscures raisons – me considérait comme sa propriété privée. Ce n'était pas entièrement faux, même si j'étais encore à ce moment-là très loin de la réalité. Ce que je constatais, c'était que, pour avoir tenté d'abuser de moi, les rustres de l'auberge avaient sérieusement goûté à la colère destructrice d'Efi.

Finalement, le feu s'est apaisé dans ses yeux et, avec le regard limpide de ce bleu éclatant qui me fascinait tant, Efi m'a aidée à me relever. Puis, sans un mot, il m'a conduite jusqu'à une chambre minuscule, tout au fond d'un couloir, au bout du bâtiment, après avoir retraversé la grande salle commune sous l'œil apeuré des clients.

La chambre ne comportait aucune fenêtre et était meublée d'une simple paillasse. Efi me l'a désignée et m'a laissée sur cette simple injonction :

— Repose-toi, tu en as besoin.

Il est ressorti sans un regard pour moi, après avoir laissé une maigre chandelle sur le sol. Je l'ai entendu refermer la porte à clé. Devais-je me considérer comme étant en sécurité… ou comme sa prisonnière?

La tête vide, j'ai attendu longtemps en silence, me demandant si Efi m'avait abandonnée pour toujours ou s'il m'avait simplement enfermée comme un objet précieux qu'on veut soustraire aux regards des envieux.

La chandelle éclairait faiblement la pièce d'une lueur jaunâtre. Puis elle s'est consumée entièrement et l'ombre a envahi la chambre. Je n'avais aucun autre moyen de mesurer l'écoulement du temps, mais je suppose que la nuit était déjà tombée depuis un bon moment lorsque j'ai enfin entendu du bruit dans le couloir. Des pas lourds ont retenti sur le plancher, ainsi que des rires gras et des gloussements féminins. La voix d'Efi, claire et impérieuse, a surmonté le vacarme :

— Un peu de silence, mes petites sœurs, je vous ferai assez crier tout à l'heure…

Les rires ont fusé de plus belle, puis se sont calmés. J'ai entendu une porte se refermer avec un claquement sec, et je n'ai plus perçu alors que des murmures étouffés.

Allongée dans l'obscurité, je ne parvenais pas à dormir. Mon bras s'était remis à me démanger. De temps en temps, un rire hystérique éclatait, provenant de la chambre où s'étaient enfermés Efi et ses « petites sœurs ». Je me demandais combien il en avait ainsi, et pourquoi j'avais droit à un traitement spécial. Me réservait-il, justement, pour une occasion « spéciale »?

Puis, comme la nuit avançait, les rires ont cédé la place aux cris et aux gémissements. Je me suis rappelée en frissonnant l'avertissement d'Efi, quelques instants plus tôt : « Un peu de silence, mes petites sœurs, je vous ferai assez crier tout à l'heure. » En même temps me sont revenus les râles, les grognements et les sifflements entendus dans la maison des Khlystys, à Tobol, ainsi que les rumeurs qui faisaient la légende de ces derniers.

Ces bruits émanaient de femmes ou de filles, j'en étais certaine, et certains me faisaient froid dans le dos. Quel traitement leur faisait donc subir Efi? Les Khlystys étaient censés être des moines, mais Efi ressemblait à tout sauf à un moine, même si ceux-ci paraissaient, sinon le respecter, du moins le craindre.

Malgré la nourriture qui ne m'avait pas manqué ces derniers jours, je me sentais faible. L'atmosphère confinée du coche, puis celle de cette chambre close? Sans doute. Plongée dans un demi-sommeil, il m'a semblé entendre des cris. Cris de douleur, cette fois. Je me suis crue revenue des années en arrière, à l'époque des raids des Atamans sur le village. J'entendais le claquement de leurs fouets, les hurlements des femmes qu'on traînait nues et attachées à la queue de chevaux lancés au galop. Les flammes jaillissaient en gerbes rouges et jaunes comme dans cet enfer que nous décrivaient abondamment les prêtres de Rus pour nous exhorter à ne pas sortir du chemin qu'ils disaient être tracé pour nous : le chemin de la soumission et de la servitude, celui des durs labeurs que ne pouvait interrompre que la mort.

Je me suis roulée en boule pour ne plus entendre, mais les râles me poursuivaient, quelle que soit ma position. J'ai essayé de mettre mes doigts dans mes oreilles. En vain. Les plaintes des femmes torturées semblaient provenir de l'intérieur de mon crâne, rien ne pouvait les faire taire. Les ricanements sinistres d'Efi couvraient parfois les gémissements des femmes. Puis des claquements, de nouveau, et d'abominables rires. Le cauchemar a duré toute la nuit.

La porte s'est ouverte brusquement. Je me suis redressée sur la paillasse, glacée de sueur. La haute silhouette d'Efi est apparue dans l'embrasure. Comme si son absence n'avait pas duré plus de cinq minutes, il m'a dit :

— Viens, il est temps de repartir.

J'ai rajusté mes vêtements et je l'ai suivi dans le couloir. Nous sommes passés devant plusieurs portes closes. Aucun bruit ne provenait de l'intérieur. Dehors, il faisait grand jour.

# NEUF

La caravane est repartie dans la matinée.

Pas un seul instant Efi n'a fait allusion aux événements de la veille et de la nuit, et je me suis bien gardée de poser des questions. Mon protecteur – puisque, je devais le reconnaître, il l'était effectivement – avait l'air parfaitement détendu. Il était frais et dispos, et en même temps, aurait-on dit, un peu rêveur.

La traversée de la Barrière de l'Ours a duré des jours. Moi qui n'avais vécu que dans des plaines mornes s'étirant jusqu'à l'horizon, je me sentais oppressée par ces montagnes entre lesquelles se faufilait la caravane et qui paraissaient vouloir nous écraser.

Les sommets étaient enneigés et la route boueuse rendait la progression difficile. Les caravaniers criaient et s'énervaient plus souvent qu'au début, et de violentes disputes éclataient fréquemment, ce que je trouvais normal en de telles circonstances.

Cependant, à plusieurs reprises, au cours d'altercations dont ne nous parvenaient que des cris furieux et des imprécations, j'ai remarqué qu'Efi, dont le calme me semblait inébranlable tant que nous nous trouvions dans le coche, avait du mal à réprimer des mouvements d'humeur. Il se mettait à maugréer et à s'agiter et, si je faisais mine de me lever, il m'intimait fermement l'ordre de rester assise et de ne pas bouger.

Quelques jours plus tard, alors que nous étions redescendus dans la plaine en direction de Peramma après avoir franchi le col le plus élevé de la Barrière, la caravane s'est immobilisée en pleine campagne, sans raison apparente. J'ai profité d'un des rares moments d'assoupissement d'Efi pour grimper jusqu'aux claires-voies et jeter un coup d'œil à l'extérieur.

Il avait neigé pendant la nuit et le froid était mordant. Hommes et Damnés se tenaient en grand nombre sur le bord de la route gelée. La plupart étaient des soldats, blessés et harassés, qui se tenaient en groupes au sein desquels je sentais gronder la colère. Des jeunes gens vêtus de noir s'adressaient à eux avec énergie, ainsi qu'aux caravaniers. J'ai cru reconnaître parmi eux le couple qui avait pris le départ de Tobol avec nous, et qui avait disparu dès le lendemain. Les fameux Boleshs qui excitaient tant la fureur d'Efi Novykh et celle des moines…

La foule comptait aussi de nombreux Damnés, qui avaient l'air sortis tout droit de leurs champs. Leur masse grise semblait faire barrage à la caravane. Vêtus de peaux et de pelisses grossières, ils contrastaient tant avec les Boleshs, dont les vêtements et les manières de citadins paraissaient un peu déplacés dans ce lieu sauvage, qu'avec les soldats dont les cheveux avaient été coupés.

Au loin, les flammes d'un incendie se tordaient furieusement sous un vent glacé. Le spectacle m'a rappelé mon hameau natal. Pourtant, je me suis rendu compte que ce n'était pas un village qui brûlait, mais une sorte de château. Personne ne paraissait y prêter attention, tous les regards étant dirigés vers ceux qui proféraient des discours.

Je ne comprenais pas très bien ce qui se disait car la bourrasque emportait leurs paroles, mais je parvenais à en saisir des bribes, sans savoir si elles provenaient des Boleshs, des caravaniers ou des Damnés.

— Il faut arrêter la caravane!...

— ... renvoyer les moines et les maîtres en...

— Les soldats sont avec nous...

— Pas tous!... À Petra, ils nous ont chargés!...

— Les Atamans!...

Je n'ai pas eu le temps d'en entendre davantage. Une main de fer m'a empoignée dans le dos et je me suis retrouvée le derrière par terre. Efi s'est rassis et m'a réinstallée à côté de lui.

— Ne te montre pas à cette racaille, a-t-il grommelé d'une voix rauque. Plus rien ne les arrête en ce moment. Ils te tueraient.

Je ne comprenais pas. Le danger, au cours de ce long voyage, me paraissait venir plutôt des paysans gras et enrichis comme ceux qui avaient tenté de me violer à Ekateri que de ces jeunes voyageurs vêtus de sombre, même s'ils avaient effectivement l'air, à présent, de s'être infiltrés dans toute la caravane.

Efi, qui, jusqu'ici, avait négligé de me donner la moindre explication à leur sujet, a sans doute jugé bon de se rattraper.

— Ne te fie pas à leur apparence doucereuse, a-t-il dit. Les Boleshs viennent de l'enfer et ils sont là pour corrompre et détruire l'empire de Vermillon. Ils n'ont pas réussi avec les Damnés de Siwr, qui sont les enfants de Roman et qui les rejettent avec méfiance, mais ils ont déjà pourri le cœur de l'empire, Petra. Ils y sont nombreux et puissants. Ils se comportent comme des rats, se dissimulent, agissent la nuit, sèment partout le mensonge et la haine. Roman est trop bon. Ou trop faible. Il a beau les exiler dans les plaines les plus reculées de Siwr, ils reviennent toujours. Il devrait les faire empaler, comme du temps de ses ancêtres.

— Mais c'est barbare!

— Ce sont eux les barbares, Garance. Ils ont tué le père de Roman, il y a déjà quelques années. Ils ont massacré plusieurs de ses ministres. Ce sont des meurtriers impitoyables. Qu'on prenne et qu'on pende un des coupables, ce sont dix nouveaux assassins qui surgissent de l'ombre pour le remplacer. Ils sont insaisissables. Leurs principaux meneurs se cachent bien au-delà des frontières de Vermillon, d'où ils continuent d'envoyer des ordres criminels à leurs hommes de main.

Malgré le ton convaincant d'Efi, je demeurais perplexe. Je revoyais le couple assis au fond du coche lors de notre départ de Tobol. Cette femme énergique et au regard plein de compassion, ce jeune homme frêle aux yeux brillants d'intelligence... Eux, des assassins?

Pourquoi pas, après tout? Je savais, pour les avoir vus à l'œuvre, comment de paisibles paysans pouvaient se muer en bourreaux sans pitié sous l'effet de la colère ou celui du madogue, et arracher les yeux à un voleur de poule ou fouetter jusqu'à la mort une femme adultère. Peut-être ces personnages à l'allure délicate assassinaient-ils tout simplement d'une manière plus sophistiquée, avec des armes dont j'ignorais jusqu'à l'existence…

À l'extérieur du coche, la rumeur s'était amplifiée. Des cris de colère se sont mis à fuser, repris en chœur par la foule dans un crescendo effrayant. Devant moi, les moines avaient interrompu leur bavardage et échangeaient des regards interrogatifs. Ils n'avaient pas l'air très à l'aise. Les colporteurs se cramponnaient à leurs ballots. La panique était à deux doigts d'éclater.

Efi s'est levé brusquement.

— Il faut barricader la porte, a-t-il déclaré en se dirigeant à grands pas vers celle-ci.

Les moines ne se le sont pas fait répéter. Ils l'ont suivi et ont commencé à réunir tout ce qui leur tombait sous la main pour bloquer de l'intérieur l'ouverture des deux battants de bois. Un des colporteurs s'est écrié :

— Ne faites pas ça! Nous serons coincés ici, si jamais ils mettent le feu…

— Le feu? a ricané un des moines. Allons donc! Nous ne sommes pas des créatures du Bund.

— Croyez-vous que ça les arrête? a repris le colporteur. J'étais du côté de Peramma il y a quinze jours. Ils étaient des centaines, des milliers peut-être. D'une maigreur effrayante. C'est la faim qui les avait rendus fous. Ils avaient l'air de spectres. Ils étaient pourtant bien réels. Ils ont brûlé le manoir fortifié d'un seigneur après avoir pendu toute sa famille. Des moines du monastère voisin sont venus et ont essayé de les raisonner mais ils les ont menacés de les faire griller eux aussi, et même de les manger. Les moines se sont enfuis sans demander leur reste.

Efi s'est retourné vers l'homme et l'a toisé avec mépris.

— Et toi, tu n'as rien fait?

Le bonhomme a haussé les épaules.

— Qu'est-ce que je pouvais faire? Je ne suis pas soldat. Et puis, ils étaient véritablement enragés. Dans ces cas-là, il n'y a rien à faire. On ne peut même pas... les acheter.

Parlaient-ils des Boleshs ou des Damnés? Je n'en étais pas tout à fait certaine. Cependant, je crois que je commençais à comprendre quelque chose aux événements qui m'avaient chassée de chez moi. Ceux qui avaient brûlé mon village, ainsi que je l'avais remarqué lors de ma fugue, n'étaient ni des hommes de l'empereur ni des Atamans. C'étaient des Damnés. Mais pourquoi?

Pourquoi les Damnés s'en prenaient-ils subitement aux leurs? Qui les avaient rendus fous à ce point? La faim ne suffisait pas à expliquer ce comportement. Les Boleshs? Les Boleshs qui, enfin, avaient réussi à les dresser les uns contre les autres et les poussaient à s'anéantir mutuellement? Mais dans quel but?

Je n'avais, à ce moment-là, pas l'ombre d'une réponse à ces questions. Les explications viendraient plus tard, plus loin, lorsque j'aurais retrouvé Tcherny. Mais pour le moment, une seule chose était certaine : la peur commençait à m'envahir.

L'habitude d'une longue misère m'avait rendue presque insensible aux coups et aux menaces, et si les Boleshs avaient l'intention de me violer, eh bien, qu'ils le fassent, me disais-je, il faudra bien que ça arrive un jour ou l'autre. Mais crever grillée comme une vulgaire volaille dans un coche rempli de moines puants et graisseux, il n'en était pas question. Tout mon être se révulsait à cette idée.

Efi, dans un tel brasier, ne me serait plus d'aucun secours. Il me fallait sortir de ce piège au plus vite. Discrètement, je me suis donc approchée de la sortie.

À l'extérieur, les cris de haine se déchaînaient de plus belle et se rapprochaient de nous. Les moines, effrayés par le récit du colporteur, se regroupaient comme des poussins autour de leur supérieur. Pour la première fois depuis que je l'avais rencontré, Efi me semblait perplexe.

Soudain, on a frappé des coups violents à la porte. Le colporteur s'est précipité, mais Efi l'a repoussé d'un geste, l'empêchant de la débarrer. Son regard allait et venait de l'homme aux moines. Il m'a aperçue en train de me faufiler vers la porte, mais il n'a pas réagi.

— Tout le monde doit sortir, a ordonné une voix rocailleuse de l'autre côté de la porte.

De nouveau, on a frappé, puis le coche s'est mis à frémir, comme si une marée humaine tentait de le soulever. La panique s'est alors emparée des moines et des colporteurs. Tous se sont jetés sur Efi pour dégager la porte. Le Khlysty n'a pas pu résister à une telle ruée. Les moines l'ont repoussé sur le côté et se sont attaqués à la barre de fermeture.

À peine avaient-ils commencé leur travail que les battants s'ouvraient en grand, dans un craquement épouvantable, arrachés à leurs gonds par des bras frénétiques. Les moines se sont déversés à l'extérieur comme du bétail affolé. J'étais tout près de la porte, maintenant. J'allais enfin pouvoir m'échapper…

J'ai senti la poigne de fer d'Efi sur mon bras. Je l'ai détesté comme jamais. Mieux valaient les Damnés, les soldats ou même les Boleshs que continuer d'être enchaînée ainsi à cet être que je ne comprenais pas. J'ai voulu hurler pour qu'on me libère, j'avais déjà ouvert la bouche… mais le spectacle qui s'est offert à moi m'a fait rentrer mes cris dans la gorge.

Soldats et Damnés s'étaient disposés en deux rangées compactes entre lesquelles tentait de s'enfuir le flot des moines affolés. Chacun avait à la main un fouet, un bâton ou une cravache dont il frappait violemment les moines passant devant lui. Ceux-ci tentaient en vain d'esquiver les coups, mais le couloir formé par les bourreaux était trop étroit et ils les prenaient sur les épaules, le dos, les bras ou le visage. Certains trébuchaient et ne pouvaient plus se relever sous la terrible bastonnade.

Le supplice n'a pas été long. Un seul moine a réussi à atteindre le bout de la haie humaine et à s'enfuir. Les autres gisaient dans la boue glacée, le dos et la figure ensanglantés.

Les bras des Damnés sont retombés, de même que leur colère. Puis leurs yeux se sont tournés vers nous. Efi se tenait dans l'encadrement de la porte béante, légèrement voûté, un bras posé sur mon épaule. Il avait l'air d'un vieux Damné épuisé par les travaux des champs. Il souriait.

— Frères, a-t-il déclaré d'une voix chevrotante, venez vous restaurer. Il y a à manger pour tous, ici.

Un magicien n'aurait pas fait mieux. Les Damnés et les soldats les plus proches, abandonnant leurs armes, se sont précipités à l'intérieur du coche et se sont mis à farfouiller parmi les affaires laissées par les moines. Les colporteurs, pétrifiés, n'ont pas fait un mouvement et ne se sont pas opposés au pillage de leurs ballots.

Efi, qui s'était effacé pour les laisser passer, s'est glissé à l'extérieur en clopinant, faisant mine de s'appuyer sur mon épaule pour ne pas tomber. Les Damnés l'ont laissé passer, subitement redevenus doux comme des agneaux.

Je me sentais désarmée, tout à coup. Abandonner Efi à présent ne me semblait plus être une si bonne idée. Il paraissait capable de se tirer de toutes les situations et je le devinais déterminé à me protéger coûte que coûte contre toute forme d'agression.

De plus, cette faiblesse qui s'était emparée de moi depuis plusieurs jours ne me quittait plus et je ressentais, pour la première fois de ma vie, le simple désir de me laisser aller au gré des événements. Les violences auxquelles je venais d'assister ne m'affectaient qu'en surface, et je n'éprouvais aucune pitié pour les moines que les Damnés avaient molesté avec une cruauté extrême sous mes yeux.

J'ai donc laissé Efi me conduire lentement à travers la foule des Damnés et des soldats. Tout en cheminant, les doigts bleuis par le froid glacial, je me rendais compte que c'était toute la caravane que ces derniers avaient plus ou moins mise à sac. Les caravaniers eux-mêmes, cependant, avaient été épargnés, et je les voyais en grande discussion avec les Boleshs, qui se tenaient maintenant à l'écart.

Nous sommes allés nous asseoir sur une grosse pierre. Efi avait l'air abattu et il a laissé son menton tomber sur sa poitrine. Les moines s'étaient relevés et, clopin-clopant, ils s'éloignaient sous l'œil indifférent des soldats. La plupart des Damnés les imitaient, les bras chargés de provisions, ayant retrouvé cette espèce d'hébétude qui leur tenait habituellement lieu de calme.

Quelques-uns sont restés et se sont rapprochés des Boleshs, qui avaient terminé leurs négociations avec les caravaniers. L'un d'eux, vieux comme l'hiver de Vermillon, est venu vers nous et s'est adressé à Efi avec un large sourire édenté :

— Viens avec nous, petit père. La caravane va repartir. Les soldats sont de notre côté et même les Atamans ne pourront rien contre nous. Tu vas à Petra, toi aussi?

— Oui, je vais à Petra, a murmuré Efi d'un ton las qui ne lui ressemblait pas. Nous y allons tous les deux.

Il a doucement caressé ma tête et le vieux Damné, ému, nous a tendu la main pour nous aider à nous relever.

— Sois le bienvenu avec nous, petit père, a-t-il ajouté. Le vent tourne, de grandes choses se préparent. Et j'espère vivre encore assez longtemps pour les voir se réaliser.

Efi avait les paupières mi-closes, mais j'ai entrevu un éclair de haine contenue traverser ses yeux bleus.

Son poing s'est refermé sur mon bras.

# DIX

Les plaines, de ce côté-ci de la Barrière de l'Ours, me paraissaient un peu moins désolées que les terres ingrates de Siwr, dont j'étais issue.

Le coche dans lequel nous avions pris place pour continuer notre voyage était d'un type différent de celui dans lequel nous étions montés à Tobol. Il comportait des ouvertures et je pouvais voir à l'extérieur.

Le vieux qui nous avait demandé si nous allions à Petra semblait avoir décidé de prendre soin de nous. Il m'avait fait asseoir près d'un cadre muni de claires-voies, et je n'avais qu'à tirer légèrement les épais rideaux qui le recouvraient pour contempler le paysage.

Efi restait immobile, les yeux fixés sur le plancher, indifférent à tout ce qui se passait autour de lui. En apparence, en tout cas, car je sentais en lui une fureur rentrée qui, si elle venait à exploser, serait sans aucun doute destructrice. J'étais la seule à le savoir, cependant, car, pour les autres passagers, il n'était manifestement qu'un vieillard fatigué.

Le vieux qui nous avait pris sous son aile, en revanche, se laissait aller à un bavardage ininterrompu, ponctué de gorgées de madogue et de grands sourires naïfs.

— J'ai grandi à Siwr à l'époque où nous autres Damnés n'étions que des bêtes et où les maîtres nous traitaient comme telles. Puis j'ai connu l'Émancipation, et nous avons tous cru, à l'époque, qu'avec la liberté viendrait l'abondance. Elle est venue pour certains d'entre nous, c'est vrai. Mais les terres distribuées n'étaient pas gratuites et la plupart se sont endettés au point de devoir se vendre eux-mêmes pour pouvoir rembourser leurs emprunts. Et ils se sont bradés à ceux-là mêmes qui étaient autrefois leurs frères.

« Ces derniers ont pu s'approprier les terres disponibles et se sont mis à vivre comme nos oppresseurs précédents, en utilisant les mêmes méthodes. Ils ont grossi et se sont enrichis sur notre dos et, finalement, nous nous sommes retrouvés encore plus démunis qu'auparavant. Nous n'avons fait que changer de maîtres, dans le fond, même si ceux-ci sont pires que les précédents, car ils sont des nôtres. Nous ne les en haïssons que davantage. »

La description faite par le bonhomme des accapareurs correspondait trait pour trait à Koulak : un Damné qui avait trahi, s'était pris pour un Homme et s'était imaginé qu'on pouvait tout acheter. J'en savais quelque chose… Je comprenais donc la haine du vieillard et je la partageais sans réserve.

— Ce sont eux qui gardent tout, a-t-il repris, alors que nous crevons de faim. Mais quand les Atamans viennent pour réclamer la part de l'empereur, qui se fait massacrer? Nous autres…

D'autres paysans présents dans le coche hochaient la tête avec tristesse. Le vieux ne m'apprenait pas grand-chose. J'avais connu ma part de ces vexations et de ces misères. De surcroît, étant du Bund, je risquais de finir sur un bûcher quand la colère, le madogue et la faim achèveraient de rendre fous les Damnés.

— Nous allons à Petra pour porter notre supplique à l'empereur Roman, a poursuivi le vieux. Lui, il nous écoutera. Il est notre père à tous et il nous rendra ce qui nous a été pris.

La naïveté du pauvre bougre me consternait. Efi avait sans doute été beaucoup plus près de la réalité des sentiments de l'empereur envers les Damnés lorsqu'il avait dit à Krasha : « Comment oses-tu croire que Roman le Grand puisse se préoccuper d'une souillon de ton espèce? » L'empereur se souciait moins des Damnés que des puces de ses chiens.

Tcherny m'avait autrefois expliqué, lors de ces nuits claires où le soleil ne se couchait jamais vraiment et qu'il venait me voir près de la cabane de mes parents, que Roman vivait dans l'or et le luxe, que ses palais étaient éclairés nuit et jour plus brillamment qu'au grand soleil, qu'il mangeait en une journée autant qu'un village entier de Damnés pendant une semaine, que ses chevaux et ses chiens étaient mieux traités que ses domestiques. Qui, dans ce coche peuplé de déshérités et de miséreux, pouvait raisonnablement espérer rencontrer un jour l'impitoyable tyran?

Efi, peut-être. Les prétentions du Khlysty avaient beau paraître aberrantes, je ne pouvais m'empêcher d'y croire malgré moi, contre toute vraisemblance. Il était clair pour moi qu'Efi disposait de pouvoirs dépassant mon intelligence. Il était, en tout cas, extrêmement convaincant : il pouvait passer pour un initié redoutable et, l'instant d'après, pour un paysan illettré deux fois plus âgé. C'était comme si on ne pouvait voir en lui que ce qu'il souhaitait lui-même qu'on y voie.

Pour ma part, il m'effrayait et me fascinait à la fois. Plusieurs passagers semblaient s'être pris d'affection pour lui, ce qui se traduisait agréablement à l'heure des repas, d'autant plus que je bénéficiais également de la générosité de ces pauvres diables qui nous offraient leurs trésors : pain, fromage, et même, parfois, un peu de viande.

J'avais remarqué avec un certain soulagement qu'aucun Bolesh n'était monté dans notre coche. J'étais persuadée que ces derniers, au contraire des paysans frustes qui nous accompagnaient, n'auraient pas été dupes de la comédie d'Efi, d'autant plus que le couple, au départ de la caravane, l'avait vu faire étalage de ses vantardises devant les moines sidérés. Ignorant tout de leurs véritables desseins, j'étais soulagée de ne pas les voir rôder dans les parages. Le monde était beaucoup plus compliqué que ce que j'en avais connu jusqu'alors…

L'intarissable babillage du vieux et la monotonie du paysage, malgré ces multiples questions qui se bousculaient dans ma tête, ont vite eu raison de mon intérêt pour ce qui se passait autour de moi. Cette faiblesse physique que j'avais crue passagère me reprenait et la somnolence s'est emparée de moi.

Mon bras gauche me démangeait toujours. À la lumière de l'extérieur, pendant notre pause forcée, j'avais remarqué à la saignée quelques croûtes rougeâtres à peine perceptibles. Ce n'était pas vraiment douloureux. Plutôt exaspérant.

Aussitôt que je me grattais, Efi paraissait émerger de sa torpeur. Sans même tourner la tête vers moi, il posait sa main sur mon bras et le picotement cessait comme par enchantement. Puis les divers bruits du coche se sont brouillés en un vague murmure et j'ai laissé aller ma tête sur mon épaule. J'ai sombré dans un sommeil profond, curieusement confiante dans la présence apaisante du Khlysty.

Des appels stridents retentissaient parfois du dehors, mais ils n'arrivaient à mes oreilles que très affaiblis, comme s'ils avaient dû traverser un épais boisé avant d'y parvenir. Sans ouvrir les yeux, je savais qu'une troupe d'Atamans avait croisé la caravane au grand galop avant de disparaître dans la steppe, enveloppée dans un épais nuage de poussière. J'avais perdu le décompte des jours.

Un soir, alors que la nuit tombait, quelque chose est passé rapidement devant mes paupières fermées. Puis des formes étranges se sont détachées du plafond et des parois du coche – ou bien s'y sont-elles simplement glissées par les interstices des claires-voies? – et elles se sont mises à évoluer dans l'atmosphère lourde d'odeurs persistantes. Des formes noires et déliées, aériennes, insaisissables. Les Boleshs? Que me voulaient-ils?

Inconsciemment, j'ai voulu me recroqueviller sur mon siège, mais je n'ai pas pu faire le moindre mouvement. J'étais comme paralysée, engluée dans une sorte de toile impalpable qui me maintenait immobile. Mes paupières semblaient peser des tonnes. Les formes passaient et repassaient devant elles, chauves-souris lentes et opiniâtres, frôlant parfois ma joue ou mes cheveux, ou se posant, l'espace d'une seconde, sur ma poitrine oppressée. Un frisson de dégoût s'est propagé dans tout mon corps.

Non, il ne pouvait pas s'agir des Boleshs. Les Boleshs ne volaient pas, ils ne pouvaient pas papillonner ainsi autour de mon visage et de ma gorge comme de grands insectes mous et soyeux, les frôler de leurs palpes ténus, s'y agripper parfois de leurs imperceptibles griffes. Ils ne pouvaient pas défier ainsi les lois de la pesanteur. Qu'étaient ces créatures ignobles? Je l'ignorais, mais, tout à coup, leurs ailes noires et hideusement tièdes m'ont enveloppée tout entière. J'ai ressenti une vive piqûre à la saignée du bras gauche.

J'ai voulu hurler, mais mon cri est resté coincé dans ma gorge, trop gros qu'il était pour en sortir. J'ai cru étouffer. Dans mes efforts désespérés pour m'arracher à l'emprise mortelle des ailes noires, je ne parvenais même pas à remuer les lèvres. Une sueur tantôt brûlante, tantôt glaciale trempait mes vêtements. Je ne savais qu'une chose, obsédante, terrifiante : j'allais mourir.

Je n'étais plus qu'une pâte informe dont se jouaient les créatures ailées. Peu à peu, ma volonté elle-même m'a abandonnée et je n'ai plus offert la moindre résistance. Mon corps avait cessé de m'appartenir.

Quand je me suis réveillée, un jour blafard filtrait par les claires-voies. La grande silhouette d'Efi était penchée sur moi, me fixant de toute la profondeur de ses yeux bleus. J'ai sursauté.

— Tu as fait un mauvais rêve, petite sœur? a-t-il murmuré.

J'ai ouvert les yeux tout à fait et j'ai tenté de me redresser sur le banc où j'étais complètement avachie. Autour de nous, les Damnés et les soldats somnolaient encore, ayant sans doute discuté à voix basse toute la nuit tandis que j'étais la proie des cauchemars. J'étais si faible que c'est à peine si je pouvais tourner la tête.

— C'était horrible, ai-je émis dans un souffle.

Efi m'a prise dans ses bras et m'a serrée contre lui. Malgré sa puanteur, je me sentais presque bien. Nous sommes restés un long moment immobiles, silencieux. Puis Efi m'a demandé, toujours à voix basse :

— Tu les as vus, n'est-ce pas? Tu les as sentis?

De nouveau, j'ai tressailli. Cette simple question, loin de me rassurer, m'a remplie d'épouvante. Efi voulait-il dire que je n'avais pas rêvé? Que ces monstres ectoplasmiques qui m'avaient tourmentée dans mon sommeil n'appartenaient pas au domaine des songes mais à celui de la réalité?

La langue pâteuse, la mâchoire encore engourdie, je lui ai décrit tant bien que mal les affreuses créatures dont je n'avais pourtant rien vu, dans le fond, si ce n'est des formes vagues, des ailes, des griffes, des ombres. Il s'agissait moins d'images que de sensations incertaines, bruissements, froufrous, frôlements, comme si l'horreur de la nuit avait, l'espace de quelques instants, pris une apparence palpable.

Les phrases sortaient péniblement de ma bouche, hachées, bredouillantes. J'en frissonnais encore. Je ne craignais plus les hommes depuis longtemps, mais ces créatures insaisissables me remplissaient d'horreur. J'ai refermé les yeux, me pelotonnant contre la poitrine d'Efi.

— Les Suceurs, a-t-il chuchoté tout près de mon oreille. J'ai senti leur présence, moi aussi. Ils t'ont trouvée...

Je me suis liquéfiée.

— Les Suceurs?

Efi a posé sa main sur ma bouche. Heureusement, mon cri avait été si faible que personne à part lui ne l'avait entendu.

J'étais sidérée. Les Suceurs! Cette engeance mystérieuse apportée autrefois à Vermillon par les ancêtres de Roman ou de son épouse, selon ce que m'avait raconté Efi à Tobol, et qui harcelaient aujourd'hui l'héritier du trône. Mais pour quelle raison s'en prenaient-ils à moi à présent? Qu'avais-je à voir avec la famille du tyran de Vermillon?

Tout ce que j'en savais, c'était que rien ni personne n'avait jamais pu vaincre ces mystérieuses créatures. Malgré toute leur puissance, Roman et les siens devaient subir leur joug et laisser leur unique héritier les nourrir de son sang. Seul Efi s'était vanté de pouvoir contrôler les vampires invisibles. Mais il n'avait dit à personne comment il s'y prendrait.

Et voilà qu'à présent, les Suceurs avaient jeté leur dévolu sur moi. Je n'avais pourtant pas demandé à partager de tels privilèges avec la famille impériale... Était-ce pour cette raison que je me sentais aussi faible ces derniers temps? Qu'allais-je devenir maintenant?

— Tant que tu resteras avec moi, tu n'auras rien à craindre, a repris Efi en me caressant les cheveux, comme s'il venait de lire mes pensées.

— Mais ils étaient là cette nuit! ai-je répondu en serrant les poings. Pourquoi n'as-tu rien fait? Ils vont revenir, j'en suis sûre. Et après, tu me demanderas si j'ai fait un mauvais rêve?

— Si je n'avais pas été là, qui sait si tu ne serais pas déjà morte? a laissé tomber le Khlysty d'une voix sourde.

Je me suis calmée. Peut-être avait-il raison. De toute façon, ma faiblesse allait en s'aggravant et je n'étais pas de force à discuter. D'après ce que j'avais compris, les Suceurs, une fois installés dans le corps d'une femme, n'en ressortaient plus. Et si cette femme avait des enfants, alors ils se multipliaient et infestaient le nouveau-né avant même sa naissance. Je n'avais pas le choix. Efi était mon seul salut.

Le voyage a continué pour moi dans une torpeur désagréable. Je somnolais toute la journée, sans songer à regarder le paysage qui défilait lentement de l'autre côté des épais rideaux. La nuit, je dormais mal d'un sommeil agité et intermittent dont j'émergeais, au matin, plus fatiguée encore que la veille. Parfois, dans le courant de la nuit, je m'éveillais en sursaut, trempée de sueur. Ouvrant les yeux, je tombais sur le regard clair et bleu du Khlysty fixé sur moi, et je me rendormais aussitôt.

Malgré mon manque d'appétit – une sensation toute nouvelle pour moi! – Efi me forçait à manger, prétendant que les Suceurs auraient d'autant plus d'emprise sur moi que j'aurais moins de résistance à leur opposer.

Par moments, je me demandais cependant si, au contraire, ce n'était pas eux que je nourrissais en absorbant du lait, et même parfois un peu de viande de cheval que les Damnés, émus par ma pâleur, offraient pour moi à Efi.

Les jours passaient, lents et monotones. À chaque étape, de nouveaux voyageurs se joignaient à la caravane et s'entassaient dans les coches. Le nôtre est vite devenu surpeuplé et irrespirable. Je passais le plus clair de mon temps affalée contre la claire-voie, essayant de respirer le plus possible d'air venant de l'extérieur.

Peu à peu, cependant, j'ai cessé de faire des rêves. Mon sommeil est devenu plus régulier et j'ai même retrouvé un peu d'appétit. Pendant ma maladie, je n'avais pas tenu le compte des jours et j'ignorais si nous étions encore loin de notre destination.

À en juger par l'agitation qui s'était emparée des voyageurs depuis quelque temps, je devinais cependant que le voyage touchait à son terme. Les villes que nous traversions étaient de plus en plus rapprochées et certains des passagers qui tentaient de trouver une place dans le coche portaient des vêtements d'un style plus proche de celui des Boleshs que de celui des Damnés de Siwr.

D'autres, des Damnés de toute évidence, tranchaient également dans leur mise avec leurs congénères. Leurs cheveux avaient été coupés et leur visage était rasé. Ni bottes ni pelisses. Ils portaient d'amples blouses faites d'un tissu gris-bleu et résistant, et sur la tête d'étranges couvre-chefs munis de visières rigides. Leur allure générale était aussi rustique que celle des autres Damnés, mais ils étaient plus maigres, et dans leurs yeux brillant d'une fièvre empreinte de colère se lisait l'énergie du désespoir.

Ces nouveaux venus ne me prêtaient guère attention, non plus qu'à Efi. Peu m'importait. Ma santé revenait et je voyais enfin arriver la fin de cet éprouvant voyage. Mon protecteur avait-il réussi à éloigner les Suceurs? Je devais reconnaître que oui. Ma méfiance à son égard s'atténuait, même s'il me faisait toujours un peu peur.

Quelques jours plus tard, vers la fin de l'après-midi, de nombreuses clameurs en provenance du reste de la caravane ont explosé de tous côtés. Une véritable frénésie s'est emparée des voyageurs.

— Petra!

Le cri a retenti plusieurs fois, salué par des applaudissements et des manifestations de joie. Je me suis laissée aller à l'euphorie générale. Efi, pour sa part, demeurait parfaitement calme. Lorsque le coche s'est enfin immobilisé, il s'est simplement levé, il m'a prise par la main et m'a entraînée avec lui.

Dans l'immense caravansérail, où s'affairait la guilde des caravaniers, allaient et venaient des gens de toutes origines. Hommes, Damnés, soldats, Atamans, et d'autres venus des régions du sud, de Mongot, peut-être, ou de contrées encore plus exotiques. La foule était sillonnée par des individus vêtus de gris qui semblaient n'avoir d'autre but que d'observer d'un œil morne les faits et gestes des voyageurs.

Je n'ai pas eu le loisir de les examiner. Efi marchait d'un pas rapide et, ma main dans la sienne, je le suivais comme une petite fille émerveillée. J'étais à Petra, la ville mythique, la capitale de l'empire de Vermillon. Un empire au cœur de l'empire…

Je me suis souvenue de ce que m'avaient dit les deux vieilles dans le village où, pour la première fois depuis la destruction du mien, on m'avait donné à manger. Ceux du Bund étaient plus nombreux ici. Ils pourraient m'aider. Tcherny était du Bund, lui aussi, même si tout dans son apparence et dans sa façon de vivre faisait de lui un Damné.

Se trouvait-il à Petra? Pour la première fois depuis longtemps, j'éprouvais autre chose que la plus noire désespérance.

# ONZE

Je ne sais plus à quoi je m'attendais en arrivant dans la ville, ni même si je m'attendais à quelque chose, mais mes premiers pas dans Petra m'ont laissée muette de stupéfaction face à cette cité immense, tentaculaire, dont les rues boueuses débordaient de passants affairés ou oisifs.

Des groupes nombreux de Damnés vêtus de ces blouses d'un gris tirant sur le bleu se tenaient aux carrefours, discutant avec véhémence. Des Damnées attendaient en files interminables devant des boutiques aux volets fermés, certaines portant dans leurs bras des enfants en bas âge, d'autres si vieilles et si ridées que je me demandais comment elles tenaient encore debout.

Je croyais connaître la misère, et j'avais peut-être pensé qu'à Petra celle-ci n'existait pas, qu'elle était réservée aux plaines éloignées de Siwr, mais elle m'apparaissait au contraire plus violente, plus ostensible ici que là-bas. Les Damnés errant dans ces rues étaient d'une maigreur épouvantable et leurs visages rasés montraient les stigmates de la malnutrition chronique.

Efi traversait des groupes d'un pas rapide, sans regarder ni à droite ni à gauche. Les maisons, de chaque côté de la rue, s'élevaient en une barrière sombre hérissée de cheminées, plus hautes que les plus hauts temples de Rus que j'avais pu voir à Siwr. Curieusement, malgré le froid intense, ces cheminées ne fumaient pas. Les habitants de la ville étaient-ils aussi résistants que des ours?

Mes pieds étaient gelés et douloureux. J'étais habituée aux rigueurs de l'hiver, bien sûr, mais j'avais quitté mon village les mains vides et je n'étais pas assez chaudement vêtue. La chaleur animale qui avait régné dans le coche tout au long du voyage m'avait fait oublier à quel point les hivers de Vermillon étaient terribles. Je frissonnais à chaque pas.

Efi s'en est aperçu.

— Ne traîne pas, petite sœur, a-t-il dit dans un nuage de vapeur. Là où je te conduis, tu n'auras plus jamais froid.

Je ne sais pas pourquoi, à cet instant, j'ai pensé aux flammes de l'enfer, dont les moines rebattaient les oreilles des villageois à tout propos avant de prélever leur part des récoltes. Très vite, cependant, le froid qui me pénétrait jusqu'aux os m'a fait paraître n'importe quel enfer préférable à ces rues interminables et glacées.

— Où se trouve le palais de l'empereur? ai-je demandé, étonnée de n'avoir vu jusqu'à présent que des taudis entassés sur plusieurs étages et des hordes de déshérités faméliques.

— Patience, a répliqué Efi sans ralentir. Nous serons bientôt sortis de ce faubourg dangereux. Il fait partie de

Petra, mais on l'appelle Vibor. Un repaire des Boleshs. Rus lui-même préfère en détourner les yeux…

Je n'ai pas cherché à comprendre ce qu'il voulait dire. Tout ce que je désirais, c'était de pouvoir m'arrêter enfin pour me reposer. Bientôt, la fatigue a émoussé ma curiosité et je n'ai plus accordé un seul regard aux maisons tristes et aux silhouettes hâves et déguenillées qui hantaient les rues encroûtées de boue glacée. Les yeux au sol, je me laissais emporter par le pas vif d'Efi, qui semblait infatigable.

Après un long moment de marche harassante, nous sommes enfin parvenus à un pont. Un pont gigantesque comme je n'en avais jamais vu, flanqué de chaque côté par de petites tours portant des feux qui l'éclairaient comme autant de lanternes aux lueurs vacillantes.

— Le fleuve Nevki.

Efi s'est arrêté. Un long ruban blanc, presque luminescent, s'étendait à nos pieds. Puis j'ai relevé les yeux. De l'autre côté du pont, c'était une autre ville qui commençait. Dans le crépuscule naissant, j'y apercevais des coupoles dorées, des flèches élancées, des étendards rutilants. Des lumières vives brillaient de toutes parts, contrastant avec l'ombre qui engloutissait déjà, dans mon dos, les galetas de Vibor.

Efi s'est engagé sur le pont. Celui-ci grouillait littéralement de Damnés qui se rendaient à Petra ou en revenaient, s'agglutinant les uns aux autres et s'apostrophant à voix basse tandis que des Atamans aux mines patibulaires patrouillaient à cheval, dispersant les groupes à coups de cravache lorsque ceux-ci devenaient trop importants. Efi s'y frayait un chemin sans difficulté apparente. Cette faculté de passer comme un spectre à travers la foule la plus dense m'étonnait toujours, même si je l'avais déjà remarquée lors de notre escale à Ekateri.

Un vent rude, venant du nord, balayait le fleuve pris par les glaces. Vers ma droite, de l'autre côté d'un bras du fleuve, s'élevait la masse sombre et inquiétante d'une forteresse imposante. Ainsi que je l'apprendrais plus tard, cette sinistre construction servait en ce temps-là de prison, et Tcherny, comme beaucoup d'autres qui allaient changer ma vie, avaient tâté de la paille de ses cachots. On la surnommait la Mygale, et ce simple nom suffisait généralement à donner la chair de poule à ceux qui l'entendaient prononcer.

Faisant face à la forteresse, sur la rive du fleuve vers laquelle nous nous dirigions hâtivement, un long palais, même s'il me paraissait plutôt austère, offrait quand même un spectacle moins lugubre. Ses lignes régulières et géométriques me semblaient manquer un peu de fantaisie mais, après tout, qui étais-je pour me permettre d'en juger?

— Le palais d'hiver de l'empereur Roman, a commenté Efi avec laconisme.

— C'est là que nous allons?

Le Khlysty ne m'a pas répondu. Saisissant mon bras, qu'il avait lâché pour me désigner le palais, il a repris sa marche. À ma grande déception, ce n'est pas vers le palais que nous faisions route. Tournant le dos au fleuve, nous nous sommes engagés dans une vaste avenue orientée vers le sud. Nous avons continué d'avancer dans la nuit pendant longtemps encore.

J'étais exténuée lorsque nous sommes enfin arrivés, dans un quartier peu éclairé, devant un grand portail de bois. Efi a frappé à la porte à l'aide d'un marteau de bronze qui s'y trouvait suspendu. Au bout de quelques instants, une femme est venue nous ouvrir. Elle a maugréé quelque chose en me voyant, mais Efi lui a lancé un ordre bref et elle a disparu dans l'ombre.

Efi l'a rapidement rejointe et nous sommes entrés dans la maison. La femme paraissait assez jeune, mais il ne m'était pas facile de préciser son âge car son corps et une bonne partie de son visage – qui était particulièrement blafard – étaient dissimulés dans une sorte d'ample robe de bure.

Il faisait chaud, à l'intérieur, et Efi a demandé à la femme de s'occuper de moi, de me donner à manger et des vêtements corrects. La pièce dans laquelle nous nous trouvions était petite et meublée simplement. Les objets liés au culte de Rus y étaient nombreux et couvraient presque entièrement les murs.

J'ai rapidement avalé la soupe qu'on m'a présentée, puis Efi a enjoint à la femme de me préparer un lit. Elle l'a regardé un moment avec intensité – il m'a semblé lire de la douleur dans ses yeux –, puis elle m'a conduite vers une petite chambre sans fenêtre, au bout d'un couloir sombre qui s'achevait sur un coude. Là, elle a disposé des draps – des draps, avais-je jamais vu un tel luxe!? – sur un étroit lit de fer, et elle est ressortie sans avoir prononcé un seul mot.

Elle a refermé la porte à clé de l'extérieur, et je me suis retrouvée dans l'obscurité et le silence. Avant de sombrer dans le sommeil, il m'a semblé entendre des gémissements et des cris étouffés, mais j'étais si fatiguée que je me suis demandé si je n'étais pas déjà en train de rêver.

Le lendemain, la femme est entrée dans la chambre alors que j'étais encore à moitié endormie. Elle était aussi blême que la veille, mais elle m'a souri et m'a apporté de quoi déjeuner.

La maison était silencieuse. J'ai demandé si Efi allait nous rejoindre, mais elle m'a répondu tristement qu'il était parti et qu'elle ne savait pas quand il reviendrait, et que je ne devais pas sortir d'ici jusqu'à son retour.

— Tu peux m'appeler Lokina, a-t-elle dit en guise de conclusion.

Puis elle est ressortie, non sans avoir de nouveau fermé la porte à clé. J'étais perplexe. Je ne comprenais toujours pas quelles étaient les intentions d'Efi à mon égard. À aucun moment il n'avait tenté d'abuser de moi, même s'il ne s'était manifestement pas privé de le faire avec d'autres, ainsi que je l'avais constaté à Ekateri. Il ne m'avait rien demandé. Rien d'autre que de rester avec lui. Et, pour s'en assurer, il m'avait fait enfermer dans une pièce sans issue.

La rancœur, qui avait diminué depuis qu'Efi m'avait délivrée des Suceurs, me remontait à la gorge. De quel droit me séquestrait-il, et pour quelle raison? Toute la journée, je me suis fait un sang d'encre. La porte était solide et le verrou n'était accessible que de l'extérieur. Je ne voyais pas comment je parviendrais à m'échapper de cette maison étouffante.

Après d'interminables heures de silence, un bruit sourd m'est enfin parvenu. Le claquement de la lourde porte d'entrée, ai-je pensé. Puis des voix. Celle d'Efi, joviale et sonore, et celle de Lokina, plus discrète, à peine perceptible. Quelques instants plus tard, la porte s'est ouverte. Efi est apparu, l'air assez agité.

— Petite sœur, a-t-il déclaré, j'ai de bonnes nouvelles pour toi. Ce soir, tu vas souper avec nous.

Si j'attendais une révélation sur ma situation, j'ai été déçue. J'étais contente de sortir enfin de mon cagibi, mais Efi s'est perdu, tout au long du repas, en des considérations sur le culte de Rus, la famille impériale et la régénérescence des Damnés par le travail et la soumission, et je n'ai rien appris de neuf à mon sujet.

Puis il nous a aussi raconté ses voyages – vrais ou inventés – bien au-delà des frontières occidentales de Vermillon, dans des contrées où, selon lui, Rus avait été oublié et où les habitants ne révéraient que l'or qu'ils pouvaient amasser. Lokina l'écoutait avec vénération, mangeant très peu, semblant se satisfaire de boire ses paroles.

Mon assiette, en revanche, n'avait pas le temps de se vider que déjà Efi la remplissait de nouveau. Après des années de disette, je mangeais presque autant que Koulak! Tout en avalant les mets qu'on me servait, je songeais avec un certain malaise aux hordes de Damnés faméliques que nous avions croisés dans le faubourg de Vibor ou sur le pont du fleuve Nevki. Alors que le sang me montait au visage, j'éprouvais un sentiment diffus de culpabilité. J'avais l'impression de trahir les miens.

Après le repas, alors que j'étais repue et honteuse, Efi m'a conduite dans une grande pièce où brûlait un feu de bois, dans une grande cheminée. Il m'a poussée sur un long divan qui lui faisait face et sur lequel je me suis affalée lourdement. Lokina s'est assise à ma droite, Efi de l'autre côté.

Lokina m'a pris la main, cependant qu'Efi entreprenait de me masser légèrement la nuque. Je me sentais bien, tout à coup. La chaleur qui émanait du foyer me plongeait dans une douce torpeur et mes yeux, fixés sur les flammes dansantes, se sont abîmés dans une sorte de brouillard ensanglanté.

Alors j'ai ressenti une piqûre au bras gauche, juste au niveau de la saignée. Un voile rouge a recouvert mes yeux et quelque chose a coulé sur ma peau.

Lorsque je me suis réveillée, j'étais allongée dans l'obscurité de la chambre minuscule. Mon bras gauche me démangeait. J'ai essayé de me lever, mais ma faiblesse était telle que, à peine avais-je posé les pieds sur le plancher, je me suis effondrée.

Pourtant, si mon corps ne m'obéissait plus, mon cerveau, lui, fonctionnait à toute vitesse. Il fonctionnait d'une façon désordonnée et incontrôlable, mais il fonctionnait. Les images s'y succédaient à une vitesse folle, virevoltaient, me frôlaient, me frappaient. Mon bras couvert de croûtes rougeâtres, les ailes noires des Suceurs devant mon front, le visage blême de Lokina, exsangue... Que m'était-il arrivé? Que signifiait tout cela?

J'essayais en vain de mettre un peu d'ordre dans ce déferlement de pensées visuelles. Pourtant, du fin fond de ce chaos coloré commençait à émerger une idée. Une idée vague encore, mais qui se précisait peu à peu. Efi m'avait-il vraiment débarrassée des Suceurs, ou n'était-ce pas plutôt lui qui – dans quel but mystérieux? – les avait attirés vers moi et m'avait livrée à eux? Je me demandais même si...

La porte s'est ouverte brusquement. Dans une espèce de brouillard, j'ai aperçu la silhouette de Lokina qui s'avançait vers moi. J'ai fermé les yeux. Lokina s'est agenouillée près de moi et a voulu m'aider à me redresser. Je n'ai pas fait un geste, feignant l'évanouissement. Affolée, elle s'est redressée et a quitté la chambre en courant.

Concentrant tous mes efforts, je me suis lentement relevée et j'ai réussi à faire quelques pas en direction de la porte. Dans sa précipitation, Lokina ne l'avait pas refermée. Je me suis glissée dans le couloir et, n'ayant guère la force d'aller plus loin, je me suis contentée de faire quelques pas et de me dissimuler derrière le coude formé par le couloir, juste derrière la chambre.

Cette fuite était sans espoir, je m'en rendais bien compte. Lokina allait revenir avec Efi. Ils allaient me reprendre et m'enfermer, m'attacher peut-être, et continuer sur moi leurs pratiques abominables. Au bout d'un moment, cependant, c'est seule que Lokina est revenue. J'ai entendu son pas menu dans le couloir. Puis elle est entrée dans la chambre. Elle a poussé un cri de surprise. Alors, sans réfléchir, je suis sortie de ma cachette et je me suis précipitée sur la porte, que j'ai fermée à double tour.

Cette fois, c'est ma geôlière qui était prisonnière!

Je l'ai entendue crier à l'intérieur, mais je savais que ses appels resteraient sans réponse. Les murs étaient épais et la maison isolée. Elle m'avait remplacée dans ce tombeau et, en ce qui me concernait, elle pouvait bien y crever.

J'ai repris mon souffle et j'ai lentement remonté le couloir. De toute évidence, Efi était absent. Trébuchant presque à chaque pas, j'ai inspecté la maison pièce par pièce, m'appuyant aux murs pour ne pas tomber. J'ai commencé par grignoter quelque chose dans la cuisine et, au bout d'un moment, je me suis sentie un peu mieux.

J'ai continué mes investigations, m'intéressant surtout à la petite pièce remplie des objets du culte de Rus. Jamais je n'avais autant détesté ce dieu invisible et tyrannique qui se servait de Roman pour asservir les Damnés de Vermillon. Ces images peintes, ces talismans et ces figurines torturées me donnaient envie de vomir.

J'ai dû m'arrêter un instant pour ne pas m'évanouir. Les cris de Lokina me parvenaient toujours, assourdis par les murs épais. Efi risquait de revenir à tout moment, et je devais me ressaisir.

Alors, à l'instant où j'allais quitter la pièce pour fuir cette répugnante maison, mes yeux sont tombés sur un flacon de verre posé devant une représentation peinte sur bois de la famille impériale. L'homme qui trônait au centre était indubitablement Roman le tyran. Derrière lui, légèrement en retrait, les traits tristes et austères, l'impératrice Alix. Et, sur ses genoux, frêle, les yeux rêveurs, un jeune garçon au teint pâle : Niko, l'héritier du trône de Vermillon, la victime des Suceurs.

Étrangement, les yeux de l'enfant semblaient dirigés vers le flacon posé devant le minuscule tableau. Le flacon contenait un liquide rouge sombre. J'ai avancé la main en tremblant et je l'ai saisi. J'ai retiré le bouchon et je l'ai porté à mon nez : c'était bien du sang.

Il n'y avait plus de doute possible. Ce sang, c'était le mien. En un éclair, j'ai tout compris! Comment, au cours du long voyage de Tobol à Petra, Efi m'avait saignée en pratiquant des incisions au bras, comment il avait continué ce crime ici même, me nourrissant grassement pour me régénérer. Et ces femmes, à l'auberge d'Ekateri, à qui il avait dit « je vous ferai assez crier tout à l'heure », et dont j'avais entendu les gémissements toute la nuit! Les avait-il saignées à blanc? Je me rappelais cet air repu et satisfait qu'il avait eu toute la journée du lendemain...

Les Suceurs? C'était lui leur maître, lui qui les dirigeait à son gré vers telle ou telle proie. Le prince héritier!... Loin de le guérir, Efi l'avait désigné aux Suceurs pour s'introduire auprès de la famille impériale et en prendre le contrôle. Cela me semblait clair, à présent.

Cependant, je m'en moquais, après tout. L'empereur, son fils et les siens pouvaient bien disparaître de la surface de Vermillon, peu de gens allaient les regretter. Sûrement pas les Damnés, en tout cas. Pour ma part, j'aurais aidé le bourreau à leur passer la corde au cou avec le plus grand plaisir. S'ils n'étaient la cause directe de ma misère et de celle des miens, ils avaient au moins le pouvoir de l'atténuer, ce qu'ils n'avaient jamais pris la peine de faire.

Mais moi? Moi, Garance! Que venais-je faire dans tout ça? Pourquoi Efi avait-il jeté son dévolu sur ma petite personne? Qu'avais-je à voir avec Roman et ses sbires?

Étais-je vraiment qui je croyais être?

# DOUZE

Je me suis retrouvée dehors sans trop savoir comment, après avoir poussé plusieurs portes et franchi une grille, en proie à un affolement complet. Je ne reconnaissais cependant pas la rue que j'avais empruntée avec Efi pour arriver jusqu'ici. Sans doute étais-je sortie de la maison par une autre issue. Pas le temps de vérifier. Il me fallait mettre le plus d'espace entre Efi et moi et je n'avais pas un instant à perdre.

J'ignorais combien de temps j'étais restée inconsciente dans la chambre, mais l'après-midi touchait à sa fin et la rue baignait dans une clarté faible et grisâtre. Vêtue d'une pelisse trop grande pour moi que j'avais ramassée avant de quitter la maison de Lokina, je me suis lancée vers le nord, dans l'espoir de tomber sur les berges du Nevki, mon seul point de repère dans l'immense ville de Petra.

Je n'avais pas trouvé de quoi me chausser – je n'en avais d'ailleurs pas eu le temps – et mes pieds étaient glacés. Ils laissaient dans la neige, là où elle n'était pas trop gelée, des empreintes à six orteils qui me dénonçaient sans équivoque. Efi n'aurait qu'à les suivre pour me remettre le grappin dessus. La terreur d'être reprise, qui me tenait lieu d'énergie, me poussait désespérément en avant.

Au fur et à mesure que je remontais en direction du fleuve, les rues devenaient de plus en plus animées. Des carrosses richement décorés, conduits par des Damnés sans âme, aux regards éteints et affublés de costumes ridicules qui les faisaient ressembler à des poupées ou à des automates, me croisaient ou me dépassaient sans ralentir, menaçant chaque fois de m'écraser. Toute une population habillée avec luxe, exhibant plumes et pierreries sur ses riches fourrures, allait et venait, me jetant au passage des regards méprisants, quand par hasard elle daignait me voir.

La plupart du temps, cependant, j'avais plutôt l'impression d'être transparente. Invisible. Pour cette race de seigneurs qui possédait tout Vermillon sans jamais avoir sali ses bottes, je comptais moins que les crottes de ses chiens, qui étaient parfois vêtus, à ma grande stupéfaction, des mêmes fourrures que leurs maîtres. Ces animaux étaient mieux nourris et mieux vêtus que les Damnés!

Malgré ma peur, je devais souvent m'arrêter et m'adosser contre un mur pour ne pas m'écrouler. Le vertige me prenait fréquemment. Je ne sentais plus mes pieds, je ne sentais plus mes membres. J'avais l'impression d'être réduite à mon seul estomac, qui me faisait cruellement souffrir. À un moment, je n'ai plus pu me retenir et je me suis effondrée dans la boue glacée, presque sans connaissance. Des passants surpris se sont écartés de mon corps recroquevillé près du mur d'une immense maison, grommelant je ne sais quoi à propos du sans-gêne des Damnés qui se croyaient tout permis.

Je crois que je me suis endormie. Ou évanouie. C'est un choc violent dans les côtes qui m'a réveillée. Je me suis raidie en poussant un cri et j'ai ouvert les yeux. Un Homme se tenait près de moi, me dominant de toute sa stature, de toute son arrogance. Il tenait une canne plombée à la main.

— Qu'est-ce que tu fiches ici, paresseuse? a-t-il craché. Tu t'imagines que ton maître te nourrit à ne rien faire? Ingrate! Allez, debout!

Derrière lui, je distinguais maintenant plusieurs autres silhouettes vêtues de noir et pareillement armées de bâtons. De nouveau, l'homme a levé sa canne sur moi. Je n'ai eu que le temps de me retourner en protégeant ma tête de mon bras avant de recevoir un coup sur les épaules. Puis les autres se sont rapprochés à leur tour et une grêle de coups s'est mise à pleuvoir sans relâche sur mon dos et mes bras. L'un d'eux a atteint ma nuque et j'ai perdu connaissance.

Lorsque je me suis réveillée, la nuit était tombée et le froid me pénétrait jusqu'aux os. Je n'en pouvais plus, j'avais le dos brisé et des larmes gelées s'étaient incrustées sur mes joues. Je suis restée allongée sur les pavés disjoints, sans force. C'était fini. Je n'avais plus qu'à me laisser mourir ici.

Une Damnée sans âge, vêtue comme une servante, s'est alors arrêtée près de moi. Elle maintenait d'une main ferme un énorme chien attaché par une chaîne. Le chien avait le poil plus luisant qu'elle... L'animal s'est mis à me renifler en grondant. La femme a soupiré, avec tristesse ou lassitude, je ne sais, mais elle n'a pas osé s'approcher trop près de moi. Elle a rapidement farfouillé dans un sac et en a extrait quelque chose qu'elle a jeté sur le sol, juste à côté de mon visage.

La chose informe a fait un floc mou sur la neige sale et gelée, l'éclaboussant de gouttelettes de sang. J'ai reconnu un morceau d'intestin cru, sans pouvoir dire de quel animal il provenait. Le chien a grogné et tiré sur sa chaîne pour tenter de happer ce trésor qui lui était sans doute destiné. La femme l'a retenu, puis elle a tourné les talons et elle a disparu dans une des maisons. Le chien a aboyé méchamment dans ma direction, mais il n'a rien pu faire.

De mes doigts bleuis et engourdis par le froid et la douleur, j'ai réussi à attraper l'immonde débris de viande, que j'ai entrepris de mâchouiller. Le goût du sang me révulsait, mais il y allait de ma survie. La colère et la haine étaient revenues et m'avaient donné un sursaut d'énergie : je n'avais pas traversé les innombrables épreuves endurées pendant treize ans d'une existence misérable pour laisser mes os dans cette ville avant de savoir qui j'étais! Fermant les yeux, j'ai donc mordu franchement dans la charogne, que j'ai avalée en quelques bouchées.

Les forces me sont revenues. Tant bien que mal, j'ai réussi à me relever et je me suis adossée contre le mur. Mes jambes flageolaient, mais elles pouvaient encore me porter. Je me suis péniblement remise en marche, rasant les murs, les yeux au sol, essayant d'ignorer les rares passants que je croisais, ruminant une colère croissante que je ne pouvais cependant pas encore laisser exploser.

Davantage que les abats répugnants que je venais d'avaler, c'était l'idée de vengeance qui me donnait l'énergie de continuer. Je les ferais cuire dans leur propre graisse, ces maîtres cruels! Je leur ferais manger leurs propres tripes! Je les découperais en tranches que j'étendrais sur la neige pour nourrir leurs chiens! Oh non, je ne manquerais pas d'imagination à l'heure où ils me tomberaient sous la main!...

Cet instant, malheureusement, n'était encore qu'un rêve. En attendant, il me fallait fuir au plus vite ce quartier où, à tout moment, des inconnus pouvaient me rouer de coups jusqu'à ce que mort s'ensuive. Je n'avais nulle part où aller. Une seule idée me guidait, obsédante : repasser le pont du Nevki et me réfugier chez les Damnés. Peut-être ne me traiteraient-ils pas mieux que les Hommes de Petra, finalement, mais, au moins, je me retrouverais parmi les miens.

Protégée par la nuit, j'avançais plus rapidement. Les rues étaient désertes à présent et, si de rares silhouettes apparaissaient parfois au coin d'une rue, je me plaquais contre un mur, me fondant presque en lui tellement j'étais maigre. Sitôt le danger disparu, je reprenais mon chemin avec obstination.

Vers le milieu de la nuit, je suis enfin arrivée au pont. Dans mon dos, la ville était plongée dans les ténèbres, mais, sur ma gauche, brillaient les lumières du palais de Roman et, juste en face, leur faisaient écho celles de la sinistre forteresse de la Mygale.

De l'autre côté du pont, l'obscurité était totale. Cette partie de la ville abritait les taudis des Damnés qui travaillaient dans les mines et les forges de Putila. D'après ce que j'avais pu entendre au hasard des conversations dont j'avais surpris des bribes lors de l'arrivée de la caravane, deux jours auparavant, l'existence dans ces mines était si atroce qu'on appelait communément l'endroit « l'Enfer de Putila ».

Les Damnés s'y exténuaient quatorze ou seize heures par jour, sous le fouet des contremaîtres, pour gagner à peine de quoi survivre. Beaucoup tombaient malades ou mouraient à la peine, mais les propriétaires des mines et des forges s'en souciaient peu : l'afflux incessant à Petra de nouveaux Damnés fuyant la famine et les rigueurs de Siwr leur fournissaient des remplaçants à volonté.

Leur journée terminée, les Damnés rentraient à Vibor pour s'écrouler dans des baraques où ils s'entassaient comme des harengs dans un baril de saumure, et où ils sombraient dans un sommeil profond peuplé des rêves de leur terre natale, où les attendait parfois leur famille.

Dans le quartier de Vibor se trouvaient également les filatures, d'où provenait une partie des tissus dont les habitants les plus fortunés de Petra revêtaient leurs meubles, leurs animaux et eux-mêmes. Les riches étoffes dont se paraient les maîtres ne leur tombaient pas du ciel (Rus n'était pas un tisserand, et il ne donnait rien sinon la faim et les larmes!) : elles sortaient de ces ateliers étouffants en été, glacials en hiver, où s'épuisaient de nombreuses Damnées et, bien souvent aussi, leurs propres enfants.

Au-delà de Vibor s'étendait l'Enfer de Putila, et c'était par centaines de milliers que les Damnés y crevaient pour produire tout ce qui faisait la gloire et la renommée de la ville de Petra, celle qui exhibait ses toits dorés, ses armes scintillantes et ses calèches richement décorées de l'autre côté du pont. À bien des égards, Putila était le cauchemar vivant de Petra.

À mes pieds, le Nevki traçait un long ruban blanc qui tranchait sur la noirceur de la nuit. Le vent en balayait la surface, soulevant des tourbillons de neige. J'étais transie et morte de fatigue. Au loin, par-delà les bâtisses, de vagues lueurs rouges obscurcies par d'épaisses volutes noirâtres m'indiquaient que les forges de Putila ne s'éteignaient jamais et que les Damnés y consumaient, autant la nuit que le jour, leur vie sans valeur.

Je me trouvais à la limite entre deux mondes. Derrière moi, l'enfer de Petra, où je risquais de finir vidée de mon sang entre les mains des Khlystys ou les os brisés à coups de bâton dans une rue sombre; devant, celui de Putila, où m'attendaient certainement d'autres tourments et des peines interminables dans les forges ou dans les mines, car je me doutais bien que personne ne me nourrirait pour mes beaux yeux.

Mais je n'avais pas d'autre choix. Resserrant ma pelisse trop grande autour de mon corps frissonnant, je me suis engagée sur le pont.

# TREIZE

Lorsque j'ai eu passé le pont, je me suis retrouvée dans des rues boueuses et défoncées, longeant des maisons aux murs lépreux et tristes. Pas un bruit, pas une lumière. Le froid me semblait ici plus humide, plus pénétrant que de l'autre côté du fleuve. Dans la partie riche de Petra, j'avais vu des boutiques, des enseignes, des jardins. À Vibor, c'est en vain qu'on aurait cherché un brin d'herbe…

Le vent glacé s'engouffrait dans les rues, faisant battre parfois sur le mur un volet dégondé. J'errais au hasard, en quête du moindre renfoncement qui aurait pu me servir d'abri, mais Vibor était un lieu à ce point abandonné de toute forme de chance qu'il ne paraissait nulle part possible d'y échapper au froid mortel.

Parfois, cependant, une silhouette noire se détachait sur la grisaille d'un mur, mais elle disparaissait presque aussitôt, comme avalée par le mur lui-même. Au début, je me jetais contre la paroi la plus proche, terrifiée à l'idée de me faire couper la gorge par un rôdeur. Puis, petit à petit, je me suis rendu compte que ces ombres avaient en fait plus peur de moi que moi d'elles. Dans quel état de crainte permanente devaient donc vivre les habitants de Vibor pour être ainsi effrayés par une jeune fille efflanquée?

Vers la fin de la nuit, alors que ma faiblesse était telle que, une fois de plus, j'avais décidé d'abandonner mes recherches et de me laisser mourir dans la rue, il m'a semblé entendre une rumeur provenant d'une maison de plusieurs étages à la façade délabrée. Aucune fenêtre, pourtant, ne laissait filtrer la moindre lumière. Je me suis arrêtée, l'oreille aux aguets. Le bruit n'était pas celui d'une usine ou d'un atelier. Il s'agissait plutôt de voix sourdes, d'exclamations presque aussitôt réprimées, qui paraissaient venir du sous-sol.

Au premier abord, cela m'a rappelé les gémissements entendus dans la maison des Khlystys, à Tobol. Pourtant non. Ces éclats de voix évoquaient davantage la colère que la douleur ou la jouissance. Qu'est-ce que je risquais, après tout? Qu'on me tue? Si je restais une minute de plus dans la rue, j'allais mourir de toute façon. De froid.

À pas de loup, j'ai fait le tour de la maison. À l'arrière, un portail branlant donnait accès à une cour en piteux état, au fond de laquelle je pouvais apercevoir une lourde porte de bois. Des débris de ferraille jonchaient le sol. D'un soupirail fermé par des barreaux métalliques, à quelques pas de la porte, provenait une faible lueur. Les bruits de voix venaient de là, eux aussi. Je me suis approchée. Dans le noir, je n'ai pas vu un morceau de tôle abandonné sur le sol, qui a résonné lugubrement lorsque j'ai posé le pied dessus. Je me suis immobilisée, retenant ma respiration.

Je m'attendais à ce que la porte s'ouvre pour livrer passage à une meute de gens déchaînés. Mais, au contraire, la lumière a disparu et le silence s'est fait d'un seul coup. Malgré le froid, je transpirais à grosses gouttes.

C'est alors qu'une main s'est abattue sur mon épaule. Je n'avais rien entendu venir. Je me suis liquéfiée. Une voix rauque et basse a chuchoté :

— Qui es-tu? Qui t'a envoyé?

La main aux doigts puissants me broyait l'épaule. C'est seulement à ce moment-là que la porte s'est ouverte. Un Damné haut et sec, vêtu d'une blouse grise, est apparu dans l'embrasure.

— Qu'est-ce que c'est? a-t-il demandé.

— Un espion, a répondu la voix dans mon dos. Il écoutait par le soupirail.

Celui qui venait de sortir de la maison a élevé une lampe à la hauteur de son visage pour mieux me voir. Emmitouflée dans mon manteau, je ne laissais dépasser que mes yeux et mon front. J'ai relâché mes bras pour dégager un peu mon visage.

— Un espion? a ricané le personnage après m'avoir examinée un bref instant. Une espionne, plutôt. Et pas bien épaisse. Allons, Matiush, lâche-la. Elle ne ferait pas de mal à une souris.

— Drôle de souris, a ronchonné le nommé Matiush en me libérant de son étreinte de fer tout en me dévisageant. Qu'est-ce qu'elle fait par ici? Je ne l'ai jamais vue dans le quartier.

— Nous allons le lui demander, a répliqué son compagnon. Mais pas ici. Il fait trop froid.

Matiush a reposé sa main puissante sur mon épaule et m'a poussée vers la porte. L'autre s'est effacé pour me laisser passer, tenant haut sa lampe pour éclairer le chemin.

Un escalier étroit et raide menait à une cave, d'où émanait de nouveau la faible lueur que j'avais aperçue de la cour. J'étais à bout de forces. À plusieurs reprises, j'ai manqué de perdre l'équilibre avant d'atteindre la dernière marche. Une fois en bas, je me suis littéralement retrouvée dans les bras d'un autre Damné, qui m'a rattrapée au moment où j'allais m'effondrer.

On m'a emmenée au fond de la pièce, où on m'a installée sur une mauvaise paillasse. Il n'y avait pas de feu dans la cave, mais la dizaine de Damnés qui s'y trouvait y entretenait une chaleur humaine qui valait tous les feux de cheminée.

— Donne-lui à manger, a demandé le porteur de lampe à l'un de ses compagnons. Cette gamine ne tient plus debout.

Celui qu'il avait apostrophé a sorti un morceau de pain de sa poche et me l'a tendu. Je me suis jetée dessus comme un chien. Le pain était dur et contenait probablement davantage de poussière que de farine, mais ma faim était si grande qu'il m'a paru un vrai délice.

M'étant restaurée, je me suis enfin intéressée à l'assemblée. Les Damnés portaient tous des blouses grises ou bleues, à l'exception d'un seul qui, d'ailleurs, n'était probablement pas un Damné. Il avait l'air d'un Homme un peu chétif, au teint pâle, aux mains soignées et au visage rasé. Il était vêtu de noir et portait une bande de tissu noir autour du cou. « Un Bolesh », ai-je immédiatement pensé.

Deux Damnées aux traits tirés et au visage rougi complétaient la compagnie. Contrairement aux autres, elles me regardaient avec moins de curiosité que de commisération. L'une d'elles s'est levée et m'a apporté de l'eau.

Il était évident que je n'étais pas une espionne et que je ne représentais aucun danger, mais aucune des personnes présentes ne semblait disposée à reprendre les vives conversations que mon arrivée avait interrompues. La plupart m'examinaient silencieusement, ne sachant manifestement pas quelle attitude adopter à mon égard.

— Nous devons partir, Valenko, a enfin déclaré Matiush à celui qui tenait toujours la lampe. Il serait imprudent de rester davantage, le jour va se lever et nous devons aller aux forges.

Tous ont hoché la tête. La fatigue et les privations leur ravageaient la figure, même si, malgré leur maigreur effrayante, ils me semblaient redoutablement forts. Ils se sont levés avec lassitude et se sont dirigés vers la porte, non sans me lancer au passage de furtifs coups d'œil.

— La fille reste ici, a alors lancé le Bolesh d'une voix coupante.

Valenko a hoché la tête et il a refermé la porte derrière le dernier Damné à sortir. Puis il s'est assis à une table de bois grossier et, la tête entre les mains, les yeux plissés, il s'est mis à me dévisager d'un air fatigué.

Le Bolesh a rangé dans une sacoche des papiers qui traînaient sur la table et il s'est assis à son tour. Ses petits yeux perçants fouillaient les miens avec intensité.

Que faisait-il à Vibor, au milieu des Damnés, avec son air d'être sorti d'une boutique de Petra? Il me rappelait ceux que j'avais vus haranguer les Damnés et les gens de la guilde des caravaniers.

— Qui es-tu? a-t-il enfin demandé de sa voix à la fois calme et incisive.

— Je ne suis personne, ai-je répondu. Ou je suis une Damnée, ce qui est la même chose. Je m'appelle Garance.

— Un nom, c'est mieux que rien. C'est même un bon début. Et d'où viens-tu?

— D'un village de Siwr. Dans la région de Tobol.

— Comment es-tu venue ici?

— Mon village a été incendié, ai-je répondu en éludant la question. Avec ma maison et mes parents. Je n'ai plus rien. Je ne suis personne, je l'ai déjà dit.

Valenko a tendu sa main par-dessus la table pour toucher la mienne.

— Si tu es une Damnée, alors tu es quelqu'un, a-t-il dit d'une voix chaude. Je ne sais pas ce que tu as vécu, Garance, mais le monde va changer, je te le promets. Et c'est aux Damnés qu'il appartiendra, tu verras.

J'ai souri légèrement. Tcherny m'avait tenu un discours semblable, autrefois. La parole d'Ulia le rebelle… Mais Ulia avait disparu depuis longtemps, Tcherny également, et le monde n'avait pas changé.

— C'est ce que vous enseigne Ulia, n'est-ce pas? ai-je rétorqué, affectant l'air d'en savoir long.

Les yeux du Bolesh se sont arrondis et sa bouche est restée à demi ouverte pendant quelques secondes.

— Tu connais Ulia? a-t-il fait, incrédule.

— J'en ai entendu parler. Par un ami.

— Et cet ami est ici?

Un voile de tristesse est passé devant mes yeux. Qu'était devenu Tcherny, le seul être qui m'avait traitée mieux qu'un chien? Serais-je seulement capable de le reconnaître s'il apparaissait maintenant devant moi? C'était il y a si longtemps, et si loin... La fatigue, que j'avais oubliée, venait de retomber pesamment sur mes épaules. La fatigue et le chagrin.

— Je ne sais pas où il est, ai-je répondu avec lassitude. Il y a des années qu'il a quitté le village.

— Un village près de Tobol, dis-tu? a murmuré le Bolesh en se caressant pensivement le menton.

Je n'ai rien entendu d'autre. L'épuisement a finalement eu raison de moi. Les larmes aux yeux, je me suis laissée aller sur la paillasse et j'ai sombré dans un sommeil profond.

Au réveil, la pièce était vide. Je me suis levée. Une table, quelques chaises, deux paillasses et un poêle éteint malgré le froid constituaient le seul ameublement. Une faible lumière filtrait par le soupirail. Il faisait jour. Un jour grisâtre et glacé.

Je me suis dirigée vers la porte, ai approché ma main de la poignée. Puis j'ai suspendu mon geste. Un geste inutile. Vu ma chance habituelle, cette porte devait être fermée. J'ai tendu l'oreille. Pas un bruit. Après un long moment d'écoute attentive, j'ai quand même essayé de tourner la poignée. Le battant s'est ouvert avec un léger grincement.

De nouveau, je me suis immobilisée. L'escalier disparaissait dans l'obscurité. Toujours le silence. J'ai monté les marches une à une, jusqu'à la porte du haut.

Celle-ci non plus n'était pas verrouillée. Je l'ai ouverte et l'air glacé du dehors m'a sauté à la figure. La cour était déserte.

J'ai réfléchi un moment. Je n'étais pas prisonnière, de toute évidence. Alors pourquoi sortir? Pour aller où? Affronter le froid de nouveau? Mourir sur les pavés? J'ai refermé le battant et je suis redescendue à la cave, je me suis allongée sur la paillasse et j'ai attendu. Mes pieds, couverts d'engelures, me faisaient terriblement souffrir.

Je n'ai pas entendu le moindre bruit jusqu'au soir. L'ombre avait déjà envahi la pièce lorsque des pas ont retenti dans la cour. Puis la porte du haut a grincé. Les pas ont descendu l'escalier, quelqu'un a ouvert. Je me suis redressée. Une Damnée est entrée, le visage rougi par le froid. Un faible sourire a éclairci ses traits tirés.

— Voici donc la petite paysanne de Siwr, a-t-elle dit avec douceur. Bienvenue à Vibor, Garance. Je m'appelle Varna. Valenko m'a demandé de t'apporter à manger.

Varna m'a tendu un morceau de pain identique à celui qu'on m'avait offert la veille. Manifestement, à Vibor, on n'avait pas les mêmes fournisseurs que de l'autre côté du fleuve. Je n'allais pas tarder à apprendre que la misère de Siwr n'était rien comparée à celle de Vibor. Rien ne poussait dans ce lieu déshérité, et n'y arrivait que ce que les maîtres de Petra voulaient bien laisser aux Damnés, c'est-à-dire à peine de quoi rester en vie pour travailler dans les mines ou dans les forges.

J'ai néanmoins remercié Varna, pour qui ce pain représentait peut-être une journée entière de peine et de labeur. Tout ce dont on m'avait régalée jusqu'ici – les festins d'Efi, en particulier –, n'avait eu pour but que de m'aveugler pour mieux m'asservir. Ce pain grossier et amer, en revanche, m'était offert avec le cœur.

— Je ne serai pas à ta charge ni à celle de Valenko ou de qui que ce soit, ai-je déclaré à Varna après avoir dévoré ce pauvre repas. Je ne suis pas une paresseuse et je vais travailler. N'importe où. Même aux mines.

— Les mines dévorent leurs ouvriers et les maîtres ont constamment besoin de main-d'œuvre fraîche. Mais le travail y est inhumain et…

— Peu importe. Je suis solide et je n'ai pas peur.

Varna a hoché la tête tristement.

— Comme tu voudras. De toute façon, nous ne pouvons guère nourrir une bouche de plus. Nous avons déjà trois enfants, sans compter les deux qui sont morts de faim et de maladie il y a quelques années.

Le lendemain même, Valenko m'a conduite aux mines après m'avoir de nouveau donné du pain et, cette fois, un petit morceau de lard.

Jamais je n'avais vu un tel paysage. La terre était littéralement éventrée et, de ses profondes blessures, des Damnés faméliques, parmi lesquels des enfants, extrayaient de pesants paniers remplis de minerai. Les forges elles-mêmes avaient été construites à proximité et crachaient dans le ciel gris d'épaisses volutes de fumée semées d'escarbilles incandescentes. D'énormes terrils noirs, véritables montagnes de scories fumantes, s'élevaient tout autour et donnaient à l'ensemble l'aspect d'un monde ravagé.

Valenko m'a présentée à un contremaître qui m'a toisée avec mépris et, d'un geste du menton, m'a indiqué la direction d'un puits de mine après avoir relevé mon nom. Là, un deuxième, tout aussi sinistre, m'a prise en charge et m'a donné un panier tressé en m'ordonnant de rejoindre une équipe de porteurs qui descendait dans les entrailles de la terre.

Les contremaîtres étaient équipés de fouets dont ils n'hésitaient pas à se servir, tant sur les enfants que sur les adultes. À ma grande surprise, j'ai constaté que tous étaient des Damnés. Mais, sans doute à l'instar de Koulak, ils s'étaient arrogé le droit de ressembler aux maîtres, dont ils n'étaient pourtant, eux aussi, que les esclaves. Mais la parcelle de pouvoir que leur avaient concédée les maîtres en avait fait des machines insensibles.

Mes nouveaux compagnons m'ont accueillie sans un mot et la tête basse. La moindre parole échangée entre nous, je ne tarderais pas à l'apprendre, était sanctionnée par dix coups de fouet.

Il ne m'a pas fallu trois jours pour comprendre, dans ma chair et dans mes os, pourquoi on appelait cet endroit l'Enfer de Putila.

# QUATORZE

Le travail à la mine dépassait en dureté tout ce que j'avais connu jusqu'alors. Je me croyais forte parce que j'avais trimé aux champs depuis ma prime enfance, mais dans les champs, au moins, on pouvait respirer. On travaillait sous le soleil.

Le soleil, l'Enfer de Putila ne le connaissait pas. Même ceux qui travaillaient aux forges le voyaient peu, courbés qu'ils étaient sur leurs machines tandis que les cheminées crachaient continuellement du noir au-dessus de leurs têtes.

Jamais les maîtres n'apparaissaient, bien sûr. Ils vivaient à Petra, dans un monde de soieries et de délicatesses. Les plats dans lesquels ils mangeaient, les armes avec lesquelles ils paradaient ou avec lesquelles les Atamans réprimaient nos soulèvements dans les campagnes, c'est nous qui les tirions de la terre et qui les forgions avec notre sueur et notre sang. Ils étaient beaux et nous étions laids. Toute notre beauté était partie chez eux avec le fruit de notre travail. Il ne nous restait que la faim et la souffrance.

Les Boleshs non plus ne paraissaient guère. Du moins, pas sous leur aspect habituel. Certains d'entre eux s'étaient-ils glissés parmi les Damnés pour partager leur sort? Plus tard, j'apprendrais que, si la plupart des Boleshs étaient des Hommes en rupture avec leur société, quelques-uns étaient en fait des Damnés, et nombre d'entre eux venaient du Bund. Cependant, en général, leur activité se situait ailleurs, dans un monde que j'ignorais encore.

À la fin de la journée, je rentrais chez Varna, avec Valenko, et nous partagions nos maigres bénéfices de la journée. Puis nous mangions – si on peut appeler cela manger – et je m'effondrais sur ma paillasse, épuisée.

Après ma première rencontre avec Valenko et ses amis, le soir de mon arrivée à Vibor, je m'étais attendue à ce qu'une certaine solidarité règne parmi les Damnés. Cette solidarité existait, je ne pouvais pas le nier, mais d'étranges coutumes régnaient dans les mines, qui me paraissaient en complète contradiction avec elle. Je n'y avais échappé que parce que j'étais une fille et que j'étais trop jeune.

Lorsqu'un nouvel arrivant entrait aux mines ou aux forges, il était tenu d'offrir à ses nouveaux compagnons un tonnelet de madogue. C'était une sorte de droit d'entrée dans la confrérie. Mais le madogue coûtait cher. Or, si le novice avait échoué dans un tel lieu, c'était bien parce qu'il était complètement démuni. Il devait donc s'endetter pour acheter la boisson infernale avec laquelle, le soir venu, les Damnés allaient faire une fête qui leur ferait oublier, l'espace de quelques heures, l'horreur de leur condition.

Et si le nouveau venu, pour une raison ou pour une autre, ne parvenait pas à se procurer le poison? Alors les Damnés donnaient la mesure de leur cruauté. Ses camarades le gratifiaient au début de bourrades, qui devenaient bientôt des coups violents. Ils le faisaient tomber, parfois si près des fournaises que ses cheveux prenaient feu. Ou bien ils s'ingéniaient à saboter ses outils, ce qui faisait baisser son rendement d'une manière inacceptable pour les maîtres, qui renvoyaient alors la pauvre victime à la rue.

Je ne comprenais pas cette façon de faire. Pourquoi les Damnés ne mobilisaient-ils pas leur énergie dans le même sens, pour se protéger contre les abus des maîtres, plutôt que de retourner leur brutalité contre eux-mêmes? J'aurais voulu en parler à Valenko, le soir, loin des oreilles indiscrètes, mais je n'y avais pas réussi. Chaque soir, après avoir soupé, il disparaissait pour ne rentrer que tard dans la nuit, alors que j'étais déjà abrutie de sommeil.

Où s'en allait-il ainsi? N'avait-il pas besoin de repos, lui aussi? Varna, à qui j'avais posé la question, avait détourné la conversation et ne m'avait pas répondu.

Un soir, cependant, j'ai osé interroger Valenko avant qu'il ne s'en aille. Il m'a longtemps regardée droit dans les yeux avant de me dire :

— Le désespoir et la misère poussent à toutes les extrémités. Les Damnés de Putila sont à tel point traités comme des bêtes qu'ils en sont réduits à faire n'importe quoi pour échapper, ne serait-ce qu'un instant, à leur insoutenable existence.

— Mais pourquoi ne nous révoltons-nous pas? Nous sommes plus nombreux, beaucoup plus nombreux que les maîtres. Nous pourrions les balayer comme des fétus de paille.

Valenko a souri.

— Ce n'est pas aussi simple, Garance. D'abord, les maîtres ont des armes...

— Des armes que nous fabriquons! me suis-je écriée.

— Nous les fabriquons, c'est vrai, mais ce sont eux qui les possèdent, pour l'instant. Et puis, si les maîtres disparaissent, notre gagne-pain disparaîtra avec eux.

— Alors il faut le leur prendre! Il faut prendre le contrôle des mines, celui des forges, fabriquer nos propres armes...

Valenko a posé sa main sur ma bouche. Il souriait, mais jetait des regards inquiets autour de lui.

— Tu es courageuse, Garance. Je t'observe depuis ton arrivée parmi nous, tu sais. Tu es courageuse et déterminée. Je crois que tu ferais une bonne recrue. Demain soir, tu viendras avec moi. Ce sera une réunion importante.

— Où?

Valenko n'a pas répondu. Il m'a refermé la porte au nez en me disant d'aller me coucher car j'aurais besoin de forces pour la journée à venir.

Le lendemain, la journée s'est passée pour moi dans un état d'exaltation que j'avais du mal à dissimuler. Valenko avait manifestement partie liée avec les Boleshs, et peut-être même connaissait-il le fameux Ulia. Allais-je moi-même le rencontrer ce soir? Si le but d'Ulia était la destruction des maîtres et la reprise par les Damnés de leur propre destin, alors je le suivrais partout. S'il fallait tuer, je tuerais. S'il fallait brûler, je brûlerais…

Pour ne pas laisser paraître mon excitation – que les contremaîtres pouvaient fort bien prendre pour de l'insubordination ou de la moquerie à leur égard, je travaillais deux fois plus fort que de coutume. Mes compagnons me regardaient, étonnés, mais ils ne disaient rien. Les contremaîtres, eux, se contentaient de rire grassement. Je m'en fichais, mais j'évitais de les regarder. Je savais que, si mes yeux croisaient les leurs, je ne parviendrais pas à dissimuler la haine féroce que je leur portais.

Le soir venu, j'étais exténuée, mais mon impatience n'avait pas diminué. Après le repas, j'ai enfilé mon manteau et j'ai suivi Valenko dans la rue. Son visage était grave. Il marchait vite, se retournant fréquemment, et me tirait par le bras quand je ne parvenais plus à le suivre.

Au bout d'un moment, d'autres silhouettes ont émergé de l'ombre et nous ont rejoints. J'ai reconnu Matiush. Enfin, nous sommes arrivés près d'une bâtisse sombre, que nous avons contournée. Dans la cour arrière, Valenko a frappé trois coups sur une porte d'aspect rébarbatif. Au bout d'un moment, la porte s'est légèrement entrouverte et Valenko a chuchoté quelques mots à quelqu'un que je ne distinguais pas. Alors la porte s'est ouverte complètement et nous sommes tous entrés.

L'intérieur du bâtiment ressemblait à un atelier désaffecté. Dans une grande salle glaciale se trouvaient une vingtaine de Damnés, discutant entre eux à voix basse. Je m'y suis avancée à la suite de Valenko. Au milieu des Damnés se tenaient trois Boleshs qui discutaient avec feu. Deux hommes et une femme. L'un d'eux était celui que j'avais vu le soir de mon arrivée à Vibor, dans la cave de Valenko. L'autre avait un visage qui me semblait vaguement familier. S'agissait-il de celui qui avait voyagé, le premier jour, dans le même coche que moi, au départ de Tobol?

La femme, en revanche, m'était complètement inconnue. C'était une femme superbe, vêtue simplement mais avec élégance, et dont l'aspect tranchait vivement au milieu des Damnés. Valenko s'est avancé dans leur direction, me poussant devant lui. En nous apercevant, les Boleshs ont interrompu leur conversation. Celui que j'avais remarqué s'est tourné vers moi. Il m'a longuement dévisagée, puis, tout en me gratifiant d'un large sourire, il m'a déclaré :

— Bienvenue au Conseil des Damnés de Vibor, Garance.

Cette voix! Sans elle, je ne l'aurais peut-être pas reconnu. Il avait vieilli, c'est vrai, et ses traits s'étaient durcis, mais ses yeux brillaient toujours de la même flamme.

— Tcherny!

Je me suis sentie fondre, puis je me suis précipitée sur lui et il m'a attrapée dans ses bras.

— Tcherny, je suis tellement heureuse de te revoir! Je n'y croyais plus. Si tu savais ce par quoi je suis passée! Et pourtant, c'est en pensant te retrouver que j'ai décidé de venir jusqu'à Petra.

— Tu me raconteras tout ça, Garance. Moi aussi je suis heureux que tu sois là. Je m'attendais à te voir. Quand Dzerji m'a parlé d'une jeune fille venue de la région de Tobol, j'ai pensé à toi. Mais, pour le moment, nous avons des choses importantes à décider. Viens avec nous. D'après ce que Valenko m'a dit, tu es des nôtres.

« Tu es des nôtres! » L'expression m'a fait chaud au cœur. Enfin je n'étais plus seule. Enfin j'appartenais à une communauté. Mon errance m'avait menée là même où je désirais aller depuis le début : au cœur de la rébellion contre Roman le tyran.

Je ne me souviens plus avec exactitude de tout ce qui s'est dit au cours de cette soirée. Trop de nouveaux noms, de nouveaux visages, trop d'événements dont je n'avais jamais entendu parler. Et la fatigue, aussi. Malgré mon enthousiasme, j'avais du mal à me concentrer.

Les trois Boleshs, Tcherny, Dzerji et la femme, cette créature magnifique qui répondait au nom de Kollona, menaient les délibérations. L'objet du débat était la participation ou non des Boleshs et des Damnés qui les suivaient à une grande procession qui devait avoir lieu dans trois jours. Celle-ci devait être menée par un moine nommé Gapon, qui dirigeait à Putila une importante association de Damnés. L'objectif de la procession était d'aller porter à l'empereur Roman en personne une supplique l'implorant de venir en aide aux Damnés, dont la misère était devenue insupportable.

La plupart des Damnés des forges et des mines de Putila adoraient Gapon et l'auraient suivi n'importe où. Tcherny, pour sa part, ne l'aimait pas. Ainsi qu'il l'avait fait remarquer, Gapon avait des liens avec les hommes de Roman et on ne savait pas trop quel jeu il jouait. Cependant, si les Boleshs le laissaient agir seul, son influence risquait de devenir prépondérante chez les Damnés, qui se détourneraient alors du véritable combat mené par les Boleshs.

Dzerji, avec son visage en lame de couteau, se montrait encore plus virulent.

— Gapon est un suppôt de l'empereur, clamait-il. C'est Roman lui-même qui le manipule. Nous n'avons rien à gagner à nous associer avec lui, sinon le discrédit des Damnés.

— Mais les Damnés le soutiennent avec ferveur, a objecté Kollona, ce qui a suscité un murmure d'approbation d'une partie de l'assemblée. Nous devrions au moins le suivre, même si le mot d'ordre n'est pas officiel. De plus, nous ne savons pas encore comment réagiront les soldats et les Atamans. S'ils attaquent, Gapon deviendra un héros et nous, nous serons considérés comme des pleutres.

— Ulia sera furieux s'il apprend que nous avons soutenu Gapon, a répliqué Dzerji. Gapon n'est pas de notre bord. Il veut demander à l'empereur ce que nous devons purement et simplement lui prendre, par la force s'il le faut. Sa naïveté est ridicule et dangereuse. Il ne fait que détourner les Damnés de la seule voie qui est la leur : la rébellion générale. Nous ne devons pas y aller.

Un long brouhaha s'est ensuivi, tous parlant à la fois, personne n'écoutant les autres.

— Votons! a alors crié Valenko d'une voix puissante.

L'agitation s'est rapidement calmée. Dzerji a acquiescé et, sans attendre, il a habilement proclamé :

— Qui est en faveur de notre participation à la procession du traître Gapon?

Quelques bras se sont levés timidement, tandis que Dzerji laissait planer son regard d'aigle sur l'assistance. Puis, un à un, les bras se sont baissés.

— Nous n'irons pas, a déclaré le Bolesh d'un ton victorieux et sans réplique.

Tcherny et Kollona ont échangé un regard bref et intense, mais ils se sont soumis à la loi de la majorité. Je me suis demandé, l'espace d'un instant, s'il y avait quelque chose entre eux. Mais j'ai préféré ne pas m'attarder à cette idée, qui ne pouvait m'apporter que douleur et amertume : Kollona ressemblait à une princesse alors que je n'étais qu'une gamine des steppes à peine dégrossie et répugnante de saleté.

La décision étant prise, la séance a été levée. Les Boleshs ont recommencé à discuter entre eux. Valenko est venu me chercher et m'a dit qu'il était temps de rentrer. J'étais déçue de quitter Tcherny aussi vite. J'aurais eu tant de choses à lui raconter, et j'en avais tant à écouter de sa part. Déjà je suivais Valenko, le cœur un peu triste, lorsque Tcherny, s'apercevant que je m'en allais, a couru derrière moi en m'appelant.

Valenko s'est arrêté et s'est retourné. Tcherny s'est avancé et a posé ses mains sur mes épaules.

— Garance, a-t-il dit d'une voix douce, tu ne peux pas disparaître ainsi. Cela fait des années que je n'ai pas eu de nouvelles du village. Pourquoi ne restes-tu pas un peu?

— Une rude journée l'attend demain, a répondu Valenko à ma place. Elle travaille aux mines.

Tcherny a ouvert des yeux comme des assiettes.

— Aux mines? Mais…

— Il faut vivre, a interrompu Valenko d'un ton dur.

Tcherny a eu l'air de réfléchir un moment, puis il a proposé :

— Nous avons besoin d'aide pour rédiger les proclamations et les manifestes, et pour les distribuer. C'est parfois dangereux, mais pas plus que les mines, après tout. Accepterais-tu de venir avec moi?

Nulle proposition n'aurait pu me faire davantage plaisir. Avant de répondre, toutefois, je me suis retournée vers Valenko.

— Tu n'as pas besoin de mon approbation, a dit celui-ci en souriant. Tu es libre, Garance, je n'ai aucun droit sur toi, pas plus que sur quiconque.

Faisant volte-face, j'ai sauté au cou de Tcherny en criant :

— Je te suis! Tu diras merci à Varna de ma part, ai-je ajouté pour Valenko. Et tu préviendras le contremaître.

— Ne t'inquiète pas, il t'oubliera bien vite, a-t-il lancé en riant.

Puis les Damnés sont sortis un à un et se sont dispersés dans les rues sombres. Tcherny a enfilé un long manteau et nous sommes partis à notre tour. Dzerji m'a à peine regardée, mais Kollona, à mon grand étonnement, m'a embrassée.

Dans la rue, nous nous sommes séparés. Dzerji et Kollona vivaient à Petra et ils avaient un long chemin à faire pour rentrer. Tcherny, lui, occupait une petite pièce dans une grande maison près du pont, mais du côté de Vibor.

Tandis que nous marchions dans le froid glacial, je lui ai raconté les derniers événements du village, l'incendie, la mort de Koulak et celle de mes parents, ma fuite après l'écroulement du monde de mon enfance. Sans trop savoir pourquoi, je ne me suis pas étendue sur mon voyage et je n'ai pas parlé d'Efi. Le souvenir, sans doute, m'en était encore trop répugnant.

Tcherny m'a écoutée sans m'interrompre, puis, à son tour, il m'a relaté son histoire. L'histoire de bien des Boleshs.

# QUINZE

Bien avant que je ne sois vendue à Koulak par mes parents, Tcherny avait décidé de partir. Depuis l'enfance, il avait été un rebelle et il avait été abondamment puni pour ça – un jour, je me souviens, il avait même enlevé sa tunique devant moi pour me montrer son dos couturé de cicatrices et recouvert de sang séché.

Tcherny, esprit libre, n'acceptait ni l'autorité lointaine de l'empereur, relayée jusque dans les villages par les prêtres de Rus et les seigneurs locaux, ni la tyrannie paternaliste des aînés, qui maintenait les villageois dans un état d'arriération affligeant au nom des traditions de Siwr.

Lorsque ces jeunes gens de l'ouest avaient fait leurs premières apparitions dans les villages de la steppe, alors que les Damnés s'en méfiaient – comme ils se méfiaient de tout ce qui venait d'ailleurs –, Tcherny leur avait prêté une oreille favorable.

Ces personnages courageux n'étaient pas des Boleshs, comme je l'avais cru, mais des Meneshs. Les Meneshs, tout comme les Boleshs, refusaient de reconnaître l'autorité et la légitimité de l'empereur, et ils prônaient une révolte totale, qui devait aboutir à la suppression de toutes les oppressions et à la restitution aux Damnés de ce qui leur appartenait : leur terre, leur vie, leur conscience.

Meneshs et Boleshs faisaient partie de la même organisation clandestine et travaillaient dans l'ombre, risquant à chaque heure de leur vie l'exil, la torture ou les cachots de l'empereur, mais les Meneshs pensaient que la libération des Damnés viendrait d'eux-mêmes et qu'ils n'étaient là que pour leur montrer le chemin, pour les pousser à se prendre en charge et à assumer leur destin. C'était pour cette raison qu'ils parcouraient inlassablement les immenses territoires de Vermillon, essayant d'y apporter l'étincelle qui mettrait le feu à l'empire et renverserait l'ordre séculaire de la tyrannie.

Les Boleshs, en revanche, prétendaient que les Damnés étaient incapables d'y parvenir par eux-mêmes. Les Damnés étaient trop sous l'emprise du pouvoir de Roman et des traditions, trop brisés par leurs conditions de vie misérables, trop inconscients de leur propre existence pour accepter un discours aussi radical. Pour eux, Roman était encore le père tout-puissant, le représentant de Rus sur la terre, et lui seul avait la possibilité d'améliorer leur sort.

Les Boleshs, sous la houlette d'Ulia, affirmaient donc que seule une élite combattante et bien organisée, parlant au nom des Damnés et agissant pour eux en refusant toute compromission, pouvait les conduire à la liberté retrouvée.

Pour le jeune Tcherny, indépendamment de leur obédience, qu'il ne comprenait pas encore, ces messagers apportaient l'espoir. Déçu par l'apathie et le fatalisme des villageois, écœuré par l'attitude de refus violent à leur égard – ce qui semblait donner raison à la théorie d'Ulia –, victime lui aussi de mauvais traitements incessants, Tcherny avait fini par s'enfuir.

Il avait rejoint un petit groupe d'activistes à Tobol, puis un groupe plus important à Petra. Là, il avait été déçu de ne pas rencontrer Ulia, qui était devenu son idole. Quelque temps avant l'arrivée de Tcherny dans la capitale, Ulia avait été pris par les hommes de l'empereur et envoyé en exil dans une des régions les plus inhospitalières de Siwr.

Ulia avait cependant réussi à s'enfuir et à trouver refuge au-delà des frontières, d'où il continuait son combat car il n'avait jamais rompu le contact avec ses compagnons. Tcherny avait alors adopté le mode de vie de ces derniers, agissant dans l'ombre, changeant fréquemment de domicile pour déjouer les espions et les traîtres.

Son rôle, comme beaucoup de ses compagnons, était de transmettre au plus grand nombre possible de Damnés les appels et les directives d'Ulia, et de les convaincre que leur salut ne surviendrait jamais tant que Roman et les siens seraient debout.

Tcherny avait été pris une fois par les sbires de l'empereur et il avait été enfermé à la Mygale avec d'autres compagnons, dont Dzerji. Alors qu'ils devaient être déportés à leur tour dans les plaines de Siwr, ils avaient réussi à s'évader et, depuis, il vivait dans le faubourg de Vibor, hébergé par des amis qui le cachaient.

Les espions étaient partout, cependant, et il fallait être vigilant. Un ami pouvait, du jour au lendemain, se révéler être un espion de l'empereur, ou bien trahir pour une somme dérisoire qui, cependant, pouvait représenter pour lui une aubaine inespérée. Tcherny et les autres Boleshs vivaient ainsi dans la hantise et la peur de voir apparaître à leur porte, un matin, les sinistres agents de Roman.

Comme je me montrais agacée par la passivité des Damnés, qui rejetaient ceux-là mêmes qui venaient leur apporter la liberté, Tcherny m'avait raconté une histoire. Celle-ci s'était passée il y a bien longtemps, dans les régions de l'ouest de l'empire.

Quatre maîtres de la pire espèce s'étaient fait enfermer dans un château, à Silling, avec leurs épouses, leurs filles, leurs serviteurs, leurs gardes-chiourme et leurs esclaves. Pendant cent vingt jours, ils s'y étaient livrés aux pires tortures, non seulement sur leurs esclaves, mais également sur leurs femmes et leurs filles, et, pour terminer, sur leurs propres hommes de main. À la fin du cauchemar, seuls les quatre maîtres avaient survécu.

Comment quatre hommes avaient-ils pu conduire à la mort, au milieu des pires sévices, plus d'une centaine de victimes qui, très certainement, ne pouvaient ignorer quel serait leur sort? Une simple rébellion aurait suffi à se débarrasser des quatre bourreaux, qui auraient succombé sous le nombre. Pourtant, ils avaient réussi à mener jusqu'à son terme leur épouvantable entreprise, fouettant, violant, torturant et mutilant sans limites.

La réponse était simple, avait dit Tcherny. Le pouvoir des quatre maîtres n'était pas basé sur la force – qu'ils ne possédaient pas –, mais sur l'organisation. Une organisation très stricte et fortement hiérarchisée.

Chacune de leurs victimes se trouvait aussi être le bourreau d'une autre victime, qui était placée sous son contrôle. Ainsi, chacun avait l'illusion de participer au système avec la bénédiction d'en haut, de posséder une portion du pouvoir, et il en usait avec toute la violence possible, se grisant de ce pouvoir et oubliant que, tôt ou tard, il en serait également la victime. Avec le temps, le château de Silling était devenu l'atroce symbole du pouvoir.

C'est ainsi que fonctionnait la tyrannie de Vermillon, avait conclu Tcherny. Chacun des barons de l'empereur, de ses lieutenants, de ses sbires disposait d'une part de cette puissance qui en faisait le maître de sa province, de son village, de sa maison. Chacun se cramponnait à ce pouvoir illusoire et participait donc à la pérennité du système.

Pire encore, les Damnés, qui se trouvaient tout en bas de l'échelle, en étaient venus à aimer leur bourreau puisque lui seul, au bout du compte, disposait du pouvoir absolu. La plupart croyaient encore fermement que Roman ignorait leur sort et que, si seulement il était informé de leur misère, il ferait son possible pour la soulager.

C'était cette croyance qui animait Gapon et ses suiveurs. Le prêtre, semblait-il, pensait sincèrement que l'empereur, en les recevant, apporterait la solution à leurs problèmes.

— C'est incroyable de naïveté et de bêtise, grommelait Tcherny. L'empereur se soucie comme d'une guigne de la situation des Damnés, et ce qu'il leur donne d'une main, il le reprend de l'autre. Tu ne peux pas te souvenir de cette mascarade qu'on a appelée l'Émancipation et qui a suivi la rébellion des esclaves. C'était avant ta naissance. Roman avait finalement fait semblant de céder et il leur avait attribué la liberté et des terres, mais il leur avait extorqué en échange de telles sommes qu'ils ont dû se vendre par familles entières pour rembourser leurs dettes. Et les Damnés sont redevenus les esclaves qu'ils n'avaient jamais cessé d'être. Le peu d'entre eux qui se sont enrichis sont devenus des maîtres pires encore que les autres. Le système n'a pas changé. La plus noire misère est toujours notre lot.

Nous étions arrivés devant la maison où il habitait. Tcherny s'est tu, l'air sombre et songeur.

— Si tu es avec nous, Garance, a-t-il repris après un moment de silence, c'est une vie d'errance et d'insécurité qui t'attend. Une vie de dévouement et de danger. Une vie qu'on t'enlèvera peut-être plus tôt que tu ne le voudrais.

— Tu crois sans doute que la vie aux mines est de tout repos? Et que j'y survivrai longtemps? L'Enfer de Putila n'est pas une image, Tcherny, c'est une réalité. Et la voie que proposent les Boleshs est la seule possible. Je vous suivrai jusqu'au bout.

Tcherny a pris ma main dans la sienne en souriant tristement. Puis il a ouvert la porte et s'est glissé sans bruit à l'intérieur. Je lui ai emboîté le pas. Nous avons monté un long escalier plongé dans l'obscurité, en haut duquel il a enfin allumé une chandelle. Nous sommes entrés dans une pièce minuscule plus ou moins dissimulée sous les toits et dont la porte était presque invisible parmi les solives et les poutres.

À l'intérieur, une table portant un encrier et quelques livres, un broc dans lequel l'eau avait gelé, et une paillasse. Une seule. Tcherny me l'a désignée de la main.

— Couche-toi, tu dois être épuisée.

— Et toi? ai-je fait d'une voix étranglée.

— Plus tard. J'ai du travail.

Il s'est assis à la table tandis que je m'allongeais sur la paillasse et il s'est mis à écrire à la lueur de sa chandelle. Malgré la fatigue, j'avais du mal à trouver le sommeil. Une autre question, une question idiote, me tracassait.

— Tcherny?

— Oui.

— Cette femme, Kollona... Elle est très belle, n'est-ce pas?

— Oui, très belle.

— Tu l'aimes?

— Je l'aime beaucoup.

— Et... tu vas te marier avec elle?

Tcherny a éclaté de rire en se retournant enfin vers moi.

— Me marier avec elle? s'est-il exclamé. Personne ne peut se marier avec Kollona. D'abord, elle a déjà été mariée. Mais, après avoir visité les filatures de Putila et découvert l'horreur de la condition des Damnées qui y sont exploitées, elle a quitté son mari, un officier de l'armée de Roman, pour suivre les Boleshs. Kollona ne croit pas au mariage. Elle croit à la liberté des femmes et c'est aussi pour ça qu'elle se bat. Si un homme essayait de poser la main sur elle pour la posséder sans son consentement, elle lui arracherait les yeux.

— Elle n'aime pas les hommes? ai-je demandé, vaguement soulagée.

— Oh si, elle les aime. Elle les aime beaucoup, même. C'est justement pour ça qu'elle refuse le mariage : elle ne veut pas se limiter.

Je me suis tue, maussade. Je m'étais montrée stupide. Moi aussi, je croyais à la liberté, après tout. De quoi est-ce que je me mêlais, alors? Si je continuais de me comporter en petite fille capricieuse, Tcherny allait me renvoyer aux mines… Je me suis retournée sur ma paillasse, me suis enroulée dans mon manteau, et j'ai fini par m'endormir.

Le lendemain, lorsque je me suis réveillée, Tcherny était debout. Assis, plutôt, à sa table de travail. S'était-il seulement couché, ou avait-il écrit toute la nuit? Je me suis levée et me suis approchée de lui. Il avait noirci des pages et des pages.

— Qu'est-ce que c'est? ai-je demandé en plaisantant, tout en désignant la liasse de papiers couverts d'une fine écriture. Tu écris l'histoire de ta vie?

— En quelque sorte, a-t-il répondu avec un sourire fatigué. Mais ma vie importe peu. C'est la vie de tous les Damnés que je voudrais raconter. Leur rendre au moins cette justice.

— Tu es un vrai écrivain? me suis-je exclamée. Tu pourrais écrire un vrai livre?

— J'essaie, à tout le moins. Mais tout ce qui n'est pas fait à la gloire de l'empereur, à Vermillon, a peu de chance de voir le jour. Les censeurs sont vigilants et ce que j'écris ne leur plairait certainement pas. Aimerais-tu le lire?

J'ai reculé d'un pas, sans répondre. Je me sentais soudain un peu honteuse. J'ai regardé mes pieds.

— Que se passe-t-il? a fait Tcherny en se tournant vers moi, l'air intrigué. J'ai dit quelque chose?

— Tcherny, ai-je murmuré au bout d'un moment… Je ne sais pas lire.

Il n'a pas semblé vraiment surpris. Il avait plutôt l'air désolé.

— Je sais, j'aurais dû te le dire hier, quand tu m'as proposé de venir ici pour t'aider à rédiger tes documents. Je n'ai pas été très honnête. Tu peux me renvoyer si tu veux. On me reprendra certainement aux mines et…

— Ne dis pas de bêtises, Garance. Je m'en doutais bien, en fait. Qui t'aurait appris à lire et à écrire au village? J'ai eu la chance que ma mère m'apprenne en cachette – je dis bien en cachette, pour ne pas éveiller la suspicion des prêtres qui n'apprécient pas beaucoup ce genre de talent. Et ils ont raison. L'écriture peut être une arme dangereuse lorsqu'elle est bien utilisée.

— Je n'ai pas eu cette chance.

— Il n'est jamais trop tard. Si tu le veux, je vais t'apprendre. La lecture, c'est la liberté. C'est pour ça qu'elle fait si peur à l'empereur et à ses prêtres. La lecture te permet d'échapper à l'ignorance, et c'est par l'ignorance que la tyrannie trouve à s'exercer. La lecture donne le savoir, et le savoir est subversif car il permet de contrecarrer le pouvoir. L'écriture est l'arme principale des Boleshs, et ses effets peuvent être dévastateurs.

— Je te remercie, Tcherny. J'apprendrai tout ce que tu voudras. Mais comment pourrai-je t'aider en attendant? Je vais être un poids pour toi. Je pourrais retourner aux mines et…

— Ne me parle plus des mines, Garance. Lorsque nous serons nos propres maîtres, les jeunes filles iront à l'école, pas à la mine. Alors autant commencer tout de suite. Et puis, il n'est pas dit que tu seras inutile. Nous avons toujours besoin de gens fiables et discrets pour transporter nos messages et nos proclamations. C'est la clé de notre stratégie. L'information. Une jeune fille, justement, éveillera moins les soupçons. Le travail est dangereux, je ne te le cache pas, et tu peux refuser. Je t'apprendrai quand même à lire.

Pour toute réponse, je lui ai sauté au cou et je l'ai embrassé sur la joue. Tcherny a passé ses bras autour de moi et il m'a serrée contre lui. Tout à coup, les jambes m'ont manqué. Personne ne m'avait jamais fait ça! J'ai fondu en larmes.

Tcherny m'a gardée longtemps contre sa poitrine. Le temps que je me calme, que je retrouve la maîtrise de mes sentiments et celle de mon corps. Que j'apparaisse comme celle que je devais être : une messagère de la nuit, insensible à la peur comme au froid.

— D'abord, a dit Tcherny quand j'ai enfin réussi à me tenir droite devant lui, tu vas manger quelque chose. Ensuite, nous allons trouver de quoi te vêtir. Tu as l'air d'un épouvantail avec ce manteau de bourgeois deux fois trop grand pour toi. De quoi te chausser également. Te donner un coup de peigne, aussi? Hmmm, nous verrons tout ça avec Kollona…

— La dévoreuse d'hommes!

— Ne dis pas n'importe quoi, Garance. Kollona ne dévore personne. Elle n'admet aucun maître, ni pour elle ni pour ses sœurs. Ne juge pas les gens avant de les avoir vus à l'œuvre.

— Tu as raison. J'apprendrai à lire, mais j'apprendrai aussi à me taire quand je n'ai rien de bon à dire.

Tcherny m'a embrassée, puis il a pris un livre sur sa table et m'a demandé de m'asseoir à côté de lui.

# SEIZE

Deux jours plus tard, j'étais habillée décemment, c'est-à-dire que je portais une longue jupe gris foncé recouverte d'un large tablier à peine plus clair, une blouse à manches longues et un foulard gris sur mes cheveux qui, depuis que Kollona s'y était attaquée, ressemblaient un peu moins à une crinière de fauve.

Kollona m'avait également maquillée, non pas pour me rendre plus attirante mais, au contraire, pour me vieillir un peu. En me regardant dans le miroir qu'elle avait apporté avec elle, j'avais cependant constaté, non sans une certaine fierté, que j'avais presque l'air d'une femme.

Ces deux jours de repos m'avaient rétablie et j'avais presque oublié les fatigues de la mine. Kollona m'avait fait porter un peu de viande et je crois que mon corps avait retrouvé tout le sang et l'énergie que lui avait soutirés Efi.

Tcherny ne m'avait encore confié aucune mission. Il sortait surtout la nuit, pour aller travailler dans une imprimerie clandestine. Le jour, il ne quittait pas la chambre. En revanche, il m'a envoyée au dehors à deux ou trois reprises pour acheter du pain ou d'autres denrées de première nécessité.

J'ai pu constater, chaque fois, l'agitation qui s'était emparée des rues de Vibor. Les Damnés allaient et venaient, échangeaient des nouvelles souvent contradictoires, montrant une nervosité à laquelle ils ne m'avaient pas habituée. Il était surtout question de la procession du lendemain, qui devait se rendre au palais impérial, de l'autre côté du fleuve.

La tension était extrême. Des bagarres avaient éclaté aux mines et aux forges de Putila entre les ouvriers et les contremaîtres, et on affirmait que des événements similaires s'étaient produits dans d'autres quartiers de la ville. Évidemment, je mourais d'envie de me joindre à cette procession, même si je n'y croyais pas plus que les Boleshs. Mais je me disais qu'une telle masse de gens en furie se dirigeant vers le palais du tyran serait certainement un spectacle à ne pas manquer.

De retour chez Tcherny, je lui ai demandé si, vraiment, aucun Bolesh n'allait assister à l'événement. Il a secoué la tête d'un air gêné.

— Bien sûr, je comprends la position d'Ulia, de Dzerji et des autres. Mais je crains aussi que, si nous ne nous montrons pas demain, nous ne perdions de notre crédit auprès de bon nombre de Damnés. Tôt ou tard, ils se rendront compte que Gapon les trompe, mais, à ce moment-là, il ne faudrait pas qu'ils nous aient oubliés. D'un autre côté, la procession sera infestée d'espions de l'empereur. Que je m'y montre et je serai aussitôt reconnu et arrêté. Depuis mon évasion, je ne peux plus apparaître en public.

Mes yeux ont pétillé de joie.

— Moi, personne ne me connaît, me suis-je exclamée avec enthousiasme. Et puis, qui se préoccupera d'une frêle jeune fille? J'irai et je te raconterai. L'information est la clé du pouvoir, m'as-tu dit. Alors je t'informerai.

— Il ne s'agit pas d'un jeu, Garance. Les Damnés ne porteront pas d'armes, ce sont les directives de Gapon. Mais les Atamans ne seront pas loin, le cortège sera truffé de provocateurs de tout poil et toute l'affaire risque de dégénérer. Ce sont des agneaux qui vont se jeter dans la gueule du loup. Tu devras te montrer extrêmement prudente.

— Je le serai, ne t'inquiète pas.

— Je m'inquiéterai quand même. Je tiens à toi. Je ne voudrais pas qu'il t'arrive quelque chose…

Tcherny était assis à sa table, devant une pile de feuilles manuscrites. Il avait laissé tomber sa plume. J'ai posé ma main sur son épaule et je lui ai demandé, avec une toute petite voix :

— Si je disparaissais, tu écrirais mon histoire?

— Je préférerais que tu ne disparaisses pas, Garance, a-t-il répondu d'une voix triste. J'aimerais que tu sois à mes côtés le jour où les Damnés n'auront plus de maître. Avec moi…

Il s'est tu un moment, puis il a repris, avec un sourire :

— Quoi qu'il en soit, ton histoire, c'est toi-même qui l'écriras. Je ne ferai que la mettre en mots sur du papier.

Ces paroles m'ont remplie d'une immense douceur, et j'ai éprouvé une sorte de tremblement délicieux dans tout le corps. Est-ce que je l'aimais? En tout cas, plus rien ne me paraissait impossible.

Le lendemain, à la première heure, j'ai enfilé une grande cape et des socques de bois, puis, après avoir longuement embrassé Tcherny, je suis descendue dans la rue.

Tout Vibor était déjà en effervescence. Le jour était à peine levé que les Damnés, par centaines, par milliers, se dirigeaient vers le pont du Nevki. Tous avaient revêtu leurs habits de fête, comme pour se rendre au culte de Rus. D'ailleurs, de nombreuses bannières portant des images religieuses apparaissaient çà et là, dressées dans les premiers rayons d'un soleil pâle.

Sur d'autres figurait le portrait de l'empereur Roman, dont les traits bon enfant et bienveillants me semblaient un mensonge irrespirable. Les Damnés espéraient-ils vraiment que le tyran allait les écouter?

Néanmoins, je me suis jointe à eux. Plusieurs d'entre eux levaient les mains au-dessus de leur tête et retournaient leurs poches vides, pour bien montrer qu'ils n'étaient pas armés. Une sorte de ferveur les animait et, malgré ma défiance, je ne pouvais m'empêcher d'admirer leur courage de braver ainsi la loi de l'empereur, qui considérait tout rassemblement de plus de trois personnes comme une atteinte à son autorité.

Si j'avais cru être la plus jeune de cette foule endimanchée, je devais reconnaître que j'en étais loin. Les enfants couraient partout et les bébés, dans les bras de leurs mères, dormaient paisiblement malgré le froid.

Contrairement à ce que j'avais pensé, aucun soldat n'était en vue. Ayant le champ libre, les Damnés marchaient d'un pas lent et résolu, en gens habitués à ne jamais se presser. Au fur et à mesure que nous nous rapprochions du pont, leur masse s'augmentait d'un flot incessant de nouveaux arrivants. Jamais je n'avais vu autant de monde réuni en un seul endroit. La ville entière fourmillait littéralement. J'en avais presque le vertige.

En arrivant au pont, pourtant, je me suis aperçue que cela ne faisait que commencer. Une multitude de Damnés de tous âges convergeait vers le fleuve, en provenance des autres faubourgs de Petra, au sud et à l'est. Là, debout sur le parapet, se tenait Gapon, entouré de porteurs de bannières et de portraits de l'empereur. Il haranguait la foule d'une voix vibrante et fiévreuse.

Gapon était un homme jeune et fougueux, assez beau, je dois le dire. Tout moine qu'il était, il ne ressemblait en rien aux Khlystys ou aux prêtres de Rus que j'avais connus au village. Il était trop loin pour que je puisse l'entendre distinctement, mais les acclamations bruyantes qui éclataient à chaque instant ne laissaient aucun doute sur le succès de son discours.

Son prêche terminé, il a récité une longue prière, puis il a donné le signal du départ. Il m'aurait été impossible de ne pas être émue à la vue d'un tel spectacle. La marée humaine, digne et disciplinée, s'est mise en mouvement et s'est dirigée vers l'immense avenue qui menait au palais d'hiver de Roman. C'était un flot irrépressible d'où montaient des chants d'une touchante beauté, et par lequel je me suis laissé happer.

Les Damnés, unis dans cet immense défilé, semblaient invincibles. Les Boleshs avaient-ils eu tort de mépriser cette démonstration grandiose et pacifique?

Nulle part dans la foule je n'apercevais leurs silhouettes frêles, leurs habits noirs ou leurs visages presque dépourvus de poils. Pour ma part, cependant, je me sentais portée par ce déferlement auquel, finalement, j'appartenais quand même. Même l'empereur, me disais-je, ne pourrait rester insensible à une telle démonstration.

Gapon marchait en tête de la procession, et sans cesse de nouveaux arrivants venaient grossir les rangs des Damnés. Je m'étais faufilée vers l'avant, tenant à me trouver aux premières loges lorsque le défilé parviendrait au palais. À quelques pas de moi, Gapon avançait lentement, la tête droite. Si les Damnés demeuraient humbles, il paraissait, lui, très conscient de son rôle et il en tirait une fierté manifeste.

Nous avions maintenant atteint la vaste avenue qui conduisait à l'esplanade du palais. Les habitants de Petra nous regardaient passer, effrayés par la multitude qui semblait envahir leur monde. Certains, cependant, attirés par le sentiment de puissance qui émanait de cette foule imposante, se joignaient à elle.

Là-bas, au bout de l'avenue, se dressait le palais, dont je ne pouvais voir que les toits dorés au-dessus d'une haie compacte de dos en mouvement. L'émotion était intense. J'avais l'impression que plus rien ne pourrait arrêter le flot des Damnés. Les chants ne cessaient pas et, parfois, venant des curieux amassés dans les rues adjacentes, éclataient des applaudissements.

Le palais était tout proche, maintenant. Tout à coup, je suis rentrée dans le dos de celui qui me précédait. La procession s'était arrêtée.

— Là-bas! a crié quelqu'un. Regardez!

Je me suis hissée sur la pointe des pieds, m'accrochant à l'épaule du grand Damné qui se trouvait juste devant moi. Devant le palais, dont les grilles de fer étaient fermées, un imposant cordon de soldats se tenait de pied ferme, les armes à la main. La foule commençait à s'écraser dans mon dos, se demandant ce qui se passait.

— N'ayez crainte, a déclaré Gapon d'une voix ferme. Ils n'oseront pas. Nous sommes les enfants de l'empereur.

Il s'est remis en marche et les Damnés, pleins d'une confiance aveugle, l'ont suivi en chantant. Les soldats n'étaient plus maintenant qu'à une centaine de pas. Ils semblaient nerveux.

Soudain, une trompe a retenti et, presque aussitôt, une volée de flèches a jailli du mur de soldats. Gapon s'est écroulé, l'épaule en sang. Près de lui, une femme a virevolté et s'est affaissée, atteinte en plein ventre. Puis des dizaines d'autres ont été fauchés par les flèches meurtrières. Un jeune garçon, tout près de moi, en a reçu une à la base du cou. J'ai reçu une giclée de son sang sur le visage.

La panique a été immédiate. Toute la belle ordonnance du cortège a disparu. Prise dans la bousculade, je suis tombée sur le sol et me suis fait piétiner par les fuyards qui tentaient d'échapper à la pluie de flèches. Les cris fusaient de partout, de douleur et de colère. Surpassant les autres, une voix a hurlé :

— Les Atamans!

L'affolement est devenu général. J'ai eu le temps de voir Gapon, soutenu par quelques-uns des siens, avancer en titubant vers une rue adjacente. Me frayant un chemin parmi les corps qui jonchaient le sol, j'ai essayé de les rejoindre.

Trop tard! Un bruit de galopade m'a fait tourner la tête. Les Atamans étaient sur nous! Ils arrivaient au galop, frappant indistinctement ceux qui passaient à leur portée. Ils n'avaient pas seulement des fouets, mais des sabres. Le sang, de nouveau, a jailli. Gapon, qui avait réussi à s'adosser en chancelant contre le mur d'une maison, s'est redressé et s'est mis à hurler :

— Bourreaux! Assassins! Comment osez-vous vous en prendre à vos frères désarmés?

Un coup de fouet lui a cinglé le visage. Un Damné est tombé devant lui tandis que les autres l'entraînaient, tentant de le protéger. Avant qu'il ne disparaisse de mon champ de vision, je l'ai encore vu crier de toutes ses forces, le regard fou :

— Il n'y a plus de dieu! Il n'y a plus d'empereur! Rus est mort!

Ses cris se sont perdus dans le tumulte environnant. Claquements de fouets, hurlements de femmes et d'enfants, râles d'agonisants, imprécations et rugissements de colère emplissaient la rue.

Dans un sifflement cuisant, mon foulard a été arraché de ma tête, avec une touffe de cheveux. Je me suis jetée sur le sol et me suis mise à avancer à quatre pattes vers le bord de l'avenue dans l'espoir d'y trouver un abri. Mon front me brûlait, j'avais du sang plein les yeux. Tout autour de moi, les Damnés s'affalaient sur les pavés, certains sans vie, tandis que les chevaux des Atamans les piétinaient sauvagement.

J'y étais presque. Une ruelle s'ouvrait entre deux maisons, à quelques pas à peine. À genoux près du mur, échevelée, le visage ruisselant de larmes, une Damnée implorante tendait son bébé vagissant vers les terribles cavaliers. D'un coup de sabre, le plus proche lui a tranché la gorge. Elle s'est effondrée et l'enfant a roulé à terre avec un gémissement déchirant. Il n'avait pas six mois. Son crâne a volé en éclats sous les sabots du cheval.

Une fureur sans borne s'est emparée de moi. Comment l'empereur avait-il pu ordonner une pareille boucherie? Les Boleshs avaient raison. Gapon s'était fourvoyé. Il n'y avait qu'une façon possible de traiter avec Roman le sanglant : par le fer et par le feu! Je ne pouvais plus me contrôler. Tendant le poing, je me suis mise à invectiver les soldats, les traitant de brutes immondes.

— Voilà donc tout ce que vous êtes capables de faire? Après vous être fait étriller par les Makakis, vous ne trouvez rien de mieux que de massacrer vos propres frères! Vous irez tous griller en enfer!

Brusquement, une main s'est abattue sur mon épaule et m'a agrippée fermement, me forçant à me relever. De toutes mes forces, j'ai lancé mon coude en arrière, atteignant mon agresseur au ventre. Il y a eu un cri étouffé, puis une voix a péniblement articulé :

— Garance!

Je me suis retournée. Pliée en deux sur le sol, Kollona me regardait en se tenant le ventre, le visage grimaçant de douleur. Je me suis redressée et je l'ai attrapée par la main, la forçant à se remettre debout.

— Par ici, vite!

Nous nous sommes enfuies par la ruelle, dans laquelle les cavaliers n'avaient pas assez de place pour manœuvrer. Kollona gémissait tout en courant. J'étais presque émue de voir comment cette belle femme me suivait en trébuchant comme une petite fille, la main toujours sur le ventre.

— Je ne savais pas que c'était toi, Kollona. Excuse-moi.

— La prochaine fois que je voudrai t'aider, je t'enverrai une requête officielle, a-t-elle grogné.

— Je te dois la vie. J'ai perdu la tête. Sans ton intervention, les Atamans m'auraient coupée en rondelles.

— Rien n'est encore gagné, Garance. Les Atamans contrôlent les artères principales et les soldats quadrillent la ville. Petra est devenu une véritable souricière. Gapon a réussi à se cacher dans une des maisons environnantes où il a des amis, mais la traque ne fait que commencer.

— Que pouvons-nous faire, alors?

— Allons chez moi. Ce n'est pas loin d'ici. Je vais t'y conduire.

Nous avons atteint l'autre extrémité de la ruelle, qui débouchait sur une large rue dans laquelle des milliers de Damnés couraient en désordre, fuyant vers l'est ou le nord, tentant de rejoindre un des ponts du Nevki. Plusieurs étaient blessés et se déplaçaient avec peine. Des patrouilles de soldats rattrapaient les moins rapides et procédaient à des arrestations. Néanmoins, leur comportement semblait moins sauvage que celui des Atamans.

— Il n'y a pas d'Atamans par ici, a murmuré Kollona. Allons-y.

Rasant les murs, nous avons progressé lentement vers l'ouest, nous dissimulant dans des ruelles ou sous les porches des maisons imposantes lorsque des soldats apparaissaient. Parfois, il nous fallait enjamber un cadavre. Les larmes aux yeux, je suivais Kollona tant bien que mal. Mes vêtements étaient couverts de sang. Le mien et celui de ceux qui avaient eu moins de chance que moi.

Ma colère, peu à peu, cédait la place à un immense dégoût.

# DIX-SEPT

Toute la nuit, je suis restée assise à côté de Kollona, dans sa chambre plongée dans l'obscurité.

En arrivant chez elle, j'avais été surprise par son cadre de vie. Contrairement aux Damnés de Vibor, qui s'entassaient comme des sardines dans des baraquements insalubres, Kollona vivait dans une belle maison de l'ouest de Petra, non loin du fleuve. Comme je m'en étonnais, elle m'avait expliqué qu'elle venait d'une famille très aisée, qu'elle avait quittée par la suite pour rejoindre les Boleshs. Cependant, elle avait toujours conservé cette maison, qui lui valait de ne pas attirer l'attention des hommes de l'empereur sur ses activités clandestines, les riches étant moins sujets à suspicion que les démunis.

N'ayant nulle envie d'approfondir le sujet, je me suis contentée de l'explication.

Cependant, malgré la fatigue, ni elle ni moi ne pouvions dormir, horrifiées que nous étions par ce que nous avions vécu au cours de cette terrible journée. Les images de ce dimanche sanglant me poursuivaient. Je revoyais les portraits de Roman tombés sur le sol, piétinés et lacérés dans leur fuite par les Damnés désespérés.

— Voilà le sort qu'il mérite, ai-je pensé à voix haute. Une mort aussi impitoyable que celle qu'il a infligée à tous ces malheureux.

— Tu n'es pas la seule à le penser, a répondu Kollona. Nombreux sont ceux qui ont essayé de le tuer. Mais Roman est pratiquement inaccessible. Il ne se montre presque jamais en public et il est très bien entouré. Tous ceux qui ont tenté de l'approcher ont fini leurs jours à la Mygale, où ils ont probablement été égorgés au fond de ses cachots les plus secrets.

— Quand je pense que j'aurais peut-être eu l'occasion de m'introduire dans son entourage, ai-je murmuré.

Kollona m'a regardée avec incrédulité.

— Qu'est-ce que tu racontes, Garance? C'est impensable. Même les membres les plus éminents des meilleures familles de l'empire ne peuvent le voir que de loin, le plus souvent. Qui t'aurait donné les moyens de franchir les innombrables barrières qu'il a érigées autour de lui?

— Efi Novykh.

De nouveau, Kollona m'a dévisagée avec de grands yeux, au comble de la stupéfaction.

— Efi Novykh? a-t-elle balbutié. Tu connais ce porc ignoble?

Je lui ai alors raconté mon horrible voyage depuis Tobol avec Efi, sans omettre le moindre détail. C'était la première fois que j'en parlais depuis que je m'étais sauvée de la maison de Lokina, et, face à l'écoute attentive de Kollona, je me suis soulagée jusqu'au bout de ce poids cauchemardesque.

— Cet homme est un vampire, ai-je conclu. J'ignore comment il a pu abuser Roman mais, s'il ne m'a pas menti, il semble être devenu très proche de lui.

— Il ne t'a pas menti. Du moins, pas complètement. En fait, Efi Novykh est surtout proche de l'impératrice Alix. Il a su l'envoûter grâce à son influence sur son fils, qui est la proie des Suceurs.

— Mais c'est lui qui commande aux Suceurs, j'en suis persuadée! me suis-je exclamée. J'en ai même été la victime!

— Je n'en suis pas si sûre, Garance. Les Suceurs étaient là bien avant lui. Ils hantent la famille de l'impératrice depuis des générations et c'est avec elle qu'ils sont arrivés à Vermillon, lorsqu'elle a épousé Roman. La famille impériale a tout essayé pour en venir à bout, sans le moindre succès. Et les prêtres de Rus sont tout aussi impuissants, malgré leurs prières et leurs singeries. Seul Novykh, jusqu'ici, a réussi à les repousser. C'est du moins ce qu'on dit.

— Mais qui est-il vraiment? D'où vient-il?

— Il te l'a dit. Il vient de Siwr et c'est un Damné, comme toi ou Tcherny. Du moins à l'origine. J'ignore d'où lui viennent ses étranges pouvoirs, mais le fait est qu'il en fait usage. Et pas seulement sur les Suceurs…

— Que veux-tu dire?

— Si tu es passée dans la maison des Khlystys à Tobol, tu as dû voir ou entendre certaines choses. De même à l'auberge d'Ekateri, d'après ce que tu m'as raconté. Il se comporte de la même façon ici, à Petra. Certaines femmes de la cour lui sont totalement dévouées, et avec elles leurs maris, de hauts dignitaires de l'État, très souvent. Ces choses se savent peu dans la population, pour l'instant, mais j'ai su garder au palais certains contacts qui m'informent régulièrement.

J'étais perplexe. Efi n'était peut-être qu'un Damné ordinaire doté de besoins énormes et inavouables ainsi que des moyens de les satisfaire jusque dans les plus hautes sphères de la société de Vermillon, mais il n'en avait pas moins failli me vider de mon sang, et il était beaucoup plus pour moi qu'un débauché habile.

— Quoi qu'il en soit, a repris Kollona, Efi Novykh est un personnage aussi répugnant que dangereux. Mais le fait que la famille impériale se soit entichée de lui ne peut que nous servir, en la déconsidérant auprès du peuple de Vermillon, et même de certains éléments de sa propre cour.

— Tu as sans doute raison, mais tout ça n'explique pas ce qu'il voulait de moi. Non seulement il ne m'a pas violée, mais il a empêché les autres de le faire. Quel était son but?

— Je l'ignore, Garance. J'essaierai d'en savoir plus, si tu veux. Plus tard. Pour le moment, la ville est sens dessus dessous et les soldats sont partout. Les Damnés sont hors d'eux et les événements d'aujourd'hui vont déchaîner leur colère. Il sera difficile de les arrêter. Les Boleshs doivent tirer parti de cette situation et ce sera notre seule priorité pour l'instant. Tu pourrais…

Kollona s'est tue. Elle m'a regardée avec intensité, hésitant à poursuivre. Je devinais néanmoins sa pensée.

— Tu aimerais que je retrouve Efi et que je m'introduise au palais par son entremise?

Elle a soupiré.

— Oui. Mais, en même temps, je ne me sens pas le droit d'envoyer une fille de ton âge dans le lit de cette bête, même pour les besoins d'une cause juste.

— Son lit, je ne crois pas, ai-je fait avec un rictus. Sinon, ce serait déjà fait. Cependant, si j'accepte de donner mon sang, je refuse que ce monstre me le soutire à mon corps défendant.

Kollona a esquissé un sourire.

— Nous en reparlerons. Dans l'immédiat, je dois informer Ulia de ce qui s'est passé aujourd'hui.

— Il est donc à Petra?

— Non. S'il mettait le pied sur le territoire de Vermillon, il ne ferait pas trois pas sans être pris par les hommes de Roman et il disparaîtrait immédiatement dans les profondeurs de la Mygale. Ulia vit loin d'ici, de l'autre côté des frontières. C'est moi qui sers d'intermédiaire entre lui et les Boleshs. Nous utilisons un système de communications secret que même les espions de Roman n'ont jamais pu percer à jour.

— Que se passera-t-il s'il apprend que tu as participé à la procession de Gapon malgré ses ordres?

— Je le lui dirai moi-même. Il ne sera sans doute pas très content, mais il sait que je n'ai pas l'habitude de recevoir des ordres d'un homme. Il a besoin de moi et moi de lui. Ulia est le seul à même de mener les Damnés à la victoire, le seul capable de canaliser leur force et leur violence potentielle dans le but de renverser l'empereur. Les autres ne sont que des opportunistes. C'est pourquoi je le suis. Mais il y a des aspects chez lui qui me dérangent. S'il est un organisateur remarquable et un orateur de premier ordre, capable de mobiliser des foules, je décèle chez lui une avidité du pouvoir qui me gêne. De ce point de vue, je lui préfère Terzio.

— Terzio?

— Terzio est redoutablement intelligent, à l'égal d'Ulia. Un organisateur-né, lui aussi, mais il n'est pas intéressé par le pouvoir. Il est beaucoup plus humain qu'Ulia. Cependant, dans la lutte qui est la nôtre actuellement, cela le dessert : il soulève moins d'enthousiasme et il souffre vraiment de voir la misère des Damnés.

— Je ne comprends pas. En quoi est-ce gênant?

— Pour mener le combat qui est le nôtre, il ne faut pas éprouver de pitié. Ulia sera satisfait d'apprendre le massacre d'aujourd'hui, car il considérera que cela mettra les Damnés d'humeur combative et que nous pourrons les pousser au soulèvement final.

— Tu exagères, voyons!

— Je n'exagère pas, Garance. Je connais Ulia, c'est tout. Lors de la grande famine, il y a quelques années, j'ai voulu venir en aide aux Damnés de Siwr en organisant des envois de nourriture vers les villages qui souffraient de la faim. Ulia s'y est opposé. Il disait que si on aidait les Damnés et qu'on leur remplissait le ventre, ils oublieraient leur désir de révolte. Alors qu'en les laissant en proie aux tortures de la faim, leur haine croîtrait suffisamment pour qu'on puisse l'utiliser.

— Il n'a donc pas de cœur? me suis-je écriée.

— Il ne faut pas avoir de cœur pour réussir ce que nous avons entrepris, Garance. Pour parvenir à un ordre nouveau, même plus juste que l'ancien, il faut commencer par détruire. Il n'y a pas de révolution tranquille.

— Mais tu as vu comme moi les gens mourir aujourd'hui! Tu as vu cette pauvre créature suppliante égorgée et son bébé écrasé par les chevaux des Atamans, tu as vu ces enfants abattus sans pitié par des soldats qui ont peut-être une famille eux aussi! Comment peux-tu accepter une chose pareille?

— Je n'ai pas dit que je l'acceptais. Cette journée m'a bouleversée, moi aussi. Et c'est parce que j'ai été bouleversée par ce que j'ai vu dans les filatures de Putila, il y a quelques années, que j'ai rejoint Ulia et ses amis. C'est paradoxal, je l'avoue, mais l'objectif premier est de vaincre, quel que soit le prix à payer. Ensuite, nous verrons.

Ces considérations me laissaient perplexe. J'étais à la fois révoltée et songeuse. Il me semblait que Kollona, tout en désirant réellement le bouleversement total de Vermillon et la libération des Damnés, gardait toujours des réserves qu'elle conservait pour plus tard. Sa pensée me paraissait beaucoup plus compliquée que celle de Tcherny ou de Valenko. Peut-être parce que, elle, elle ne venait pas du même monde que nous.

Kollona n'avait jamais souffert, ni de la faim ni du fouet. On ne l'avait pas vendue à un gros porc bouffi de graisse ni violée sur une table de village devant des paysans assemblés et complètement imbibés de madogue. Je ne mettais pas en doute sa sincérité, mais je croyais que le fait de ne pas avoir connu dans sa chair ce contre quoi elle combattait faussait un peu son jugement et en amoindrissait la valeur.

Je constaterais, bien plus tard, que j'avais tort sur ce point et que les pires bourreaux sont souvent ceux qui ont été eux-mêmes victimes de la torture. Et que

Kollona serait fidèle jusqu'au bout à la cause qu'elle avait choisie, au contraire de beaucoup d'autres.

Au matin, épuisée, je me suis endormie, pour la première fois de ma vie, dans un vrai lit. Avec des draps, des oreillers, un édredon. Vers midi, je me suis réveillée en éprouvant l'impression d'avoir fait un voyage dans un autre monde. Kollona m'a fait prendre un bain et m'a donné des vêtements propres.

J'ai tâché d'oublier un peu notre discussion de la nuit, qui me troublait encore, mais je ne parvenais pas à chasser de mon esprit les images des Damnés tombant comme des bêtes traquées sous les flèches des soldats et les sabres des Atamans. Kollona m'a proposé de rester chez elle, mais j'ai refusé.

— Je te remercie pour tout ce que tu as fait pour moi, lui ai-je déclaré, mais je dois retourner à Vibor. C'est là que se trouvent les miens. Et puis, je crois que tu as raison. C'est le moment de pousser les Damnés à l'insurrection. Avec ou sans les Boleshs. C'est le moment de pendre les maîtres, ils se sont trop longtemps moqués de nous.

— Les Boleshs vous aideront, Garance. Ne les dédaigne pas, ils vous montreront la voie.

Je suis partie sur ces bonnes paroles. Dans les rues, l'agitation avait repris. Les cadavres avaient été emportés et, en dépit de l'interdiction, des groupes de Damnés se pressaient autour de proclamations incendiaires. Les imprimeries clandestines avaient sans doute fonctionné toute la nuit et les pamphlets circulaient de main en main. Jamais je n'avais autant regretté de ne pas savoir lire.

Lorsque j'ai franchi le pont et atteint le faubourg de Vibor, la confusion était à son comble. Des Damnés de tous âges étaient assemblés et brandissaient le poing. Apparemment, personne ne s'était rendu aux mines, aux forges ou aux filatures ce jour-là. Des Boleshs sillonnaient la foule, distribuant des proclamations et haranguant les Damnés.

Tous ceux qui s'étaient méfiés d'eux et leur avaient préféré Gapon leur prêtaient maintenant une oreille plus favorable. L'empereur, en faisant massacrer des innocents, avait perdu en une journée tout son prestige. Aux cris de « Roman le sanglant! », « Roman le boucher! », « Mort au tyran! », les Damnés en furie se dirigeaient vers le pont, prêts à envahir de nouveau les larges rues de Petra.

# DIX-HUIT

Les troubles n'ont pas cessé pendant les jours suivants. Chaque nuit, les Boleshs tenaient conseil et Tcherny rédigeait inlassablement des manifestes que j'allais distribuer dans la journée aux Damnés, dont la rage n'était pas retombée.

Kollona apparaissait parfois à Vibor, mais les Damnés se méfiaient d'elle. Elle n'était pas des leurs, la peau de ses mains était soignée et la malnutrition ne l'avait pas défigurée. Pourtant, inlassablement, elle diffusait les messages d'Ulia et lui transmettait en retour les informations nécessaires sur le développement de la situation.

Quelquefois, les Damnés l'invectivaient durement.

— Où est-il, ton fameux Ulia? lui lançaient-il avec mépris. Où se cache-t-il alors que nos frères transpirent leur sang dans les mines de Roman? Où est-il à l'heure où nous nous dressons sans armes contre le tyran qui nous oppresse depuis des siècles?

— Les armes que vous fournit Ulia sont la parole et la conscience, répondait Kollona sans se démonter. Vous soulever contre l'empereur est bien, mais ce n'est pas suffisant. Vous devez savoir pourquoi vous le faites, et ce qu'il conviendra de faire une fois que vous l'aurez abattu. Si l'empereur tombe pour qu'un autre prenne sa place, votre lutte aura été vaine.

La plupart des Damnés ne comprenaient pas. Sans doute avaient-ils l'impression que Kollona les méprisait ou se moquait d'eux, ce qui n'était pourtant pas le cas.

— Descends avec nous dans les mines! avait un jour crié l'un d'eux. On verra ce que valent la parole d'Ulia et la tienne.

— J'y suis descendue, moi, dans les mines! m'étais-je alors écriée en me dressant aux côtés de Kollona. Et je sais de quoi je parle. Ça n'empêche pas qu'Ulia a raison. Si le seul résultat de notre lutte contre les maîtres est une diminution des coups de fouet et l'aumône de quelques miettes de pain supplémentaires, nous n'aurons rien gagné du tout!

La confusion s'était ensuivie. La majorité des Damnés refusaient toute ingérence des Boleshs dans cette révolte qui était la leur, pensaient-ils, mais des voix divergentes commençaient à se faire entendre. Un Damné nommé Gavril s'était avancé vers Kollona et lui avait dit qu'elle avait raison, mais que les Damnés n'étaient pas encore prêts à entendre de tels discours.

Gavril avait les traits rudes et fatigués de tous ceux qui s'épuisaient dans les mines ou les forges, mais ses yeux clairs contredisaient cette dureté et laissaient deviner chez lui une profonde capacité d'empathie. Il avait la confiance des Damnés, qui le savaient un des leurs, mais aussi celle des Boleshs, qui respectaient son intelligence et son engagement.

— Laisse-moi travailler avec eux, avait-il murmuré à Kollona. Les idées mûrissent très lentement chez les Damnés. Il y a une force immense en eux, mais ils ne le savent pas eux-mêmes et il ne serait pas prudent de la déchaîner hors de tout contrôle. Demande à Ulia d'être patient.

Kollona lui avait souri et elle était repartie. Pour ma part, j'avais suivi Gavril vers les forges, où les Damnés paralysaient toute activité.

Le plus étrange, au cours de ces journées de rébellion, était la quasi-absence des soldats et des Atamans. Où étaient-ils passés tout d'un coup? Pourquoi n'intervenaient-ils pas? Les Damnés avaient envahi les rues et les Boleshs n'hésitaient plus à se montrer au grand jour. Je me demandais quel mauvais coup l'empereur était en train de mijoter.

C'était comme si plus rien ne pouvait arrêter les Damnés. Pour la première fois de leur vie, ceux-ci pouvaient contempler un spectacle extraordinaire: les feux des forges s'étaient éteints, faute d'être alimentés, et Putila offrait l'aspect désolé de carcasses noirâtres jonchant le sol boueux comme des épaves d'un monde en ruine sous un ciel gris et lourd.

Les mines avaient cessé de vomir leurs longues colonnes de Damnés extrayant le minerai dans des paniers tressés surchargés, les cheminées des fourneaux se dressaient comme des troncs d'arbres géants foudroyés et les filatures avaient sombré dans un silence inhabituel qui semblait presque inquiétant.

De plus, le va-et-vient des caravanes apportant certaines matières premières venues de Siwr ou emportant vers les grandes villes de l'empire les produits fabriqués dans les ateliers avait cessé lui aussi. La guilde des caravaniers soutenait les revendications des Damnés et tout l'empire se trouvait paralysé. Les Damnés commençaient à se rendre compte que, sans eux, plus rien ne pouvait fonctionner à Vermillon. Un sentiment de puissance, qu'ils n'avaient jamais éprouvé à ce jour, en résultait, chaque jour plus intense.

Tcherny se tenait à l'écoute, allait et venait d'un groupe à l'autre, d'un atelier à l'autre, essayant de faire prendre conscience aux Damnés de l'énorme pouvoir qui résidait en eux. Le soir, il continuait de m'apprendre à lire et à écrire, et je me demandais quand il trouvait le temps de dormir.

Un matin, il m'a donné une épaisse liasse de documents pour Kollona. Je devais les lui porter sans tarder.

— Fais très attention à toi, Garance. Les rues de Petra sont devenues extrêmement dangereuses.

— Les Atamans ont réapparu?

— Non, heureusement. Les soldats non plus. Il semble que le malaise les ait gagnés eux aussi. Mais les suppôts de Roman ne sont pas inactifs pour autant. On dit que les Centuries noires sont revenues.

— Les Centuries noires?

— Les plus sauvages défenseurs de la tyrannie. Les Centuries ne se manifestent que dans les cas d'extrême gravité. Elles prétendent être la main armée de Rus à Vermillon. Leurs méthodes sont d'une cruauté abominable. Même les Atamans ont l'air d'agneaux à côté d'elles. C'est peut-être pourquoi Roman ne les a pas renvoyés contre nous. Il compte sur les Centuries.

— Ce sont ses troupes d'élite?

— Non, les Centuries ne lui appartiennent pas et personne d'autre qu'elles-mêmes ne les contrôle. Elles n'ont pas vraiment d'existence légale et elles ne se forment qu'en cas de crise grave. Elles rassemblent tout ce qui, à Vermillon, s'oppose au progrès et à la liberté. Elles sont furieuses de ce qu'elles appellent les « désordres » qui affligent l'empire et ont décidé de faire un grand nettoyage. Elles prétendent que les Damnés sont loyaux à Roman mais qu'ils ont été trompés par les ennemis de Vermillon, et elles ont juré d'exterminer les « coupables » jusqu'au dernier.

— Quels ennemis? Les Makakis?

— Les Makakis sont bien les cadets de leurs soucis, même s'ils nous infligent de cuisantes et humiliantes défaites en ce moment à l'autre bout de l'empire. Les Makakis sont trop loin, les Centuries ne savent pas à quoi ils ressemblent. Non, ceux dont elles veulent la peau, ce sont les mêmes que d'habitude, les mêmes qu'elles ont déjà brûlés par milliers lors de la dernière grande famine : les Centuries ont résolu d'en finir avec ceux du Bund. Sous l'œil bienveillant de l'empereur.

— Ça recommence donc, ai-je murmuré d'un air sombre.

— Oui, ça recommence, a approuvé Tcherny. Et plus violemment que jamais. L'empereur a besoin de boucs émissaires. S'il condamnait les Damnés, il se condamnerait lui-même puisqu'il se proclame leur père. Mais ceux du Bund ne sont les enfants de personne et nul n'ira se soucier de leur sort.

— Le Bund ne se mêle pourtant jamais des affaires des autres. C'est injuste. Cette persécution ne finira donc jamais? Pourquoi s'en prendre à nous?

— Parce que nous sommes différents, Garance. Parce que nous sommes solidaires et que nous réussissons malgré les lois de Roman qui nous interdisent de posséder de la terre et de participer à la vie de l'empire. On nous en veut de survivre sans nous renier. C'est suffisant pour déclencher la haine.

La peur et la rage me montaient à la gorge. Rage devant mon impuissance, peur devant l'idée d'affronter les rues de Petra.

— Mais rassure-toi, a repris Tcherny. Que nous soyons du Bund n'est pas écrit sur notre visage. Tant que tu ne te déchausseras pas, tu n'auras rien à craindre. Rien de plus que d'habitude, en tout cas. Mais tous ceux dont l'appartenance est connue risquent leur vie.

La mort dans l'âme, j'ai quitté la chambre après avoir dissimulé sous ma lourde cape de paysanne les documents destinés à Kollona. Dans les rues, les Damnés avaient tant passé et repassé que la neige s'était transformée en une boue épaisse et collante.

Tant que je suis restée de ce côté-ci du pont, j'ai pu avancer sans encombre malgré la foule bruyante et compacte des Damnés. Les Centuries noires, en effet, ne s'aventuraient guère dans les faubourgs de Vibor. Même si elles inspiraient la terreur, leur nombre était assez restreint. Elles compensaient la faiblesse de leurs effectifs par une violence inouïe.

Une fois passé le Nevki, l'angoisse a commencé à m'étreindre. Il régnait dans les rues une atmosphère étrange. Les quelques passants que je croisais semblaient tendus et fuyaient mon regard. J'avançais plus lentement, me retournant souvent, puis accélérant subitement lorsque je croyais entendre des pas que je jugeais trop rapides dans mon dos. Les Damnés étaient beaucoup moins nombreux par ici et, plus je progressais vers le sud-ouest, plus ils se faisaient rares.

À plusieurs reprises, je suis passée près de maisons incendiées devant lesquelles des meubles brisés et des vêtements en lambeaux traînaient sur le sol. Du sang souillait encore la neige. Une senteur âcre planait dans les alentours et, par instants, j'avais l'impression inquiétante de respirer l'affreuse odeur de la chair brûlée. Chaque fois, je hâtais le pas et m'éloignais en serrant les dents et les poings.

Au bout d'un long moment, alors que je n'étais pourtant qu'à mi-chemin de mon trajet, je me suis rendu compte que j'étais absolument seule dans la rue. Ce vide avait quelque chose d'angoissant, j'avais le sentiment de me déplacer dans une ville fantôme. Instinctivement, j'ai regardé les volets, de chaque côté de la rue. Tous étaient fermés. Petra paraissait s'être emmurée vivante.

Soudain, l'idée m'est venue que ce n'était pas pour éviter les débordements des Damnés que les gens s'étaient enfermés, puisque les grands rassemblements avaient plutôt lieu à Vibor et dans d'autres faubourgs similaires et que, de toute façon, lorsque les Damnés venaient en ville, ils restaient plutôt sur les grandes avenues convergeant vers le palais ou sur les berges du Nevki. Non, si toutes les ouvertures avaient été closes et barricadées, *c'était plutôt pour ne pas voir ce qui se passait dans les rues!*

L'affolement a commencé à me gagner. Au lieu de demeurer dans les plus grandes artères, j'avais décidé de couper au plus court et je m'étais engagée dans un quartier que je ne connaissais pas. J'étais prise au piège!

J'ai pressé le pas. Mes socques de bois faisaient un bruit épouvantable malgré l'épaisseur de la neige. J'avais l'impression qu'on pouvait m'entendre jusqu'à l'autre bout de la ville.

Tout à coup, des cris ont retenti dans une ruelle adjacente au moment où je passais devant elle, ainsi que des bruits de coups violents et de verre brisé. D'une boutique située à quelques pas de moi, une silhouette a surgi pour s'écrouler sur les pavés. C'était un vieillard, à peine vêtu. Son visage était en sang. Il n'a pas eu le temps de se relever que trois hommes jaillissaient à sa suite et l'entouraient, armés de bâtons.

De l'intérieur de la boutique, pendant ce temps, provenait un vacarme de saccage et de destruction, ponctué de cris de rage. Les trois hommes ont levé leurs bâtons et se sont mis à frapper le vieillard à la tête en lui lançant des insultes. Il n'a pas fallu plus de quelques secondes avant qu'il s'affaisse complètement, ensanglanté et immobile.

J'ai entendu des hurlements de femme et d'enfants, et trois autres hommes sont sortis de la boutique, dans laquelle ils ont lancé une torche enflammée. Je me suis jetée sur le côté pour échapper à leur vue et je me suis plaquée contre le mur. Les occupants de la boutique avaient dû être attachés car ils suppliaient, d'une voix désespérée, qu'on les délie. Mais les hommes riaient en beuglant des insultes, puis ils se sont mis à chanter.

Soudain, les fenêtres ont explosé et j'ai entendu le grondement des flammes qui commençaient à lécher les murs extérieurs. Je me suis sauvée. Mais les cris atroces de la femme et de ses enfants qui brûlaient vifs à l'intérieur de leur boutique m'ont poursuivie longtemps.

J'ai fait un long détour avant de reprendre ma route pour la maison de Kollona, le visage inondé de larmes et le cœur brisé par la honte. J'avais beau savoir que je n'aurais rien pu faire pour empêcher cette atrocité, je ne me pardonnais pas d'avoir fui sans même avoir essayé.

Je courais maintenant, terrorisée à l'idée que les hommes des Centuries noires allaient peut-être retrouver ma trace. J'avais déjà eu affaire à eux, je m'en souvenais à présent, lorsque je m'étais sauvée de chez Lokina et que des hommes vêtus de noir m'avaient rouée de coups sur le pavé. J'avais survécu, mais je n'aurais peut-être pas autant de chance cette fois-ci.

Était-il possible que ces assassins ne m'aient pas vue, alors que je regardais le vieillard se faire battre à mort? Qu'ils n'aient pas entendu le martèlement de mes socques sur la neige gelée tandis que je m'enfuyais? Ou bien, peut-être, assurés qu'ils étaient de leur immunité, ne prenaient-ils même pas la peine de se cacher pour exécuter leurs forfaits, ni d'en poursuivre les témoins.

Je filais néanmoins de toutes mes forces, poussée par une peur panique, sachant bien que, s'il leur prenait fantaisie de me griller à mon tour, personne ne viendrait à mon secours. La ville s'était bouchée les yeux et les oreilles…

# DIX-NEUF

J'ai fini par arriver chez Kollona, hors d'haleine, les jambes en coton. Elle savait déjà ce qui se passait en ville – c'était d'ailleurs la même chose dans tout Vermillon, où les gens du Bund étaient victimes d'une vague de massacres sans précédent.

— Je crois que même Roman est dépassé par ce déchaînement de violence, m'a dit Kollona. Il laisse faire en regardant ailleurs et en se disant qu'après tout, les Centuries noires font son travail sans qu'il ait à se salir les mains.

— C'est pour ça qu'il n'envoie plus ses soldats?

— C'est une des raisons. Mais il y en une autre. Le malaise général a gagné son armée également. N'oublie pas que les soldats sont des Damnés, eux aussi. Seuls leurs chefs sont des hommes de Roman. Les soldats s'interrogent. Leur mission est de défendre l'empire et ils se demandent pourquoi on les envoie contre ceux de leur propre sang alors que les Makakis, loin à l'est, coulent leurs navires et massacrent leurs unités.

— Les soldats vont donc rejoindre les Damnés? Ce serait une victoire. Même les Atamans seraient isolés.

— Il est encore trop tôt pour le dire. Même si les soldats sont des Damnés eux-mêmes, ils font partie d'un système qui le leur fait oublier. On a fait d'eux des brutes sans âme, des machines à tuer quand on leur en donne l'ordre. Ils ne comprennent peut-être même pas ce que veulent leurs frères.

— Mais les Damnés le savent, eux!

— Ils le savent à court terme, sans doute. Ils savent qu'ils veulent secouer ce joug qui les maintient au rang d'animaux domestiques, ils savent qu'ils veulent manger et ne plus souffrir, qu'ils ne veulent plus être humiliés. Mais ils ignorent encore quel est leur destin. Ils ignorent qu'ils sont les seuls véritables maîtres. Comment dès lors sauraient-ils se donner les moyens d'y parvenir?

J'étais découragée. Si ce que me disait Kollona était vrai, jamais les Damnés ne sortiraient de ce servage qui leur avait dénié le droit d'être autre chose que des outils jetables entre les mains des seigneurs et des hommes de Roman.

— Il n'y a donc aucun espoir? ai-je demandé.

— Ulia. Ulia est l'unique espoir, même s'il porte en lui les germes de sa propre destruction. Ulia est le seul capable d'amener les Damnés à comprendre qui ils sont vraiment et de les mener à la victoire. Nombreux sont ceux, parmi nous, qui reculent devant ses terribles prophéties. Moi-même, elles m'effraient parfois, tout comme elles effraient Terzio. Mais, pour le moment, il n'y a pas d'autre solution.

— Mais Ulia est loin, et Terzio également. Jamais les Damnés ne suivront des fantômes…

— Ulia attend son heure, Garance. Peut-être a-t-il été surpris lui-même par l'ampleur des révoltes de ces dernières semaines. Il réfléchit. Lorsqu'il viendra, c'est que la victoire sera déjà acquise.

— C'est trop facile! me suis-je écriée.

— Oui, sans doute. Cependant, nous ne sommes pas seuls. C'est une nouvelle que je voulais t'annoncer. Terzio revient. Il a déjà quitté sa terre d'exil et il est en marche pour Vermillon. Il sera bientôt à Petra.

— Tu l'admires beaucoup, n'est-ce pas?

— Oui. Terzio est le plus brillant de nous tous. Il voit loin. Il est du Bund, comme toi. Comme beaucoup d'entre nous.

— Oh, je comprends maintenant pourquoi les Centuries noires s'en prennent à nous.

— Ne crois pas cela, Garance. Les Centuries veulent vous exterminer parce que vous êtes différents, c'est tout. Que de très nombreux Boleshs viennent du Bund est normal. C'est le Bund qui souffre le plus de la tyrannie de Roman. Ceux du Bund, dans l'échelle des valeurs de l'empire, sont inférieurs même au bétail des Damnés. Il faut beaucoup d'oppression pour déclencher la fureur des victimes. La révolte ne vient jamais d'elles, ne l'oublie pas. Ce sont les maîtres qui la provoquent quand ils vont trop loin, ce qui est le cas actuellement.

— Et tu penses que Terzio va réussir à organiser les Damnés?

— Je l'espère. Il a de grandes qualités et il est infatigable. Il faut que les Damnés le reçoivent comme un des leurs. C'est essentiel. Tu vas donc retourner à Vibor. Tu annonceras l'arrivée de Terzio à Gavril. Gavril est avec nous. Il prendra les dispositions nécessaires.

J'ai hoché la tête, heureuse d'avoir quelque chose à faire. Les discussions avaient plutôt pour effet de me faire douter. Il me fallait de l'action. Cependant, l'idée de retourner dans les rues de Petra et d'y tomber sur les Centuries noires me glaçait le cœur.

Kollona m'a alors indiqué un autre chemin pour rejoindre Vibor, en contournant la ville par l'ouest jusqu'à l'embouchure du Nevki et en passant par les docks, où vivaient de nombreux Damnés. Les Centuries ne s'y aventuraient pas. Parmi les Damnés, les marins étaient ceux qui avaient la vie la plus rude et leurs réactions pouvaient être extrêmement violentes lorsqu'ils se sentaient menacés.

Je suis donc partie dans la direction du port, après m'être restaurée un peu. Au début, j'ai traversé une zone résidentielle plutôt cossue dans laquelle je n'ai croisé personne. Puis, au fur et à mesure que je me rapprochais des docks, les belles avenues ont peu à peu laissé la place à un dédale de ruelles traversant des entrepôts, des ateliers et d'immenses bâtisses aveugles.

Les quais fourmillaient de Damnés en proie à une agitation fébrile. Ici comme à Vibor, les ateliers et les chantiers étaient silencieux et désertés. Des orateurs improvisés déversaient leurs discours à une foule avide de les entendre. Personne ne faisait attention à moi, Damnée parmi les autres.

À l'autre extrémité des quais, là où, pourrait-on dire, recommençait la ville, s'élevaient les majestueux escaliers d'Ossa. C'était une construction titanesque, large de plusieurs centaines de pas, qui descendait de la haute ville jusqu'au port, depuis une vaste esplanade entourée de riches constructions aux toits dorés. Les Damnés s'y trouvaient en grand nombre, de tous les âges, de toutes les conditions. Pas un soldat ne se trouvait en vue.

Tout à coup, une rumeur grandissante a attiré mon attention. J'ai remarqué que tous les visages étaient tournés vers l'embouchure du fleuve, du côté de la mer. J'ai couru jusqu'aux hangars et j'ai grimpé sur le socle d'un énorme pilier, d'où mon regard pouvait enfin embrasser toute l'étendue du port. Un immense navire, ayant doublé l'île fortifiée de la Couronne, s'avançait dans la bouche du fleuve. Un navire de guerre aux armes de l'empire.

La foule s'était tue. Seul régnait un genre de bourdonnement sourd et indistinct. L'empereur avait-il décidé, pour frapper un grand coup, d'envoyer contre les Damnés le fleuron de sa flotte? Au lieu de fuir, les Damnés regardaient, comme hypnotisés, le terrible navire s'avancer lentement vers le quai principal.

Plus le temps passait, plus le silence se faisait glacial. Le navire s'approchait du quai mais, contre toute attente, il n'avait encore craché aucune de ces bombes incendiaires dont on le savait armé. La tension était extrême.

Des marins sont apparus dans les agrès et ont agité les bras en direction de la foule en criant. J'étais trop loin pour comprendre ce qu'ils disaient, mais les Damnés les plus proches se sont précipités vers le débarcadère. Le navire est alors venu se ranger contre le quai. Les Damnés ont solidement arrimé ses amarres, puis les marins ont débarqué, transportant avec eux une sorte de catafalque.

Je suis descendue de mon perchoir pour aller me mêler aux Damnés qui accueillaient les marins. Ces derniers n'avaient pas perdu de temps et leur histoire circulait parmi la foule.

Deux jours plus tôt, une mutinerie avait éclaté sur le navire alors qu'il se trouvait en haute mer. Le capitaine avait fait mettre à mort un marin qui se plaignait de la nourriture – la viande était effectivement avariée et grouillait de vers, affirmaient les marins, mais les officiers avaient déclaré que, malgré cela, elle était bien assez bonne pour des Damnés.

La révolte grondait déjà depuis plusieurs jours en raison de l'extrême cruauté de la discipline à bord, et cette exécution avait mis le feu aux poudres. La colère avait explosé et les marins exaspérés avaient tué leur capitaine et plusieurs de ses officiers, après quoi ils avaient pris le contrôle du navire.

Certains étaient des sympathisants des Boleshs. Ils avaient tenté de rallier les autres navires de la flotte à leur cause, mais sans succès. Ils s'étaient alors dirigés vers le port de Petra, avec l'intention d'exposer le corps de leur camarade et de lui rendre les derniers honneurs.

À présent qu'ils y étaient, on les accueillait avec ferveur. Et la colère se répandait de nouveau parmi les Damnés comme une vague déferlante. Sur la terre comme sur la mer, ils n'étaient donc destinés qu'à être écrasés, bafoués, humiliés!

Tout à coup, des cris ont retenti vers le haut des escaliers. Une escouade d'Atamans venait d'apparaître sur l'esplanade. La foule a commencé à refluer vers le port. Les marins, cependant, ne croyaient pas que les cavaliers passeraient à l'action devant un navire aussi puissamment armé. De plus, les Atamans étaient à l'aise dans la plaine ou dans les rues si celles-ci étaient assez larges pour leur permettre de manœuvrer, mais comment leurs chevaux pourraient-ils galoper dans les escaliers d'Ossa?

Rassurés, les Damnés ont interrompu leur mouvement et les marins ont continué leur cérémonie. Le calme n'a pas duré. La position des Atamans n'avait eu pour but que de dissimuler l'arrivée des fantassins. Il y a eu un coup de trompe et les cavaliers se sont écartés. Les soldats sont alors apparus, massés en rangs serrés.

Je ne sais pourquoi, alors, les marins restés à bord ont hissé un pavillon rouge. Qu'est-ce que ça signifiait? Qu'ils donnaient l'ordre de se battre? Sans doute est-ce ce que les soldats ont compris. Ils se sont mis en marche lentement, descendant les grands escaliers tout en tirant des volées de flèches meurtrières.

Les Damnés n'ont pas eu le temps de réagir. Beaucoup sont tombés, frappés à la tête ou à la poitrine. La panique a été immédiate. Les survivants se sont rués vers le port. Parmi eux, des enfants, des mères portant leur bébé dans les bras et des vieillards dont beaucoup se sont fait piétiner par les fuyards en proie à l'affolement.

Un grand nombre de ceux qui se trouvaient acculés en bas, sur les quais, ont été précipités à l'eau et se sont noyés. Les marins ont rembarqué précipitamment dans l'intention de pointer leurs armes sur les soldats de Roman, mais il était trop tard. Dans la confusion générale, ils ont cependant réussi à se débarrasser de leurs amarres et à faire voile vers le large.

Sur terre, la répression était atroce. Des milliers de personnes désarmées se faisaient massacrer, tandis que le navire quittait l'estuaire. J'en pleurais des larmes de rage et d'impuissance. Le Dimanche sanglant n'avait donc pas suffi? L'empereur avait donc toujours soif de sang?

Évitant les escaliers, théâtre du carnage, j'ai réussi à m'enfuir en passant par les hangars. Tout en courant, j'ai remarqué que des individus étaient en train de se livrer au pillage de certains entrepôts. S'il s'agissait de Damnés ou non, je n'ai pas pris la peine de le vérifier. Je venais de me rendre compte que, dans la bousculade, j'avais perdu mes socques de bois. L'image des Centuries noires m'est subitement revenue. Si jamais l'un de ces hommes voyait mes pieds, je finirais la journée comme une torche!

Les hangars formaient un véritable labyrinthe et je commençais à désespérer, me demandant comment j'allais en sortir. Plusieurs détachements de soldats avaient quitté les escaliers et patrouillaient maintenant dans les entrepôts, à la recherche des fuyards.

Je me suis alors souvenue que, si la mer était libre, le fleuve, lui, était encore pris par les glaces plus en amont. Plutôt que de tenter de traverser les hangars pour me retrouver en ville et me diriger vers le pont, j'ai donc fait volte-face et je suis revenue vers les quais.

La cohue était indescriptible. Les Damnés fuyaient en tous sens, hurlant, se télescopant, tombant. Des enfants perdus, le visage en sang, pleuraient et se faisaient renverser par le flot désordonné. Parvenue au bord d'un des quais, je me suis aperçue que celui-ci, à cet endroit, ne plongeait pas directement dans l'eau du port : une sorte de rebord, à peine plus haut que le niveau de l'eau, courait le long de sa base. Un canot retourné, quille en l'air, y avait été abandonné.

Aucun soldat ne pouvait me voir, abritée que j'étais par la masse des Damnés qui se pressaient sur le quai. Le rebord de pierre se trouvait à presque deux fois ma hauteur sous mes pieds. En sautant, je risquais autant de me fendre le crâne que de glisser et de me retrouver dans l'eau glacée. Et, bien sûr, je ne savais pas nager.

Je n'ai pas eu à réfléchir. Un mouvement de la foule m'a repoussée contre le bord. Je me suis jetée dans le vide. J'ai atterri sur les pierres glacées et j'ai senti mon corps glisser vers l'eau noire. Lançant le bras sur le côté, je me suis agrippée *in extremis* au bord du canot et j'ai ainsi évité la chute. Immédiatement, j'ai rampé sous le canot, je m'y suis pelotonnée et je suis restée immobile, emmitouflée dans ma cape.

À un moment, quelqu'un d'autre est tombé du quai, une Damnée assez âgée, mais elle s'est fracassé le crâne sur la pierre et son corps a disparu dans l'eau. Je me suis mordu les lèvres pour ne pas crier.

Peu à peu, le tumulte a cessé au-dessus de moi et, lorsque la nuit est enfin tombée, le port était silencieux. Je me suis extirpée de ma cachette. C'est alors que je me suis rendu compte qu'il me serait impossible de remonter le long de cette muraille abrupte qui n'offrait aucune prise. Je me suis donc dirigée vers l'est, marchant prudemment sur l'étroit rebord de pierre.

Au bout de quelques centaines de pas, je suis tombée sur une jetée de pierre qui descendait en pente douce jusqu'à l'eau. Elle était juste à la hauteur de mon menton, et j'ai pu y grimper sans trop de difficultés. À partir de là, il ne me restait plus qu'à suivre la rive du Nevki vers la droite, jusqu'à ce que j'arrive à la glace.

Mes pieds me faisaient terriblement souffrir, la peau en était crevassée et le froid y pénétrait comme des aiguilles. J'ai marché longtemps encore, jusqu'à ce que j'arrive en vue du pont. Les torchères qui le bordaient le rendaient visible d'assez loin. De nombreuses silhouettes s'y agitaient, mais je ne parvenais pas à distinguer s'il s'agissait de Damnés, de soldats impériaux ou d'Atamans.

La glace, à cet endroit, était assez solide. J'ai traversé le fleuve et, parvenue enfin à Vibor, je me suis écroulée sans connaissance.

# VINGT

Je me suis réveillée chez Varna et Valenko. Des Damnés qui m'avaient déjà vue chez eux m'y avait emmenée, m'ayant découverte bleue de froid et gisant près du fleuve, en aval du pont.

Varna m'a longuement frictionnée et m'a fait boire un peu de madogue, qui m'a brûlé les lèvres et l'estomac. Puis Tcherny est arrivé et m'a serrée dans ses bras. Sa chaleur était plus douce que celle du madogue… Je me suis sentie revivre. J'ai voulu raconter l'épouvantable épisode des escaliers d'Ossa, mais c'était inutile : tout Vibor était déjà au courant. En revanche, l'annonce du retour de Terzio a été une surprise.

— C'est une bonne chose, a commenté Tcherny. La révolte gronde d'un bout à l'autre de l'empire et des soulèvements spontanés ont lieu partout, mais ils s'épuisent d'eux-mêmes par manque de coordination. Terzio peut être le lien qui unira tous les Damnés et les mènera à la victoire.

Les journées qui ont suivi ont été pleines d'enthousiasme. Le printemps était encore loin, mais j'avais l'impression qu'un air nouveau remplissait l'atmosphère. Vermillon allait-il enfin devenir respirable?

Quelques jours plus tard, j'ai rencontré Terzio, à Petra, dans un atelier proche du port où il avait réuni des envoyés de toutes les forges et les filatures de la capitale. J'ai assisté à la réunion avec Tcherny et Gavril.

Au premier abord, je dois avouer que j'ai été déçue. Alors que, à peine arrivée, je cherchais fébrilement dans la foule un homme de haute stature, un meneur aux épaules larges et aux poings noueux, Tcherny m'a désigné un personnage qui grimpait sur une estrade. C'était un homme de taille moyenne, plutôt frêle. Avec ses vêtements noirs et impeccables, ses yeux cerclés de métal et sa mèche de poils taillés en pointe au menton, il ressemblait à un commis de boutique. C'était donc lui, le grand Terzio?

Ma déception, cependant, n'a pas duré. Lorsqu'il a pris la parole, tous mes doutes se sont envolés d'un seul coup. Terzio maîtrisait les mots comme peu de soldats ou d'Atamans maîtrisaient leurs armes. Avec lui, tout devenait clair. La foule buvait ses paroles et, tandis que ses yeux brillaient d'une passion que rien ne pouvait éteindre, je sentais les Damnés s'unir autour de moi comme une masse indomptable.

Pour autant, je ne sentais pas chez Terzio le désir d'utiliser cette force colossale à ses propres fins. Au contraire, il voulait la révéler aux Damnés afin qu'ils la prennent en charge pour leur propre compte. En cela, il n'était pas un chef, et n'avait nulle envie de le devenir. Le pouvoir, en tant que tel, ne l'intéressait pas. Je comprenais mieux ce que Kollona m'avait dit de lui.

Terzio ne cherchait pas à entraîner les Damnés derrière lui, il voulait les faire naître à eux-mêmes pour qu'ils s'imposent enfin comme ce qu'ils devaient être : leurs propres maîtres.

Terzio était infatigable. Jour et nuit, aurait-on dit, il écoutait, répondait, conseillait, reprenait inlassablement ses explications. Il était disponible pour toutes et tous, à n'importe quelle heure, en n'importe quel lieu. Dormait-il parfois? Je finissais par me le demander. Il avait sur les gens qui l'entouraient un ascendant que je n'avais rencontré, jusqu'à ce jour, que chez Efi Novykh. Mais cet ascendant était d'une nature bien différente et il en faisait un tout autre usage.

Avec l'arrivée de Terzio à Petra, la révolte des Damnés semblait enfin prendre une direction précise au lieu de se disperser. Kollona et Gavril travaillaient à ses côtés. Je connaissais bien Petra maintenant et je servais de relais. Je transmettais les informations et les mots d'ordre à Vibor, où Valenko, Varna, Matiush et les autres les mettaient en œuvre; puis, en retour, j'apportais leurs rapports à Terzio.

Tous, cependant, ne participaient pas de cet optimisme. Dzerji, par exemple, se moquait en privé de ce qu'il appelait la candeur de Terzio.

— Jamais les Damnés ne réussiront à se diriger eux-mêmes, prétendait-il avec cynisme. Ce n'est pas de paroles dont ils ont besoin, mais d'armes et de guides. Et c'est aux Boleshs qu'incombe cette tâche, à personne d'autre. Le pouvoir est plus dangereux que la plus puissante des bombes et il ne doit pas être remis entre toutes les mains. Seuls les Boleshs sauront le manier. Et seul Ulia saura mener les Boleshs.

Ulia. Dzerji ne jurait que par lui. Ulia était sa vérité, son monde, l'air même qu'il respirait. Fort de cette certitude, Dzerji était un instrument redoutablement efficace, mais il était dépourvu du moindre sentiment. Je m'apercevrais, bien plus tard, qu'il était également insensible à la pitié ou aux remords.

— Ulia a pourtant approuvé le soulèvement des Damnés, lui répondait Kollona. Il s'en réjouit.

— Il s'en réjouit pour autant qu'il aboutira à la chute du tyran et à la prise du pouvoir par les Boleshs, répliquait Dzerji en martelant ses mots. Mais Terzio perd du temps avec ses palabres. À la violence du tyran, la seule réponse est la violence des Damnés. Les deux ne peuvent pas coexister. Tant que je n'aurai pas planté moi-même la tête de Roman sur une pique, ainsi que celles de toute sa famille, je ne connaîtrai pas de repos.

Il y avait une telle haine enfermée chez cet homme, une telle fureur rentrée que je me disais que, s'il était capable de résister à toutes les attaques venues de l'extérieur, il exploserait sans doute un jour de l'intérieur, victime de sa propre rage.

Néanmoins, malgré ces divergences de vue, l'insurrection prenait de l'ampleur. Au printemps, alors que le dégel avait libéré les voies navigables, la guilde des caravaniers, qui contrôlait la quasi-totalité des transports importants au sein de l'empire, avait massivement rejoint le mouvement des Damnés.

Ce n'étaient plus seulement les Damnés, d'ailleurs, qui réclamaient la déposition de Roman. Dans les provinces du sud, proches des territoires de Mongot, dans les Marches de l'Ouest ou dans les États semiindépendants du nord-ouest, les peuples locaux s'agitaient et menaçaient de faire sécession. À Vermillon même, tous ceux qui ne comptaient pas parmi les privilégiés du système impérial redressaient à présent la tête et réclamaient leur part de liberté et de richesse.

L'empereur était cerné de toute part et il devait sentir que ses propres troupes, à l'exception peut-être des Atamans – qui ne lui obéissaient que parce qu'ils le voulaient bien, en échange d'autres avantages –, hésitaient maintenant à lui faire confiance. Leur démoralisation, due aux désastres de la campagne contre les Makakis, n'y était pas étrangère.

Les espions de Roman semblaient eux aussi avoir disparu. Personne n'y croyait vraiment, bien sûr, et on se doutait qu'ils veillaient toujours dans l'ombre, mais ils n'agissaient plus et les dénonciations, arrestations et peines d'exil n'étaient plus monnaie courante comme auparavant. Il régnait à Petra un air de liberté qui y avait été jusqu'alors inconnu.

Pourquoi l'empereur et ses sbires laissaient-ils la situation se détériorer ainsi sans intervenir, se contentant du rôle de spectateurs? Seules les Centuries noires semaient la terreur dans le désordre le plus total, mais l'armée et les Atamans s'étaient évanouis. On aurait dit que Roman ne savait plus vers qui se tourner. Était-il sur le point de capituler? C'était ce que pensaient la plupart des Damnés et des autres rebelles. Roman comprenait que sa cause était perdue, et, d'après eux, il ne pouvait plus faire autrement que d'accéder à leurs demandes.

L'avenir proche allait cruellement les démentir. Ils comprendraient bientôt que, malgré les apparences, l'empereur était plus obstiné que jamais et que, s'il feignait de ne pas réagir, c'est qu'il attendait l'aide d'un allié puissant, un allié inattendu et impitoyable dont les Damnés ne tarderaient pas à subir les rigueurs au plus profond de leur chair.

Seuls les Boleshs n'étaient pas dupes de l'étrange attitude du tyran. Aussi multipliaient-ils les mots d'ordre et les harangues, enjoignant aux Damnés de ne pas faiblir. Terzio, Kollona, et Dzerji se dépensaient sans compter pour maintenir l'esprit combatif des Damnés.

Le printemps s'étirait et l'été arriverait bientôt dans l'empire paralysé. Avec les beaux jours, l'optimisme avait atteint son comble et, pour la première fois sans doute de leur vie, les Damnés faisaient des projets d'avenir. Varna était fatiguée mais souriante. L'herbe recommençait même à pousser dans les terrains dévastés de l'Enfer de Putila…

Les problèmes, cependant, étaient assez vite apparus. Tout avait commencé avec ceux qui avaient des familles à nourrir : qu'avaient-ils à rapporter chez eux, le soir, pour leurs enfants affamés? Loin de Petra, dans les campagnes de l'empire, les maîtres qui avaient pu sauver leurs biens des attaques des Damnés avaient caché leurs récoltes et attendaient des jours meilleurs pour les remettre sur le marché au prix fort.

De plus, aucun convoi, aucune caravane ne parvenait plus à Petra. Les ressources de la ville avaient fondu et ce qu'il en restait était bien à l'abri dans les magasins clandestins des spéculateurs. Enfin, forges, mines et filatures étaient paralysées elles aussi et les Damnés, privés de revenus, se retrouvaient plus démunis que jamais.

Les esprits les plus perspicaces commençaient à comprendre pourquoi Roman s'était montré si tolérant envers les agitateurs – ou, plus exactement, si absent. Avait-il besoin de se fatiguer à mater une rébellion alors que celle-ci allait être confrontée à un ennemi autrement plus virulent, autrement plus impitoyable : la faim.

Roman et les siens n'avaient rien à craindre de ce côté. Le palais d'hiver et les châteaux dont il disposait dans les environs de Petra regorgeaient de denrées suffisantes pour soutenir un siège de plusieurs mois. Les maîtres avaient leurs propres réseaux, et eux non plus ne manquaient de rien. Mais à Vibor et dans les quartiers pauvres de Petra, comme dans ceux des autres villes de l'empire, la situation était critique.

Avec la chaleur, l'euphorie était retombée. Les Damnés, torturés par la faim, se demandaient maintenant à quoi les menait leur combat. Et certains agents provocateurs leur répondaient déjà : « À une mort infâme. » Le vent de la révolte commençait à tourner. On ne se rebellait plus contre le tyran, lointain et inaccessible, à peine un nom qu'on avait collé sur le malheur, mais contre la rébellion elle-même, qui n'avait pas su tenir ses promesses et avait apporté plus de misère que d'espoir.

Roman, à l'abri derrière les murs épais de ses palais, devait bien rire à présent. Alors, un jour – car il savait qu'à la longue il finirait par pâtir à son tour de la situation –, il a enfin porté le coup de grâce. À grand renfort de hérauts chamarrés et de formules grandiloquentes, il a fait proclamer dans tout l'empire que, conscient des misères dont souffraient ses enfants les Damnés de

Vermillon, soucieux de leur fournir le bien-être qu'ils méritaient, il allait satisfaire à leurs demandes.

Épuisés par leur longue lutte, les Damnés n'ont pas eu la force de se demander comment l'empereur comptait s'y prendre, ni quelles mesures il pensait mettre en place, ni quand. Il fallait manger et, l'hiver allant revenir, ils craignaient de ne pas lui survivre. Face à l'irrémédiable, ils sont retournés aux mines et aux forges.

Terzio, Dzerji et les autres ne décoléraient pas. Alors que la tension des derniers mois retombait et que la fumée jaillissait de nouveau des cheminées de Putila, ils comprenaient à quel point ils avaient été floués. En regardant les Damnés paralyser l'empire sans leur opposer la force, Roman les avait laissé construire leur propre piège.

Les Damnés étaient trop affaiblis maintenant pour revenir en arrière. Malgré les exhortations des Boleshs à reprendre le combat, ils restaient enchaînés à leur labeur et faisaient la sourde oreille. Ils n'avaient plus qu'une obsession : manger.

En quelques jours, les Boleshs avaient perdu toute leur audience auprès des Damnés. Alors l'empereur, semblant se réveiller enfin, avait de nouveau lâché ses fidèles Atamans. Les quelques foyers de résistance avaient été réduits dans le sang et les Boleshs avaient dû, une fois encore, disparaître dans l'ombre.

Kollona s'était terrée dans sa maison de Petra et ne s'était plus manifestée. Dzerji avait réussi à s'enfuir et Gavril avait disparu, mais Tcherny et Terzio avaient été pris et enfermés à la Mygale. La chasse était ouverte. Les espions, eux aussi, étaient de retour. Leur

« sommeil » avait été de courte durée et nul ne savait plus à qui se fier.

Pour ma part, j'étais maintenant trop connue à Vibor et je ne voulais pas compromettre davantage Varna et sa famille. Il ne me restait plus personne, je me retrouvais aussi seule que lorsque j'avais quitté les ruines de mon village natal, quelques mois auparavant.

Sans même dire adieu à Valenko et à Varna, un soir, je me suis glissée dans la nuit et je suis passée à Petra. Je savais que le port était un lieu grouillant de Damnés de toutes origines et qu'il était trop cosmopolite pour qu'on m'y remarque. Je m'y suis rendue en longeant les murs, frissonnant au moindre bruit ou chaque fois qu'une ombre apparaissait dans les rues. Au petit jour, je suis enfin parvenue aux quais et je me suis effondrée au fond d'un hangar, où je suis restée cachée jusqu'à la tombée de la nuit.

J'ai vécu des journées d'errance et d'angoisse, disputant aux rats le moindre trognon de chou ou la moindre croûte de pain. Les Damnés du port étaient brisés et ne pouvaient pas grand-chose pour moi. Je n'étais qu'une épave parmi d'autres épaves, à la dérive dans un monde de ruelles sinistres qui avait cru pouvoir vivre et qu'on avait impitoyablement écrasé.

Parfois, le soir, j'osais m'approcher d'un des quartiers du port où florissaient les tavernes et les bordels. Les habitants de Petra désireux de s'encanailler y descendaient parfois et le madogue y coulait à flots. Quelques Damnés, qui avaient réussi à gagner une poignée de piécettes en travaillant comme débardeurs, venaient y perdre en une nuit ce qu'ils avaient péniblement amassé au cours des semaines précédentes.

L'endroit me répugnait, mais il m'attirait également d'une manière irrésistible : on y flairait des odeurs de nourriture! Le spectacle des gras bourgeois de Petra qui venaient acheter des filles et celui des Damnés qui tentaient d'y oublier leur condition misérable m'écœuraient également. Mais le parfum du lard! L'odeur de la soupe!...

Un soir, alors que, torturée par la faim, j'essayais de regarder par la fenêtre d'un de ces établissements de plaisir, j'ai reçu une claque sur les fesses. Je me suis retournée, rouge de fureur. Un homme se tenait là, le visage empourpré, l'haleine épouvantable. J'étais prête à le griffer, à lui sauter à la gorge pour le mordre ou lui arracher la peau, mais il restait devant moi, hébété, se balançant légèrement d'avant en arrière. Il souriait béatement.

Il ne s'agissait pas d'un Damné, loin de là. Bedonnant, mais habillé avec recherche, il portait une canne qui valait sûrement à elle seule plus que tout ce que j'avais mangé au cours de ma vie. Que faisait un individu aussi distingué dans un bouge pareil? Péniblement, l'homme a articulé, d'une voix empâtée par le madogue :

— Tu as faim, petite? Viens avec moi, je peux arranger ça.

J'ai hésité un instant. Je n'étais pas idiote. Qu'il veuille me donner à manger, oui, c'était bien possible. Pas par bonté d'âme, cependant. Mais mon apparence lui suggérait clairement que je lui coûterais moins cher qu'une des filles de l'intérieur. Ou que, poussée par la misère, j'accepterais des choses que même les professionnelles refusaient habituellement.

Je l'ai regardé attentivement. Est-ce que je risquais vraiment quelque chose, dans le fond? Il était tellement ivre qu'il tenait à peine debout. Alors pour le reste… Non, je n'avais décidément rien à craindre. Et mon estomac me faisait terriblement souffrir.

Je lui ai souri. Il a passé son bras sur mon épaule, tant pour m'attirer vers lui que pour se soutenir, et il m'a conduite à l'intérieur.

Un vacarme assourdissant régnait dans la grande salle. Quelques lampes suffisaient à peine à l'éclairer, tant l'air était saturé de fumée. Les cris, les rires, le choc des verres et des bouteilles me remplissaient les oreilles. L'homme avait l'air d'être un habitué. Il a commandé à boire et à manger et s'est installé avec moi dans le fond de la salle. Tandis qu'il buvait, j'ai dévoré un dîner comme j'en avais rarement eu dans ma vie.

Pendant que je mangeais, insensible à tout ce qui m'entourait, il me malaxait la cuisse en essayant de retrousser ma robe. De temps en temps, comme un chien qu'on dérange alors qu'il est en train d'essayer de croquer un os, je relevais la tête et grognais vers lui en montrant les dents. Il retirait alors sa main et je reprenais mon repas. Pas un instant son sourire béat ne l'avait quitté.

Lorsque j'ai eu fini de manger, il s'est levé et m'a prise par la main. « Les choses sérieuses commencent », me suis-je dit. Effectivement, au lieu de m'entraîner vers la sortie, il m'a poussée vers une porte basse, qu'on distinguait à peine au fond de la salle.

M'enfuir maintenant? Il ne fallait pas y songer. J'avais remarqué avec quelle déférence on l'avait servi. On n'allait pas laisser s'échapper une petite pouilleuse dans mon genre au risque de froisser un aussi bon client. Je n'avais aucune chance. En revanche, le bonhomme me semblait tellement cuit par le madogue que j'estimais que, aussitôt allongé, il allait sombrer dans un profond sommeil. J'en profiterais alors pour lui fausser compagnie sans faire de vagues.

Nous sommes entrés dans une pièce basse et sombre. J'y distinguais à peine quelques silhouettes enchevêtrées et vautrées parmi des coussins et des sofas d'où montaient des gémissements et des gloussements. L'homme m'a fait asseoir sur un des sofas, tout au fond, puis il s'est assis près de moi et a entrepris de me malaxer les seins de ses doigts malhabiles. J'ai fermé les yeux et me suis mordu les lèvres pour ne pas le gifler. Puis j'ai senti son haleine infecte sur ma gorge tandis que, de nouveau, il relevait ma robe.

Soudain, j'ai senti qu'on le tirait brutalement en arrière, laissant à nu mes cuisses et ma poitrine. Avant même que j'aie eu le temps d'ouvrir les yeux, j'ai entendu cette voix profonde et familière prononcer :

— Eh bien, petite sœur, je te retrouve enfin!

# VINGT ET UN

Deux yeux d'un bleu intense me fixaient dans l'ombre. Efi souriait, comme s'il venait de retrouver une vieille amie. Il s'est assis à côté de moi, repoussant du pied l'homme qui m'avait amenée ici. Était-ce d'avoir trop bu et trop mangé en une seule fois après ces journées de famine? Je distinguais à peine ce qui se passait autour de moi, comme si le monde n'avait existé que dans une bulle étroite dont j'occupais le centre et que le reste avait été avalé par l'ombre.

Des mouvements se sont dessinés dans la demi-obscurité, on a emporté l'homme soûl, les voix se sont réduites à un murmure presque imperceptible. Efi a rajusté mes vêtements avec douceur, puis, d'un ton presque paternel, il a dit :

— Tu n'as pas perdu de temps, petite putain.

Ses mots tranchaient étrangement avec son attitude et son intonation.

— Vampire, ai-je sifflé entre mes dents. Tu as voulu me tuer.

Efi a éclaté de rire. Pendant ce temps, ma vue retrouvant un peu de son acuité, je me suis aperçue que les occupants de la pièce, hommes et femmes – femmes surtout –, disparaissaient discrètement les uns après les autres par l'unique porte. Seule une femme, vêtue d'une longue robe de bure, est restée, après avoir verrouillé la porte. Puis elle est revenue vers nous. J'ai reconnu Lokina.

La situation était claire. De nouveau je me trouvais prisonnière, et je savais que je n'avais rien à espérer des tenanciers de ce bordel, dans lequel Efi paraissait disposer d'un pouvoir discrétionnaire. Le Khlysty s'est alors relevé, puis il a glissé quelques mots à l'oreille de Lokina.

— Examine-la, a-t-il ajouté en allant s'asseoir plus loin.

Lokina est venue s'agenouiller entre mes jambes, qu'elle a écartées sans ménagement.

— Ne bouge pas, a-t-elle intimé. Je ne te ferai pas mal.

Je savais qu'il était inutile de résister. De nouveau, j'ai fermé les yeux. J'ai senti ses doigts monter le long de mes cuisses, puis s'introduire profondément en moi, comme si j'avais été une vache. J'ai sursauté et j'ai rouvert les yeux. Lokina a retiré ses doigts.

— Elle l'est toujours, a-t-elle commenté d'une voix blanche en se relevant.

— Bien, bien, a murmuré Efi d'un air satisfait. Ma petite sœur est donc revenue. Il était temps.

Le Khlysty me contemplait comme si j'avais été sa chose, son jouet qu'il avait momentanément égaré et qu'il était simplement heureux de retrouver aujourd'hui, sans se poser de questions. Sa tunique était largement ouverte sur sa poitrine et sur son ventre, qu'il avait couverts d'un poil noir et dru, comme tous les Damnés. Et pourtant, quel genre de Damné était-il? Était-il vraiment un Damné? Je ne savais qu'une chose : je le haïssais, je le haïssais de tout mon corps!

Efi et Lokina se tenaient entre moi et la porte. J'étais tenaillée par deux désirs contradictoires : celui de fuir au plus vite, toutes griffes dehors, et celui de vomir. Le premier était impossible à réaliser. Efi était doué d'une force colossale, je le savais, et je n'avais aucune chance. Cédant aux convulsions qui me torturaient l'estomac, j'ai donc vomi.

J'ai vomi longtemps, abondamment. Puis je me suis effondrée sur le sofa, les membres agités de tremblements. Pendant quelques instants, je me suis demandé si on m'avait empoisonnée, si l'homme à la canne n'était pas tout simplement un rabatteur engagé par Efi pour me retrouver, si, depuis le début Efi n'avait pas été sur ma trace, qu'il avait suivie pas à pas avec l'acharnement d'un limier. Qu'importait, dans le fond. Je n'avais même plus la force de retenir mes larmes.

Ce qui a suivi est resté très nébuleux dans ma tête. Je flottais dans une sorte de brouillard. Efi s'est levé et m'a enveloppée dans une large cape noire, puis il m'a soulevée comme si je n'avais été qu'un fétu de paille. Nous avons retraversé la pièce principale, bruyante et enfumée, puis nous nous sommes retrouvés dehors. Il m'a semblé qu'il y régnait un froid intense, comme si une brume glacée montée de l'estuaire avait tout avalé. Puis il y a eu un dédale de ruelles, des escaliers, et, enfin, une voiture fermée dans laquelle Efi m'a jetée comme un paquet de linge sale.

J'ai repris conscience dans une chambre que j'ai reconnue sans peine. C'était celle dans laquelle j'avais déjà été séquestrée, dans la maison de Lokina. J'ai sombré dans le plus profond désespoir. Toutes les actions de ces derniers mois n'avaient donc servi à rien? Tous ces événements n'avaient-ils été qu'un rêve dont je me réveillais maintenant pour retrouver la réalité, la seule, dure et sans issue : j'étais de nouveau la prisonnière d'un vampire que rien ne semblait atteindre.

Néanmoins, je constatais qu'on m'avait nettoyée et donné des vêtements propres. Mes pieds avaient été soignés et on les avait bandés. J'étais allongée dans un lit étroit avec des draps, luxe que je n'avais pas connu depuis la nuit passée chez Kollona. Je n'éprouvais plus de douleur. Au corps, tout du moins. Seulement une immense fatigue. Efi avait-il déjà recommencé à me soutirer du sang?

Au fond de mon infortune, cependant, j'ai pensé à Tcherny, à Terzio, à tous ceux qui n'avaient pas pu échapper aux hommes de l'empereur et qui devaient croupir à cette heure dans les cachots de la Mygale, parmi les rats et la vermine. Devais-je m'estimer heureuse de mon sort?

Puis d'autres questions sont venues me tourmenter. Je me souvenais qu'à Tobol, Efi avait prétendu avoir rencontré Tcherny sur les quais, à Petra. Il savait que mon ami était un Bolesh. Il devait donc se douter – s'il n'en était pas tout à fait certain – que j'étais avec eux et que j'avais participé aux émeutes à leurs côtés. Que comptait-il faire de moi dans ce cas? Me livrer aux sbires de l'empereur? Il avait affirmé avoir toute la confiance du tyran et il s'en montrait assez fier.

Du fond de mon désespoir, j'en arrivais à le souhaiter. Ainsi, me disais-je, j'échapperais au moins aux Suceurs. Et puis, peut-être cela me permettrait-il de retrouver Tcherny et les autres compagnons. Tous les Boleshs ne subissaient-ils pas le même sort? Je ne savais plus que penser. J'ai fermé les yeux et je me suis rendormie.

C'est la présence de Lokina qui m'a réveillée. J'ai sursauté en la voyant tout à coup près de moi, assise sur une chaise près du lit. Elle était seule et la porte était fermée. À clé, cette fois, ai-je pensé. Je n'ai pas cherché à me lever. Lokina me dévisageait calmement. Elle ne semblait même pas m'en vouloir de l'avoir enfermée à ma place lorsque je m'étais échappée d'ici, quelques mois auparavant.

Néanmoins, je n'ai pas voulu parler la première. J'ignorais si, dans le fond, Lokina était la victime ou la complice d'Efi, mais, dans la première hypothèse, elle était à tout le moins consentante et cela ne me la rendait pas sympathique. Finalement, c'est elle qui a rompu le silence.

— Nous t'avons attendue longtemps, Garance, a-t-elle fait d'une voix douce. C'est bien d'être revenue.

— Je ne suis pas revenue! me suis-je écriée. C'est vous qui m'avez enlevée. Et droguée, empoisonnée, que sais-je?

— Nous ne faisons qu'exécuter la volonté de Rus, a-t-elle repris sans changer de ton. C'est lui qui t'a menée jusqu'à nous. Nous t'attendions.

— Rus n'y est pour rien, ai-je ricané. C'est la faim qui m'a poussée où j'en suis. La faim et la misère.

— Ne blasphème pas, Garance. Rus t'a choisie pour un grand dessein, c'est Efi qui me l'a dit. Efi sait. Il a vu Rus.

Ces délires insensés, de nouveau. De quel grand dessein parlait-elle? Celui de finir saignée à blanc pour les plaisirs pervers d'Efi Novykh?

— Efi est très proche de l'impératrice Alix, a repris Lokina. Lui seul est capable de soulager son fils des attaques des Suceurs, tu le sais. Alix lui voue une confiance aveugle. Mais les Suceurs sont puissants et, si Efi parvient à les repousser, il ne peut cependant les anéantir.

— Et qu'est-ce que je viens faire là-dedans? ai-je lancé avec aigreur, agacée par ces divagations aberrantes.

— Ton sang, a répondu Lokina d'une voix égale.

J'étais sidérée. Quel rapport pouvait-il exister entre mon sang et des monstres qui suivaient la famille impériale depuis des générations? J'ai regardé Lokina, abasourdie.

— Seul le sang d'une vierge peut guérir le fils de l'impératrice de sa possession, a-t-elle poursuivi. Mais pas n'importe lequel. Les Suceurs viennent d'ailleurs, et le sang qui les chassera doit être, lui aussi, étranger à Vermillon.

— Mais je suis née à Vermillon, me suis-je exclamée, tout comme mes parents et mes grands-parents. Qu'est-ce que c'est que cette histoire?

— Tu es peut-être née à Vermillon, Garance, mais tu n'es pas *de* Vermillon. Tu es du Bund, n'est-ce pas? Il y a peu de gens du Bund dans les plaines de Siwr, et Efi a eu la chance de t'y rencontrer. Rus t'a conduite à lui.

Je n'en revenais pas. Efi ne buvait donc pas mon sang. Mais comment comptait-il l'utiliser? Peu m'importait, finalement. Mon sang n'appartenait qu'à moi, j'étais libre de le verser pour qui je voulais, et ce n'était certainement pas pour l'empereur ou sa famille que j'allais le faire. Le fils de Roman n'était peut-être qu'un jeune enfant, avec toute l'innocence que cela suppose, il n'en était pas moins le futur tyran de Vermillon, quand viendrait pour lui l'heure de succéder à son père.

Un détail me chiffonnait, dans cette histoire. Comment Efi avait-il su d'emblée que j'étais du Bund? Il n'avait pas vu mes pieds avant d'avoir pris sa décision, me semblait-il.

— Il n'a pas vu, il a senti, a affirmé Lokina lorsque je lui ai posé la question. Tes yeux, ton visage. Il ressent ces choses-là. Et il ne s'est pas trompé, n'est-ce pas?

Que pouvais-je répondre? En tout cas, le comportement passé d'Efi devenait compréhensible, à présent. Malgré son goût évident pour la débauche, il m'avait protégée, non pas pour moi-même, mais pour préserver la valeur qu'il attribuait à mon sang.

— Comment voudrais-tu que je te croie? ai-je quand même objecté. Tu me présentes Efi comme un saint homme alors qu'il ne se plaît que dans les bordels et les bouges de la pire espèce.

Lokina a souri.

— Pour que la rédemption puisse avoir lieu, a-t-elle expliqué, il faut d'abord qu'il y ait faute. Et plus il y a faute, plus il y a rédemption, bien sûr. C'est aussi simple que ça. De nombreuses dames de la cour impériale sont déjà gagnées à cette doctrine. Efi est très écouté là-bas. Il a des adeptes ferventes, certaines très proches de l'impératrice. Sais-tu, pour éprouver leur foi, je l'ai vu tremper ses doigts sales dans de la confiture et les leur faire lécher à quatre pattes. Et elles l'ont fait avec la joie dans le cœur. Quand il les fouette, ce sont elles qui en redemandent…

Je ne l'interrompais plus. Lokina paraissait dans un état second, évoquant presque avec ravissement les exploits d'Efi, comme ceux d'un ange fornicateur semant le vice à tout vent pour mieux récolter par la suite les âmes repenties. Sa naïveté me sidérait. Efi n'était qu'un porc ignoble qui se faisait passer pour un saint.

Cependant, au fur et à mesure que son discours délirant se développait, il m'ouvrait les yeux sur des opportunités toutes nouvelles. En premier lieu, en me soumettant, ou en feignant de me soumettre à Efi, j'aurais la possibilité d'approcher l'empereur en personne. Kollona m'avait assez dit que Roman était pratiquement hors d'atteinte, même pour ses courtisans. Or, Efi semblait jouir d'un statut privilégié. « Notre Ami », comme disait l'impératrice, avait un accès direct au couple impérial. Si quelqu'un pouvait débarrasser Vermillon de son tyran, c'était moi.

D'autre part, la raison pour laquelle Efi ne me lâcherait jamais était ma virginité, qui seule garantissait ses plans concernant le fils de l'empereur. Si je refusais de lui obéir, il me garderait prisonnière ici et, cette fois, avec des précautions redoublées. Jamais je ne sortirais de ma prison. En acceptant de le suivre, en revanche, je trouverais bien le moyen de séduire le premier étalon venu et de perdre cet encombrant pucelage qui était ma plus sûre entrave. Alors, enfin, je serais libre.

Pourtant, tandis que je me grisais de ces nouvelles perspectives, j'en comprenais également les limites. En y réfléchissant, je me rendais compte que je ne pourrais pas à la fois tuer l'empereur *et* m'affranchir du pouvoir d'Efi. En effet, si je choisissais en priorité de perdre ma virginité, je perdrais du même coup toute possibilité d'approcher l'empereur.

Si, au contraire, je choisissais de jouer le jeu d'Efi jusqu'au bout, je pourrais frapper l'empereur et libérer Vermillon, mais je serais probablement arrêtée et mise à mort dans l'instant même par son entourage. J'avais un jour entendu un Damné désespéré hurler ce slogan : « La liberté ou la mort! » Dans mon cas, cette alternative était tragiquement vraie.

Quelle que soit ma décision future, cependant, je n'avais qu'un impératif dans l'immédiat : sortir d'ici. Ma priorité consistait donc à regagner la confiance d'Efi, sans pour autant cesser de me méfier de lui. J'étais persuadée qu'il m'avait déjà fait ingurgiter, à mon insu, toutes sortes de substances dont certaines avaient le pouvoir d'affaiblir ma volonté ou ma perception des choses. Je devais donc me montrer extrêmement prudente.

Lokina avait enfin cessé de parler. Elle me regardait, béate, et je me suis même demandé un instant si elle ne m'enviait pas. Elle semblait tellement sincère dans sa dévotion à Efi qu'elle ne serait pas difficile à manipuler. Prenant un air fatigué, j'ai tourné les yeux vers elle.

— Mais pourquoi ne m'a-t-il rien dit? ai-je fait avec candeur. Efi ne m'a donc pas jugée digne d'accepter mon destin de plein gré? J'ai toujours cru qu'il ne cherchait à me vider de mon sang que pour satisfaire ses propres instincts. Je ne voyais en lui qu'une brute.

— Oh, je comprends, a répondu Lokina. Je lui parlerai si tu veux. Il sera bientôt là. Ce soir ou demain. Il est très occupé. En attendant, je vais t'apporter à manger.

Lokina s'est levée et est allée jusqu'à la porte. Là, elle a frappé trois coups légers et, au bout d'un moment, j'ai entendu un bruit de pas dans le couloir, suivi d'un cliquetis de serrure. La porte s'est ouverte et une vieille femme est apparue dans l'embrasure. Elle m'a semblé sans âge et terriblement décharnée. On aurait dit un spectre… Elle m'a jeté un rapide coup d'œil pendant que Lokina sortait, puis elle a refermé la porte derrière elle.

Plus tard, bien après que Lokina m'a eu apporté un dîner – combien de temps, je n'en avais aucune idée puisque, la chambre ne comportant aucune autre ouverture que la porte, il m'était impossible de savoir si c'était le jour ou la nuit –, quelqu'un s'est de nouveau approché dans le couloir. J'ai entendu des voix, puis la clé dans la serrure. Efi est entré.

Il souriait de ce sourire faussement naïf que je lui connaissais si bien. Ses vêtements portaient encore l'odeur des bordels du port, qui s'ajoutait à sa puanteur naturelle. Je me demandais par quelle perversité les dames bien nées de la cour de Roman pouvaient se livrer à lui. Efi s'est assis sur le bord du lit, posant une de ses bottes crasseuses sur le drap blanc.

— Lokina m'a raconté que tu étais dans de meilleures dispositions qu'autrefois, a-t-il déclaré d'un ton jovial. J'en suis heureux. Suis-moi.

Je me suis levée. Mes jambes étaient encore un peu flageolantes. Serais-je capable de me rendre à pied jusqu'au palais? Efi me précédait dans le couloir. Pour une fois, il ne me tenait pas le bras. C'était bon signe.

Il a poussé une porte et nous sommes entrés dans une sorte de salon. J'ai reconnu la pièce où, juste avant ma fuite, j'avais vu le flacon contenant mon propre sang. Les représentations de l'empereur et de sa famille trônaient toujours au même endroit, sur un genre d'autel. Un peu inquiète, j'ai regardé autour de moi. Sur le mur du fond, mes yeux sont tombés sur deux anneaux de fer fixés à la paroi maçonnée, auxquels étaient accrochées des chaînes.

Je me suis retournée vivement. Déjà la vieille femme avait refermé la porte et y fixait une barre. Efi m'a souri et m'a désigné les chaînes.

— Allons, m'a-t-il dit, sois bonne fille, installe-toi.

La vieille ne m'a pas laissé le temps de réagir. Elle m'a attrapée par les poignets et les a attachés avec une autre chaîne. Efi m'a saisie à son tour et, très vite, je me suis retrouvée plaquée contre le mur, bras et jambes écartés et solidement entravés, un bâillon serré sur ma bouche. Je m'étais fait avoir comme une enfant!

La terreur au ventre, j'ai vu Efi s'approcher de moi après avoir pris sur une tablette une longue lame étincelante. Mes hurlements me sont rentrés dans la gorge.

# VINGT-DEUX

Je me suis retrouvée en enfer. Un enfer pire que celui de Putila, puisque dans celui-là, même mon corps me trahissait.

Je comprenais, trop tard, qu'Efi n'avait jamais eu l'intention de m'emmener avec lui au palais impérial. Ce n'était pas de moi dont il avait besoin, mais de mon sang. Il se contentait de le prélever au cours de séances de plus en plus longues au cours desquelles, attachée au mur par les chaînes et les anneaux, j'assistais sans défense à l'interminable saignement de mes artères.

Je ressortais épuisée de ces épreuves, et Efi lui-même me portait jusqu'à la chambre, où il me déposait sur le lit. Ensuite, pendant quelques jours, je ne voyais plus que Lokina, qui venait pour me nourrir. Aussitôt que je reprenais quelques forces, Efi revenait et la torture recommençait.

À aucun moment je n'ai pu prendre leur vigilance en défaut. Lorsque Lokina entrait dans la chambre, la vieille restait dans le couloir et fermait la porte à clé. Pour se la faire ouvrir, Lokina frappait quelques coups, mais chaque fois il s'agissait d'un nombre différent de coups. J'ai essayé sans succès d'y trouver une suite logique, de me livrer à divers calculs pour deviner quel serait, à chaque nouvelle visite, le nombre de coups qui autoriserait l'ouverture de la porte. Chaque fois, malheureusement, ce nombre était nouveau et devait être convenu juste avant que Lokina entre dans la chambre, et rien ne me permettait de le deviner.

Quant à me cacher derrière la porte pour lui sauter à la gorge dès son arrivée, c'était impossible : Efi avait fait percer le battant d'un minuscule guichet s'ouvrant de l'extérieur, par lequel Lokina s'assurait que je me trouvais bien sur mon lit avant d'ouvrir. J'avais beau tourner et retourner dans ma tête les plus ingénieuses combinaisons, aucune n'aboutissait et toute évasion m'était impossible.

Je me suis aussi tenue aux aguets, pendant des heures, à l'affût du moindre bruit qui aurait pu indiquer que quelqu'un venant de l'extérieur se trouvait dans la maison – un jardinier, un homme de peine, une lingère, que sais-je. En vain. N'entraient dans cette maison que Lokina, Efi et la vieille efflanquée, dont je n'ai jamais connu le nom.

De l'extérieur, il y avait encore moins à espérer. Les murs étaient épais et la maison relativement isolée, comme j'avais pu le constater lorsque je m'en étais échappée, la fois précédente. La situation paraissait sans issue.

Petit à petit, j'ai commencé à perdre la notion du temps. Privée de la lumière du soleil, je n'avais aucun moyen de compter les jours. Pour tout éclairage, je ne disposais que d'une chandelle que Lokina allumait au cours de ses visites, et qu'elle soufflait en partant. Pas d'allumettes. Lorsque j'étais seule, la chambre restait plongée dans l'obscurité.

J'ai compris, toutefois, que le froid était revenu lorsqu'un jour, après une longue absence, Efi est entré brusquement dans la chambre. J'ai eu l'impression d'un courant d'air froid, comme si l'atmosphère glacée du dehors imprégnait encore ses vêtements. Sa barbe brillait de givre.

Je ne me souviens plus avec précision de ce qu'il m'a raconté. Le traitement du prince Niko avançait, a-t-il annoncé, et il voulait me remercier. J'ai préféré ne pas répondre, trop dégoûtée que j'étais par cette attitude ignoble. Je comprenais simplement que, le jour où l'héritier du trône serait guéri, je n'aurais plus une seule goutte de sang. C'était d'une ironie atroce que de voir ma propre vie passer goutte à goutte de mon corps à celui du futur tyran de Vermillon. Non seulement je n'avais pas tué Roman, mais je lui assurais la postérité!

Un jour, dans le courant de l'hiver, il m'a semblé que le brouillard dans lequel je flottais perpétuellement paraissait se lever. Je distinguais mieux les murs de la chambre lorsque Lokina allumait la chandelle, et les sons me parvenaient également avec plus de netteté. J'ai fini par me rendre compte qu'en fait, je n'avais pas été saignée depuis un intervalle de temps plus long que d'habitude.

Puis, dans les longues périodes de silence qui devaient être la nuit, j'ai cru entendre des gémissements et des râles. J'ai pensé qu'Efi avait peut-être décidé d'organiser ici même ses séances de « rédemption » et je me suis dit que la venue d'étrangers dans la maison, même invités par Efi, m'offrirait enfin la chance de pouvoir signaler ma présence à l'extérieur.

J'ai vite déchanté. Les sons, tout d'abord, étaient cette fois différents. Il s'agissait d'authentiques râles de douleur, lancinants et rauques, et ils provenaient de la même personne. J'ai compris qu'ils étaient émis par Efi, et par lui seul. Était-il malade?

Lokina n'a pas tardé à me le confirmer. Un soir, Efi était rentré en proie à une extrême agitation, après une absence de plusieurs jours. Presque aussitôt, il s'était couché et avait commencé à délirer. La vieille et Lokina lui avaient immédiatement administré des potions et des poudres de leur connaissance, mais rien n'y avait fait. La souffrance d'Efi était atroce et il semblait à l'article de la mort.

Lokina, consciente qu'il ne s'agissait pas d'une maladie ordinaire, avait réussi à contacter l'impératrice Alix en personne pour l'informer. Affolée, celle-ci avait insisté pour envoyer à « Notre Ami » un des guérisseurs de la cour.

Tandis que Lokina me narrait ces événements d'un ton éploré, s'interrompant souvent pour écouter les gémissements incessants du Khlysty, les idées se bousculaient dans ma tête. Si un guérisseur entrait dans la maison, d'où qu'il vienne, il fallait absolument qu'il vienne ici. Prenant l'air le plus maladif possible, j'ai gémi à mon tour :

— Alors je crois que tout est fini, Lokina. Moi aussi je suis au bout. Je n'osais pas t'en parler car je ne voulais pas décevoir Efi, mais ma vie s'en va. Si je pars avant lui, dis-lui que je regrette…

J'ai laissé ma tête rouler sur l'oreiller. Une lueur d'affolement a traversé les yeux de Lokina. Cette femme ne vivait que pour Efi, à travers lui, en lui. Son maître malade, elle était perdue. Et si je mourais avant qu'il soit rétabli, elle se sentirait terriblement coupable de n'avoir rien pu faire. Cependant, elle n'avait pas l'habitude de prendre des initiatives et je la sentais complètement désemparée.

Soudain, des coups ont retenti à la porte d'entrée. Lokina s'est levée et a quitté la chambre précipitamment, sans oublier cependant de la verrouiller. Il y a eu des bruits, des voix, des pas dans le couloir. L'homme du palais envoyé par Alix, sans doute.

Efi a poussé des hurlements, éructant cris de douleurs et malédictions. Puis il s'est calmé et un long moment s'est passé dans le silence. Je me demandais en quoi consistait la maladie d'Efi, qui m'avait toujours paru d'une santé de fer quasi surnaturelle. S'agissait-il d'ailleurs vraiment d'une maladie? Je me posais la question…

Enfin, de nouveau, j'ai entendu des pas dans le couloir, ainsi que des murmures étouffés. La porte s'est ouverte. Lokina est entrée, suivie d'un homme que je n'avais jamais vu. Par certains côtés, il ressemblait à Efi, mais il était plus petit et son regard n'avait pas la même intensité. Un membre de sa confrérie?

Lokina a posé sa bougie sur un meuble et a allumé la grosse chandelle. L'homme s'est approché de moi et s'est agenouillé près du lit. Je me suis mise à râler faiblement, feignant de respirer avec difficulté. Le guérisseur a retiré le drap et s'est mis à me palper. Il avait à peine commencé qu'une sorte de braillement sauvage a retenti.

— Allez voir, a ordonné l'homme calmement. S'il souffre trop, redonnez-lui de la potion que j'ai préparée. Je vous rejoins bientôt.

Sans répondre, Lokina a quitté la pièce en catastrophe. Le guérisseur a repris son examen. J'ai jeté un coup d'œil discret à la porte. Celle-ci était très légèrement entrouverte, mais la vieille était invisible. J'ai murmuré :

— Est-ce que c'est grave?

— Un empoisonnement, sans aucun doute. Il a beaucoup d'ennemis. Mais il s'en sortira. Ceux qui ont voulu l'assassiner ont sous-estimé sa nature exceptionnelle.

« Quel imbécile, ai-je pensé. Il ne lui est même pas venu à l'idée que je pouvais parler de moi! »

— Quant à toi, petite sœur, tu n'as pas à te préoccuper, a-t-il repris. Tu auras encore beaucoup de sang et tu vivras longtemps. Efi en sera heureux.

Mes espoirs se sont effondrés d'un seul coup. De toute évidence, ce bonhomme était un Khlysty, et non seulement il était au courant des traitements que me faisait subir Efi, mais il les approuvait. Je ne devrais compter sur aucune aide de sa part. Rien ni personne ne me sortirait donc jamais de cette chambre de mort?

Le Khlysty était toujours penché sur moi, une main posée sur mon ventre et l'autre sur ma poitrine. Même s'il semblait moins puissant qu'Efi, il était manifestement beaucoup plus fort que moi. Le maîtriser et me sauver? Il ne fallait pas y songer. Je me demandais pourquoi il ne me laissait pas à présent. Puisque mon sort semblait scellé, je préférais être débarrassée de ce chien.

Loin de partir, cependant, le guérisseur continuait de passer ses mains sur mon corps. Mais ses frôlements n'avaient plus rien de médical. Son souffle s'était accéléré et ses yeux brillaient d'un éclat plein de vice. Il avait complètement retiré le drap qui me couvrait et ne se gênait plus pour me tâter, me pincer, m'ouvrir. L'éclairage jaunâtre de la chandelle accentuait son air malsain.

J'allais lui cracher à la figure lorsque soudain, j'ai compris que j'avais failli passer à côté de mon salut sans m'en apercevoir. Résister au désir de ce porc? Au contraire! C'était l'occasion ou jamais de rompre cette malédiction qui me maintenait dans les griffes d'Efi.

M'efforçant de me détendre, malgré ma répulsion, j'ai fermé les yeux et j'ai entrouvert les jambes.

— La petite sœur aime ça, dirait-on, a murmuré le Khlysty d'une voix grasse tout en me griffant la poitrine.

Sans répondre, je lui ai souri et me suis ouverte davantage. Mais l'homme s'est relevé brusquement.

— Quel dommage, a-t-il craché avec mépris. Mais Efi ne me le pardonnerait pas.

Il a vivement rabattu le drap sur moi et est sorti de la chambre. En entendant le grincement de la serrure, je me suis sentie défaillir. Tout était perdu, le monde s'écroulait. Alors, une immense colère m'a submergée. Ce n'était pas possible! Je ne pouvais pas crever ici! Je refusais d'abandonner! Aucune autre occasion ne se représenterait, c'était maintenant ou jamais. Je devais trouver quelque chose, trouver quelque chose… vite!…

En sortant, le Khlysty n'avait pas éteint la chandelle, dont la flamme, à quelques pas de moi, semblait me narguer. Cette chandelle... L'idée m'est venue tout d'un coup, alors que j'allais renoncer. « Efi ne me le pardonnerait pas », avait-il dit. Oh non! Efi ne lui pardonnerait jamais! J'en faisais le serment.

Je me suis levée, j'ai saisi la chandelle et je l'ai soufflée. Puis je me suis accroupie sur le plancher. L'objet me paraissait énorme, maintenant que j'avais décidé de quelle manière j'allais l'utiliser. Mais c'était la seule solution. J'ai craché sur une de ses extrémités pour le lubrifier, j'ai écarté les cuisses et je me le suis enfoncé d'un seul coup.

J'ai dû me mordre les lèvres pour ne pas hurler de douleur. J'avais l'impression de me déchirer moi-même. J'ai senti quelque chose céder à l'intérieur de mon ventre. Une brûlure. C'était fait...

J'ai rapidement essuyé la chandelle, que j'ai remise à sa place, puis j'ai regagné le lit et je m'y suis effondrée.

Des minutes ont passé. Des heures, peut-être. À un moment, j'ai entendu le claquement de la lourde porte d'entrée, puis le silence est retombé. Efi était-il mort? Du temps s'est écoulé encore. Ma douleur s'estompait, mais je la supportais d'autant mieux qu'elle était la clé de ma liberté.

Enfin, des pas ont résonné dans le couloir. Lokina est entrée. Sa bougie éclairait faiblement son visage. Elle semblait fatiguée, mais pas inquiète. J'en ai déduit que non seulement Efi avait survécu, mais qu'il était guéri.

Je ne m'étais pas recouverte et je gisais nue sur le lit. La tache de sang, sous mes fesses, ne pouvait passer inaperçue. Lokina a ouvert de grands yeux, le regard fixé sur mon ventre. Elle a ouvert la bouche, mais aucun son n'en est sorti. Puis elle s'est précipitée et s'est agenouillée près du lit pour examiner mes cuisses souillées.

— Qu'est-ce que...?

— C'est ce Khlysty, ai-je bredouillé d'une voix éteinte. Il est devenu comme fou... Quelle bestialité!... Il était énorme... Je n'ai pas pu résister...

Lokina a poussé un cri strident et s'est redressée d'un seul coup, puis elle s'est lancée hors de la chambre. Elle a trébuché dans la vieille qui l'attendait dans le couloir. Il y a eu un vif échange de paroles que je n'ai pas comprises. La vieille a refermé la porte et il y a eu un bruit de pas nerveux, puis celui d'une autre porte. Il ne s'est pas écoulé plus de quelques secondes avant qu'un rugissement abominable résonne dans toute la maison. Puis un fracas de chaises renversées, de vases brisés, et une cavalcade pesante dans le couloir. Efi a fait irruption dans la chambre, à demi nu, hirsute et l'œil en feu.

— Il a osé, ce chien! a-t-il hurlé. Et toi tu n'as rien dit, petite putain!

Jamais je ne l'avais vu dans un tel état de fureur. Toute trace de naïveté avait disparu de ses yeux, qui avaient viré à un bleu sombre, presque violet. J'ai cru qu'il allait me frapper, me battre à mort, me déchirer comme une simple poupée de chiffon.

Il se tenait encore dans l'embrasure de la porte, immense, terrifiant. Puis il a vacillé légèrement, comme si ses forces l'abandonnaient. Il s'est retenu d'une main au chambranle et a porté l'autre à son visage. Lokina lui a pris le bras, mais il l'a repoussée.

— Efi Novykh n'est pas encore mort, a-t-il grondé. Mon heure n'est pas arrivée. Ceux qui ont tenté de m'abattre seront surpris, et j'espère pour eux qu'ils sont déjà loin. Quant à Rasul, je lui arracherai moi-même les couilles et je les lui ferai manger.

Efi s'est tu, apparemment épuisé. Il m'a longuement regardée, puis, contre toute attente, il a souri.

— Quel dommage, a-t-il murmuré. Je m'en serais chargé avec plaisir…

Puis il est ressorti en titubant, soutenu par Lokina. La vieille m'a lancé un regard venimeux et a refermé la porte.

J'ai ramassé le drap à terre et m'en suis recouverte. Qu'allait-il se passer à présent? Je n'étais plus d'aucune utilité à Efi – du moins le pensait-il, et il n'avait aucun moyen de le vérifier. Mais que déciderait-il à mon égard? Allait-il me laisser partir, tout simplement, ou bien plutôt me supprimer et faire disparaître mon cadavre dans le fleuve?

Pendant les jours qui ont suivi – car j'estime que ce sont des journées entières qui se sont écoulées dans ce silence mortel –, personne n'est entré dans ma chambre. Ni pour me donner à manger ni pour aucune autre raison. Efi était-il occupé à poursuivre et à punir ceux qui avaient tenté de l'assassiner? Avait-il mis la main sur le nommé Rasul pour l'écorcher vif? Ou bien celui-ci avait-il réussi à persuader son maître que je l'avais trompé?

Plus tard, j'apprendrais que le cadavre de Rasul avait été repêché dans le fleuve juste avant l'embâcle, atrocement mutilé. Efi était donc convaincu que je n'étais plus vierge et que je ne pouvais plus lui servir à quoi que ce soit. Qu'attendait-il alors pour me laisser partir? Ou pour se venger...

Enfin, un matin, il est entré dans ma chambre. Il m'a jeté quelques hardes et une vieille cape de laine, et il m'a demandé de m'habiller. Lokina a ajouté quelques bandes de tissu pour me bander les pieds, car l'hiver était venu et Efi avait refusé de me fournir des socques. Puis il m'a demandé de le suivre.

Nous sommes sortis de la maison. L'air froid du dehors m'a fouetté le visage. J'ai plissé les yeux, tant la lumière me semblait forte. Ce n'était pourtant qu'une pâle clarté hivernale mais j'en avais perdu l'habitude et elle me blessait les yeux. Efi m'a emmenée dans les rues gelées, jusqu'à un bâtiment sombre devant lequel des sentinelles armées montaient la garde.

Les gardes nous ont laissés entrer, et Efi m'a conduite jusqu'à une pièce lugubre baignant dans une lumière blafarde. Le sol et les murs étaient marqués de taches sombres. Trois hommes se trouvaient là. Ils m'ont dévisagée d'un air dédaigneux.

Efi m'a poussée rudement vers eux et je suis tombée à genoux devant le plus corpulent de ces hommes.

— Voilà donc notre conspiratrice, a ricané ce dernier. Elle va savoir ce qu'il en coûte de comploter contre notre bien-aimé empereur. Les rats de la Mygale seront ravis d'avoir de la chair fraîche à se mettre sous la dent.

Les autres ont éclaté d'un rire gras.

— Nous vous sommes reconnaissants de votre aide, maître Novykh, a repris le gros. Que Rus vous ait en sa sainte garde.

Efi n'a pas répondu. Il a tourné le dos et a disparu dans le couloir, sans un regard pour moi. La porte s'est refermée dans un claquement sinistre.

# VINGT-TROIS

C'est ainsi qu'a commencé une des périodes les plus éprouvantes de ma vie. Bien sûr, j'avais souffert tout au long de mon enfance, prise entre les brimades et les travaux épuisants, entre le fouet et les gifles, entre la faim et le froid, mais alors je ne connaissais rien d'autre et, malgré l'âpreté de ma condition, je n'avais rien à quoi la comparer et elle me paraissait donc « normale ».

Mais à présent, les choses avaient changé. J'avais connu l'amitié et la confiance. L'amour pour Tcherny. J'avais aussi connu l'espoir de voir les Damnés secouer enfin leur joug et recouvrer leur liberté. J'y avais cru, j'y avais travaillé avec enthousiasme, ma vie avait eu un but.

Et puis, brusquement, le rêve s'était effondré. Roman avait balayé nos espérances d'un revers de main, Efi m'avait séquestrée, torturée et souillée, et il ne restait plus devant moi que les murs lépreux et humides de cet immonde cachot.

J'allais connaître aussi une des plus grandes joies de ma vie, mais elle serait brève et s'achèverait dans une horreur qui me marquerait à jamais.

Pour le moment, cependant, j'étais seule dans ce réduit obscur et glacé, avec pour seule compagnie les rats qui venaient chaque nuit me renifler les cuisses et les aisselles, sans même attendre que le sommeil m'ait terrassée. Efi m'avait-il vendue ou simplement donnée, je n'en saurais jamais rien, mais les geôliers de Roman m'avaient accueillie, malgré mon jeune âge, comme si j'avais été le pire des assassins.

On m'avait jetée sans autre forme de procès dans une de ces cellules qui n'étaient que l'antichambre de la mort et de l'oubli. Je refusais d'oublier, pourtant. J'étais persuadée que Tcherny et les autres étaient ici également, et je m'épuisais à rechercher des moyens de communiquer avec eux.

Un des gardes, ému sans doute par ma jeunesse – ce qui n'était pas habituel dans ce lieu où n'existait nulle pitié –, m'apportait parfois un supplément de soupe ou une croûte d'un pain noir et moisi. Peu bavard, il a quand même fini par me confirmer que plusieurs Boleshs avaient été enfermés à la Mygale après la grande vague d'arrestations de l'été, mais que tous avaient été déportés à Siwr.

— Peu de gens restent ici, a-t-il ajouté. L'empereur les envoie dans les plaines de Siwr, dans des conditions telles que, s'ils ne deviennent pas fous, ils finissent par se suicider.

Mais, malgré la noirceur de ce tableau, partir à Siwr signifiait pour moi revoir le ciel, et, qui sait, la possibilité de retrouver Tcherny. Aussi, lorsqu'un matin, le garde est venu m'annoncer que je faisais partie du prochain convoi pour l'est, je n'ai pu m'empêcher de lui sauter au cou.

Quelques jours plus tard, dans la cour intérieure de la forteresse de la Mygale, une vingtaine de prisonniers étaient rassemblés dans l'aube naissante. On nous a fait mettre en rang dans la neige, puis on nous a fixé aux pieds des chaînes que nous allions conserver pendant toute la durée du voyage.

Le forgeron, lorsque mon tour est arrivé, m'a regardée avec surprise et il a hésité. Sans doute n'avait-il jamais mis les fers à une prisonnière aussi jeune. Il s'est retourné vers le chef des gardes, qui lui a fait signe de continuer. Efi avait bien fait les choses…

Puis, enchaînés par groupes de dix, on nous a fait grimper dans de gros chariots fermés qui devaient rejoindre la Grande Caravane. Je n'ai pas eu le temps de voir le soleil, et je ne le verrais pas avant des jours et des jours. Nos chaînes ont été attachées à une longue barre de fer qui courait tout autour du plancher de chaque chariot. Les chariots ont été scellés et, parmi les cris des gardes-chiourme, la caravane s'est ébranlée.

Le voyage a duré des semaines. Mes compagnons, pour la plupart, étaient des Damnés qu'on avait dénoncés pour avoir participé à la rébellion aux côtés des Boleshs. Ils s'étonnaient de me voir parmi eux, mais j'avais choisi de ne pas parler de ce qui m'était réellement arrivé et, pour qu'on me laisse en paix, j'ai inventé une autre histoire, prétendant avoir essayé de tuer un des hommes de Roman au cours d'une émeute.

Très vite, heureusement, leur curiosité s'est émoussée et les journées ont passé dans une morne apathie. Chacun pensait sans doute à ce qu'il avait perdu, et qu'il ne retrouverait probablement jamais.

Nous avons franchi la Barrière de l'Ours et sommes arrivés à Siwr en plein cœur de l'hiver. La plupart de mes compagnons n'avaient jamais vu de plaines aussi immenses. Après le passage de la Barrière, il a fallu encore plusieurs semaines de voyage pour arriver au lieu de notre exil : un triste assemblage de baraques alignées dans la neige, entouré d'une maigre palissade hérissée de piques.

Comme je m'étonnais de la faiblesse de cette clôture, un Damné qui avait déjà subi une peine d'exil a répondu en ricanant :

— Le véritable gardien, ici, n'est ni un mur ni une escouade de soldats. C'est cette étendue interminable et glacée qui s'étend tout autour de nous. Quand bien même tu sortirais de ce camp, que ferais-tu? Tu errerais interminablement dans ce néant jusqu'à t'y perdre, et tu mourrais de faim ou de froid.

Comme pour confirmer cette déclaration, les gardes nous ont enlevé nos fers, qu'ils ont remplacés par des liens plus légers qui ne nous empêcheraient pas de travailler. Car l'exil ne signifiait pas pour autant l'inaction. Nous étions là pour exploiter cette terre ingrate : non seulement notre châtiment ne coûtait rien à l'empereur, mais il lui assurait un revenu supplémentaire!

Le lendemain, considérant ma faible stature, le chef du camp, un homme méprisant nommé Kara, m'a affectée à la cuisine. Au moins, je ne gèlerais pas, et je ne mourrais pas de faim non plus. Pourtant, dans cette vie dépourvue de tout horizon, le pire des tourments n'était ni le froid ni la faim : c'était ce désespoir sans fin qui m'attendait, car j'avais été condamnée à perpétuité.

L'hiver a passé, lent, interminable. Je survivais. Chaque jour, les exilés s'exténuaient à des peines écrasantes dans les maigres bois environnants, bûcheronnage, terrassement ou creusement de canaux. Ils ne rentraient au camp que le soir pour l'unique repas, que je leur servais en essayant d'avoir pour chacun un mot de consolation.

Tous m'avaient prise en pitié et me protégeaient. Un jour, quelques semaines seulement après mon arrivée, un des gardes-chiourme avait essayé de me violer dans une des granges. On l'avait retrouvé le lendemain, étendu dans la boue gelée, vidé de son sang.

C'est peut-être pour cette raison que Kara, une brute que tous craignaient pourtant à cause de sa force et de sa violence, n'avait rien tenté contre moi, au risque de déclencher une révolte qui pourrait lui coûter son poste. Sans doute pensait-il aussi que ma présence adoucissait les prisonniers et les rendait plus dociles. Je n'aimais guère l'idée d'être utilisée ainsi mais, au bout du compte, j'avais appris à m'en accommoder.

Par ailleurs, ayant décrété que je n'étais pas dangereuse et que, de toute façon, il était impossible à une personne aussi frêle que moi de survivre dans la steppe glacée, il m'avait fait enlever mes chaînes et je pouvais aller et venir plus ou moins librement dans le camp.

Un jour, à la fin de l'hiver, un nouveau convoi d'exilés est arrivé à notre camp. L'annonce en avait été faite quelques jours auparavant. Les prisonniers ne venaient pas de Petra ni d'une autre ville. C'étaient, disait-on, des Boleshs dangereux détenus depuis des mois dans une colonie pénitentiaire du sud de Siwr, et que l'empereur avait fait transférer ici, dans le nord, pour plus de sécurité.

Un souffle d'espoir avait soudain animé mes compagnons. Peut-être aurait-on des nouvelles? Notre camp était tellement isolé que nous n'en recevions pratiquement jamais.

C'était un jour de repos et nous étions tous massés dans la cour pour accueillir les nouveaux. Je les ai vus arriver de loin, cheminant en une maigre colonne dans l'espace sans fin, soulevant la poussière à chaque pas. Ils avaient traversé la steppe à pied, l'empereur n'ayant pas jugé bon de mobiliser une caravane pour d'aussi méprisables individus.

Kara était nerveux. Notre camp était déjà presque plein et il voyait l'arrivée de ces prisonniers supplémentaires comme une source de problèmes dont il se serait bien passé. J'étais agitée moi aussi, mais pour une tout autre raison. Des Boleshs, avait-on dit… Et si…?

Fébrile, la gorge serrée, je les regardais approcher. On aurait dit des fantômes. Pâles, maigres, poussiéreux, ils avançaient d'un pas lent, enchaînés les uns aux autres. Ils étaient tout proches maintenant. Je les dévisageais avec impatience. Mes compagnons m'avaient laissée me placer devant eux et je me trouvais aux premières loges. Tout à coup, sur un cri bref d'un garde de l'escorte, la colonne s'est arrêtée.

Harassés, les Boleshs ont enfin levé les yeux, cherchant à voir quel sort les attendait dans ce nouveau camp. Alors je l'ai reconnu. Voûté, le visage grisâtre, amaigri et mangé par la barbe, il n'était plus que l'ombre de lui-même. Qu'importe, je l'aurais reconnu entre mille. Tcherny!

J'ai poussé un cri et Tcherny a tourné la tête vers moi. Il a eu tout d'abord un long regard incrédule. Je ne devais pas être en beauté, moi non plus. Puis son visage s'est éclairé et il s'est écrié : « Garance! » Aussitôt, il a voulu s'élancer vers moi, mais le garde le plus proche, brandissant son fouet, l'a violemment frappé au visage et Tcherny est tombé dans la poussière.

Il y a eu un mouvement de révolte parmi tous les Damnés. Kara, inquiet de la tournure que pouvaient prendre les événements, a fait signe à ses hommes de relever Tcherny et de se calmer. Les prisonniers se sont remis en marche et ont pénétré dans le camp.

Tcherny n'était pas seul. Terzio était là, lui aussi, et d'autres que j'avais connus à Petra lors des grands soulèvements. Pour la première fois depuis des mois, j'éprouvais de la joie. Nous étions tous prisonniers au bout du monde, certes, mais nous étions ensemble.

Dans les semaines qui ont suivi, la vie a changé. La discipline s'est assouplie. Non que le chef du camp se soit brusquement senti plus indulgent, mais le nombre de ses prisonniers avait considérablement augmenté alors que ses moyens étaient restés les mêmes. Il avait donc été contraint d'accorder certaines concessions pour éviter une révolte qu'il n'aurait pas été capable de mater.

Terzio en profitait. Comme il était souvent malade – ou qu'il feignait de l'être, à mon avis – il travaillait inlassablement à ses manuscrits et à l'éducation de ses compagnons. Tcherny, de son côté, avait repris la tâche de m'apprendre à lire et à écrire. Il me faisait voyager, également, en me parlant des pays qui existaient au-delà des frontières de Vermillon et dont je n'avais jamais entendu parler au village, comme l'empire de Willem, à l'ouest, ou les royaumes indépendants de Skand, au nord-ouest, où les Boleshs avaient souvent trouvé refuge lorsqu'ils étaient pourchassés par les hommes de Roman.

La nuit, souvent, je le rejoignais. La chose était rendue possible, malgré les liens qui entravaient les prisonniers dès la nuit tombée, par le fait que je jouissais d'une relative liberté. Les camarades, par discrétion, feignaient de ne rien voir.

Au début, nous nous sommes contentés de nous embrasser et de nous caresser longuement, et puis, de fil en aiguille, nous sommes allés plus loin. Tcherny me témoignait une douceur que je n'avais jamais connue auparavant, et dont, au village, je n'avais même jamais soupçonné l'existence. La vie pouvait avoir du bon…

La première fois qu'il m'a pénétrée, il a paru surpris. Je l'ai senti plein d'incertitude. Comprenant ce qui le troublait, je lui ai caressé les cheveux et j'ai murmuré :

— Tu es le premier, je te le jure. Un jour, je te raconterai…

Mais il a posé sa main sur ma bouche, puis l'a retirée pour m'embrasser avec fougue.

L'été est arrivé et je me suis aperçue que j'étais enceinte. J'ai paniqué. Tcherny a tenté de me rassurer en me confiant que Terzio avait eu deux enfants lors de sa première condamnation à l'exil à Siwr, alors que sa compagne partageait la même peine. Le fait est que Terzio se montrait très gentil à mon égard. C'était un Bolesh déterminé… et un homme plein de compassion.

Je pensais alors sincèrement que Terzio me serait d'une grande aide pour la suite, et il l'aurait certainement fait, mais les choses allaient tourner autrement. L'hiver allait m'apporter un enfer qui dépasserait de loin mes pires craintes.

Vers la fin de l'automne, Terzio avait réussi à parler, à plusieurs reprises, avec un vieux Damné qui vivait non loin du camp et en assurait l'approvisionnement en nourriture. Je n'y avais jamais prêté attention, pensant qu'il devait, comme à son habitude, essayer de le convertir à ses vues sur l'avenir du peuple de Vermillon. Et puis, un matin, alors que les premiers froids étaient arrivés et que la terre recommençait à geler, Terzio n'avait pas répondu à l'appel quotidien.

Kara était entré dans une fureur sans borne, faisant fouiller les baraquements dans les moindres recoins, frappant les Damnés qui refusaient de répondre à ses questions, promettant les pires représailles si Terzio n'était pas retrouvé avant la fin du jour. Bien entendu, ni la fin du jour ni celle des jours suivants ne lui avaient ramené le fuyard.

Il n'était pas question d'envoyer des patrouilles à sa recherche. Le territoire de Siwr était immense et, de toute façon, il ne pouvait pas amputer ses effectifs déjà faibles sans risquer des pertes encore plus grandes.

Pendant quelques semaines, la tension a été à son comble. Un messager rapide avait été envoyé à la plus proche ville administrative de la province. En attendant son retour, Kara harcelait Tcherny de mille façons, persuadé – non sans raison – qu'il avait aidé Terzio à s'évader.

Lorsque la réponse de la province est enfin arrivée – avec une escouade d'hommes à cheval –, tout mon bonheur, le premier et le seul de ma vie, s'est effondré d'un seul coup. Tcherny et les autres Boleshs seraient envoyés dans un camp de discipline, beaucoup plus au nord, non loin de la mer glaciale qu'on appelait les Eaux Blanches.

Tous étaient horrifiés. Ils savaient ce que cela voulait dire : travaux forcés jusqu'à épuisement, c'est-à-dire jusqu'à la mort. Une mort qui ne pouvait tarder, vu les conditions climatiques épouvantables qui régnaient dans cette région septentrionale de Siwr.

Le lendemain, les cavaliers qui avaient apporté l'ordre du gouverneur de la province partaient vers le nord, avec le triste cortège des condamnés enchaînés. Le soir même, je me suis couchée avec une fièvre violente et, le lendemain, j'ai refusé de me lever.

Le début de l'hiver a été horrible. J'avais des nausées permanentes et j'étais incapable d'assurer mon service aux cuisines. Les Damnés ne m'en voulaient pas et faisaient leur possible pour m'aider, mais déjà je n'étais plus avec eux.

J'avais perdu mes espérances avec l'écrasement de la rébellion par Roman, et je venais de perdre l'amour de ma vie. Que pouvais-je perdre encore? Mon enfant? Je ne voulais pas d'un orphelin élevé dans une prison. Je ne voulais pas lui infliger une punition avant même qu'il soit né. Je voulais retrouver Tcherny et vivre avec lui. Libre.

Il n'y avait peut-être qu'une chance sur un million pour que cela réussisse, mais c'était ma seule chance. C'était ça ou la certitude de pourrir vivante dans cette colonie pénitentiaire. Je devais partir.

Mes compagnons ont tout fait pour m'en dissuader. Tout sauf me dénoncer à Kara, heureusement.

Une nuit, j'ai quitté le camp après le couvre-feu. Mes amis m'avaient donné tout ce qu'ils avaient pu économiser comme pain, et même des morceaux de lard. Ce maigre trésor enveloppé dans une pièce de tissu était mon seul bagage.

Je suis partie droit devant moi. Droit vers le nord. Le temps était glacial. Je savais que, devant moi, il n'y avait rien. Rien que la glace, le désert, la faim. Et l'espoir infime de retrouver Tcherny...

# VINGT-QUATRE

J'ai marché toute la nuit, me dirigeant grâce à cet assemblage d'étoiles qui, Tcherny me l'avait appris, indiquait toujours le nord. Comme si c'était lui qui me montrait le chemin…

Mon idée était de marcher la nuit et de me reposer le jour, non parce que je pensais que Kara allait lancer qui que ce soit à mes trousses – il n'en avait pas les moyens et il devait penser, non sans raison, que je ne survivrais pas une semaine dans cet environnement hostile –, mais parce que la température descendait si bas pendant la nuit que je n'étais pas certaine de me réveiller le matin si jamais je succombais au sommeil…

Mon ventre me faisait souffrir et j'avais fréquemment la nausée. Pendant les premiers jours, j'avais repéré une sorte de piste, une trace vague laissée par les chevaux et que je pensais avoir été utilisée par les condamnés et leur escorte. Mais, dès le sixième jour, la neige s'est mise à tomber et une couche blanche et épaisse a recouvert la steppe.

J'ai continué à l'aveugle, ne pouvant me fier qu'aux étoiles quand le ciel nocturne redevenait assez clair.

Mais si la couche de neige allait persister jusqu'au printemps prochain, mon espoir, lui, fondait rapidement. En dépit des économies draconiennes que je me suis imposées, mes provisions ont vite été épuisées. Combien de temps ont-elle duré? Dix jours, quinze? Davantage? Je commençais à perdre le compte.

Malgré ma souffrance, cependant, je continuais d'avancer. J'avais résolu de rester en mouvement jusqu'au bout. Si je mourais, je mourrais debout. N'ayant pratiquement plus rien à manger que des lichens que je grattais sur les pierres, à défaut de nourriture, c'est l'orgueil qui me maintenait en vie.

Un jour, pourtant, mes dernières forces m'ont abandonnée. Je n'avais aucune idée de la distance que j'avais parcourue depuis mon départ du camp, aucune idée du lieu où je me trouvais. Quelle importance, d'ailleurs? Ce lieu sans limites était identique à lui-même d'un bout à l'autre de l'horizon et j'avais beau avoir marché des jours et des jours, j'avais l'impression de ne pas avoir bougé d'un pas.

Je suis tombée comme une masse dans ce paysage sans bords, seule sous un ciel gris. Je ne reverrais jamais Tcherny, les Damnés continueraient leur misérable existence d'esclaves. Koulak avait certainement déjà été remplacé par un autre rapace aussi gras, aussi impitoyable. J'avais été folle de croire que quelque chose pouvait changer. J'ai entrouvert ma cape de laine et j'ai posé les mains sur mon ventre. Il était dur et froid comme une pierre. J'ai fermé les yeux.

Soudain, il y a eu un craquement. Une présence... Les vieux racontaient, autrefois, qu'à l'imminence de la mort, un esprit de l'ancien monde de Siwr s'approchait parfois du mourant pour recueillir son dernier souffle. Un spectre à la peau jaunâtre et parcheminée, aux jambes torses, aux yeux couleur de terre desséchée. Le spectre était là. Il s'est penché sur moi. Il m'a touchée du bout de son bâton. J'ai sombré dans l'inconscience.

Lorsque je me suis réveillée, j'étouffais presque sous un amas de fourrures. J'ai ouvert les yeux. Je me trouvais dans une hutte de peau. Un maigre feu de tourbe brûlait en son centre, la fumée s'échappant par un trou percé au sommet. Du feu…

« Les spectres ne font pas de feu », ai-je pensé.

J'ai gémi en voulant me relever, tant mon corps était endolori. Alors quelqu'un est entré dans la hutte, apportant avec lui un souffle glacé. Une haute silhouette voûtée, revêtue de peaux et de fourrures. Je me suis accoudée. Pas un spectre, non. Un Damné. Un Damné vieux comme le monde, au visage ridé et bruni par le temps et la misère.

Le vieux m'a souri. Puis, voyant qu'il ne m'effrayait pas, il a franchement éclaté de rire.

— Je ne sais pas qui tu es, jeune fille, mais tu es bien la dernière des choses que je m'attendais à trouver dans cette désolation, a-t-il gloussé.

Sa longue barbe était constellée de glaçons et ses dents n'étaient plus que des chicots noirâtres, mais ses yeux étaient vifs.

— Tu me raconteras plus tard les malheurs qui t'ont amenée jusqu'ici, a-t-il repris. En attendant, tu dois reprendre des forces. J'ai bien cru que c'était un cadavre que j'avais ramené jusqu'ici.

Le vieux a tiré de sa poche une chose informe qu'il m'a tendue. Un morceau de graisse rance, rendue rigide par le froid. Le goût était immonde, mais je l'ai dévoré comme s'il s'était agi d'une friandise.

— Tu n'es pas habituée à ce genre de chose, a dit encore le bonhomme, qui semblait ravi d'avoir une occasion de parler. Il faudra pourtant t'y faire. Il n'y a que ça ici. De la bête à fourrure. On s'en nourrit, on s'en habille, et on s'éclaire avec la graisse. On mange le reste.

Je mangeais sans répondre – attendait-il seulement une réponse? –, tout en le regardant à la dérobée. Quel âge pouvait-il avoir? Que faisait-il, seul apparemment, dans un désert aussi inhospitalier? Les réponses me sont venues petit à petit, au cours de ces journées pendant lesquelles j'ai retrouvé mes forces et mon optimisme.

Le vieillard – qui n'était d'ailleurs pas si vieux que ça – était un évadé. Il s'appelait Derzou et avait été exilé pour avoir volé un pain dans son village natal, dans une des provinces orientales de Siwr. Il avait réussi à s'échapper, des années auparavant, et il avait failli mourir, tout comme moi, de froid et de faim. Il avait alors été recueilli par des Siwars, une tribu de chasseurs qui errait dans ces régions depuis des temps immémoriaux.

— Les Siwars ont été chassés, massacrés ou réduits en esclavage par les ancêtres de l'empereur Roman lors de leur conquête de Siwr, m'a-t-il expliqué. Mais certains se sont maintenus et continuent de vivre aujourd'hui comme leurs ancêtres. Ils connaissent cette terre comme personne et eux seuls sont capables d'y survivre. Ils m'ont accepté parmi eux.

— Tu n'as jamais voulu retourner dans ton pays natal?

Derzou a ri de nouveau.

— Pour quoi faire, jeune fille? s'est-il exclamé. La vie est dure, ici, mais je suis libre. Pour rien au monde je ne reviendrais m'incliner devant un maître prêt à me faire fouetter jusqu'au sang pour avoir osé regarder plus haut que ses genoux. Et puis, tel que tu me vois, il ne me reste plus que quelques années à vivre. Je préfère mourir ici que chez mes anciens bourreaux.

Il m'a fallu attendre de nombreuses semaines avant de rencontrer les Siwars. En fait, Derzou vivait à l'écart de leur campement d'hiver, préférant les laisser mener leur vie sans contact extérieur. Hommes et Damnés ne leur avaient jamais rien apporté de bon, et il ne voulait pas être le premier à contaminer cette tribu qui avait été épargnée par les vagues conquérantes lancées au cours des générations par les empereurs de Vermillon.

Les Siwars étaient des chasseurs et toute leur vie était organisée autour de cette activité. L'hiver était pour eux une période difficile et ils lui payaient souvent un lourd tribut en vies humaines. Cet hiver-là, précisément, s'annonçait rigoureux. Derzou était préoccupé, même s'il tentait de n'en rien laisser paraître. Le soir, souvent, dans la pénombre de la hutte, il me dévisageait longuement. À quoi pensait-il? J'avais l'impression qu'il avait une décision à prendre à mon propos, mais qu'il n'arrivait pas à s'y résoudre.

Il avait remarqué depuis peu mon ventre rebondi, que je ne pouvais plus guère dissimuler. Il le contemplait avec inquiétude. Lorsqu'il revenait de ses longues courses à l'extérieur, souvent bredouille, il avait l'air abattu et semblait avoir vieilli de plusieurs années.

Les jours ont passé et la faim se faisait de plus en plus cruelle. Le gibier se faisait rare et Derzou grommelait qu'il n'avait plus l'âge de courir après les rats.

Un jour, il m'a emmenée avec lui, tôt le matin. Le froid était mordant et la neige me montait jusqu'aux cuisses. Malgré mes fourrures, je frissonnais constamment. Mon ventre était lourd et j'avais du mal à suivre. Après plusieurs heures de marche, nous avons enfin aperçu une fumée. Derzou s'est arrêté. Tendant le bras vers la fumée, il m'a dit :

— Les Siwars sont là. C'est leur campement. Si jamais il m'arrive malheur, ramasse tout ce que tu peux dans ma hutte et viens ici. Ce sera ta seule chance.

Derzou n'a pas voulu aller plus loin.

— Pas aujourd'hui, a-t-il dit d'une voix éteinte.

Nous avons fait demi-tour. Derzou n'a plus ouvert la bouche de tout le trajet de retour. Il était sombre et fatigué, et je remarquais qu'il traînait la patte, ce qui était inhabituel. Je n'ai pas tardé à comprendre qu'il n'avait pas mangé depuis plusieurs jours. Le peu qu'il avait rapporté de sa chasse, il me l'avait donné.

Un matin, il ne s'est pas levé. Il m'a appelée et, d'une voix faible, il a chuchoté :

— Garance, le jeu est terminé pour moi. Cet hiver sera mon dernier. Je regrette de ne pouvoir t'aider davantage, mais ton seul salut, à présent, ce sont les Siwars. Ils sont étranges et tu seras peut-être horrifiée par certaines de leurs pratiques, mais tu devras t'adapter à eux, et non eux à toi. Ils sont chez eux, ne l'oublie pas. Je pense qu'ils te viendront en aide, s'ils le peuvent. Je les ai déjà prévenus. Prends tout ce que tu veux ici, c'est à toi.

— Mais…

— Il y a autre chose, Garance, que je ne t'ai pas encore dit. Je ne t'ai jamais demandé de me raconter ton histoire, ça ne se fait pas entre évadés. Mais je me doute bien d'où tu viens. On n'arrive pas dans le nord de Siwr parce qu'on s'est égaré. Tu cherchais un homme, n'est-ce pas? Le père de l'enfant que tu portes.

— Tu l'as vu!?

— Ne m'interromps pas, il ne me reste guère de temps. Il y avait une colonie pénitentiaire, à plusieurs jours de marche d'ici. Des exilés y sont arrivés, quelques semaines avant que je t'aie trouvée, mais ils n'y sont pas restés. Je ne sais pas ce qui s'est passé. Une révolte? La maladie? Le camp a été abandonné presque aussitôt. Peut-être sont-ils tous morts, je n'en sais rien. Il faudra attendre la fin de l'hiver pour savoir. C'est pourquoi je ne t'en ai pas parlé avant aujourd'hui. Je ne voulais pas te donner de faux espoirs. De toute façon, tu ne pourras rien entreprendre avant le dégel.

— Derzou… ai-je articulé, la voix brisée par les sanglots.

— Va, maintenant. Dès ce soir, je n'aurai plus jamais froid.

Derzou s'est retourné et s'est recroquevillé sous ses fourrures. J'ai compris qu'il ne voulait pas que je le voie mourir. J'ai ramassé tout ce que j'ai pu, du lard, de la viande séchée, de la graisse, et je suis partie après avoir posé ma main sur son front en guise d'adieu. Il était presque froid. Je crois qu'il a souri, une dernière fois.

La nuit était presque tombée lorsque je suis arrivée au camp des Siwars. Ils n'étaient qu'une poignée, une dizaine d'hommes, quelques femmes, des enfants, répartis dans cinq huttes de peau assez vastes. Ils n'ont pas eu l'air étonnés de me voir. Une femme m'a prise par la main, m'a débarrassée de la nourriture que je transportais et m'a montré un coin dans sa hutte, où je me suis allongée, exténuée.

Aucun des Siwars ne parlait ma langue, sauf une vieille nommée Gyda, qui en bredouillait quelques mots. Elle avait autrefois vécu dans un campement pénitentiaire. Comme esclave, bien entendu. Gyda m'a plus ou moins prise sous son aile, et elle me caressait souvent le ventre d'un air gourmand.

Comme tous les Siwars, elle était de petite taille, avait les jambes tordues et la peau comme du vieux parchemin. Elle n'avait plus de dents et ses gencives saignaient constamment. Elle se nourrissait en suçant de vieilles peaux de renard.

Ici, la vie n'était pas rude. Elle était pire que ça. Ce n'était pas une vie. Les hommes passaient leurs journées à la chasse et rentraient le soir, sombres et découragés. Les mains vides. Le soir, les femmes déterraient avec leurs ongles quelques morceaux de la viande gelée qu'elles avaient mise de côté lorsque la chasse était bonne. Ces maigres réserves constituaient leur seul trésor, mais elles diminuaient dramatiquement et l'hiver était loin d'être terminé.

J'étais logée à la même enseigne que les autres, bien sûr, et j'avais recommencé à dépérir. Mon ventre avait tout juste l'air d'une cloque poussée sur une vieille peau. Jour après jour la faim se faisait plus intolérable, et je me demandais parfois pourquoi les Siwars me gardaient avec eux alors que je n'étais qu'une bouche de plus à nourrir. Chaque nuit, j'entendais les râles et les gémissements de ces corps torturés par la faim. Rêvaient-ils des mêmes festins que moi?

Un matin, j'ai remarqué qu'un des enfants manquait. Il était très malade depuis plusieurs jours. Je me suis demandé comment il avait fait pour partir. Et puis, le soir et les jours suivants, il y a eu de la viande. Une viande que je ne connaissais pas, sucrée et douce, plus fade que le gibier et que les Siwars mâchonnaient en baissant les yeux. Ce n'est qu'après en avoir avalé les premières bouchées que j'ai compris ce que je venais de manger…

J'ai voulu vomir, mais je me suis souvenue des paroles de Derzou. « Ils sont étranges et tu seras peut-être horrifiée par certaines de leurs pratiques, mais tu devras t'adapter à eux, et non eux à toi. Ils sont chez eux. » Oui, ils étaient chez eux et, s'ils avaient survécu dans un milieu aussi abominable, c'était sans doute en raison de cette coutume que n'ont pas le droit de juger ceux qui n'ont jamais eu une assiette vide devant eux.

Peu avant la fin de l'hiver, j'ai été prise de convulsions violentes. Je savais ce que cela signifiait. Cependant, dans l'hébétude qui était devenue notre état quotidien, personne n'a semblé s'en préoccuper, sauf la vieille Gyda, qui s'est rapprochée de moi en bavant et m'a murmuré à l'oreille quelques mots que je n'ai pas compris.

C'est alors que l'horrible évidence m'est apparue. Cet enfant qui allait naître, son sort était déjà scellé : il allait servir de nourriture à la communauté! La panique m'a submergée. Rassemblant tout ce qui me restait d'énergie, je me suis levée et me suis dirigée en titubant vers la porte. La vieille m'a suivie des yeux, mais elle n'a pas bougé.

Une fois dehors, je n'ai pu faire que quelques pas avant de m'effondrer sur la neige, un peu à l'écart de la hutte. Je me suis relevée pour m'accroupir, car c'était la seule position qui me permettrait de venir à bout de mon travail sans aide extérieure. Les contractions étaient affreusement douloureuses, j'avais l'impression que mon corps allait se disloquer, se déchirer, partir en morceaux. Un liquide chaud a coulé entre mes cuisses. J'ai relevé mes fourrures tant bien que mal et j'ai commencé à pousser.

Mes larmes gelaient au fur et à mesure qu'elles coulaient et je sentais ces petites croûtes de glace me mordre la peau des joues. Le froid, pourtant, était le cadet de mes soucis. Je ne le sentais même pas, tellement je transpirais sous la violence de mes efforts. Enfin, le bas de mon ventre s'est dilaté, comme si on l'ouvrait en deux. J'ai poussé encore, poussé de toutes mes forces, me mordant les lèvres pour ne pas hurler ma douleur. Puis j'ai tendu les mains et j'y ai reçu cette chose minuscule et poisseuse qui a émis un faible couinement. Je n'ai eu que la force de couper le cordon avec mes dents avant de m'écrouler sur la neige, mon bébé serré contre moi.

Lorsque j'ai repris connaissance, je tenais encore l'enfant serré entre mes doigts bleuis par le froid. Pas un cri, pas un mouvement. Il était dur et glacé comme une pierre.

Le silence était atroce.

# VINGT-CINQ

Pendant les jours suivants, j'ai vécu comme une ombre, au bord de la folie. Il ne me restait rien, ni cet enfant que j'étais allée enterrer dans la neige le plus loin possible des huttes, ni Tcherny – dont Derzou n'avait peut-être pas osé me dire qu'il avait été dévoré par les Siwars –, ni l'espoir de revoir jamais le printemps.

Cependant, la vieille Gyda m'avait récupérée, errant dans la neige, déjà fantôme, et elle m'avait ramenée à la hutte. Une certaine chaleur y régnait. Deux chasseurs partis depuis plusieurs jours étaient revenus d'une longue traque vers le sud et ils avaient rapporté avec eux la carcasse d'un bœuf musqué. Cette proie avait marqué la fin de la famine et redonné de l'énergie aux chasseurs.

Gyda s'est occupée de moi avec gentillesse et m'a nourrie pendant des semaines. J'étais comme sa poupée précieuse, la seule chose peut-être qui la rattachait à la vie car elle avait perdu depuis longtemps son mari et ses enfants. C'est grâce à elle – qui n'avait pourtant connu des Damnés que le fouet et l'insulte – que je suis revenue à la vie.

Au printemps, j'avais plus ou moins retrouvé ma vitalité et le goût de vivre. J'ai longtemps pensé à Derzou, qui avait choisi de rester chez les Siwars et de partager leur vie fruste et rude, mais, lorsque est arrivée la débâcle et que le ciel est redevenu bleu, j'ai compris que ma place n'était pas ici.

Après tout, Terzio s'était évadé. Qui sait si d'autres n'avaient pas réussi également? Et survécu... Tout ce que j'avais à faire, c'était de les retrouver. Quand ma santé a été tout à fait rétablie, j'ai donc quitté Gyda et les Siwars, et je me suis mise en route vers l'ouest.

Les Siwars ne m'ont pas posé de questions, comme s'il avait toujours été évident pour eux que je n'étais que de passage. Ils m'avaient accueillie sans rien me demander en retour, ils me laissaient partir sans rien exiger. Ils m'ont simplement donné un peu de nourriture et, à peine avais-je franchi le cercle de leurs huttes qu'ils m'avaient déjà oubliée.

À cause du dégel, le sol était détrempé et ma progression était lente, mais je pouvais enfin diversifier mon alimentation en l'agrémentant de plantes et de lichens.

Après plusieurs jours de marche, je suis tombée sur les ruines de ce qui avait dû être une colonie pénitentiaire. La tristesse m'a submergée. Ce ne pouvait être que là que Tcherny et ses compagnons avaient été conduits après avoir été déportés du camp de Kara. Malgré le climat d'angoisse qui régnait ici, j'ai décidé d'y passer la nuit. Peut-être comprendrais-je ce qui s'était passé et pourquoi le camp avait été abandonné en plein cœur de l'hiver.

J'ai longuement fouillé les décombres, mais je n'ai pu trouver aucun indice qui me mette sur la voie et je suis repartie le lendemain, en obliquant légèrement vers le sud. Le voyage a été long et fastidieux. Avant de partir, Gyda m'avait fait cadeau d'un couteau de pierre et j'arrivais parfois à tuer un rongeur ou un petit animal qui m'aidait à varier mon ordinaire.

Au bout de deux semaines, j'ai enfin quitté la zone de tourbières et j'ai rencontré un sol plus sec, plus dur, et mon allure s'est accélérée. Un jour, j'ai aperçu un champ, puis un hameau. Je me suis arrêtée, hésitante. Si les villageois me reconnaissaient comme une évadée, je courais le risque d'être vendue aux hommes de Roman. Bien sûr, les Damnés ne se dénonçaient pas volontiers entre eux, mais si une prime était attachée à la capture du fugitif, l'argent assouplissait les consciences.

Cependant, je pensais plutôt que j'avais été oubliée, ou donnée pour morte, et les Damnés du coin ne me prendraient sans doute que pour une pauvresse chassée de son propre village par la faim, la chose n'étant pas rare. Ce qui m'étonnait, c'est que les champs étaient déserts, et certains – plus que de coutume –, en friche. La famine était-elle passée par ici? Le hameau n'était pas mort, cependant. Cris et lamentations provenaient d'une des cabanes. Tout en demeurant sur mes gardes, je me suis donc dirigée vers les maisons.

Je suis restée plusieurs semaines dans ce village. Presque tous les Damnés en étaient partis, emmenés de force par les hommes de Roman : quelques mois plus tôt, le puissant empire de Willem, qui s'étendait à l'ouest de Vermillon, était entré en guerre contre Roman et contre ses autres voisins de l'ouest. Un conflit monstrueux qui avait embrasé l'ensemble du continent. Les soldats de

Vermillon, sous-équipés par rapport à leurs ennemis, tombaient comme des mouches, victimes autant de leurs armes que de la faim et du froid.

Les Damnées du village ignoraient tout des enjeux de cette guerre. Tout ce qu'elles voyaient, c'est que leurs maris, leurs fils avaient été emmenés et que les champs manquaient de bras pour les exploiter. Et c'est autant pour me remettre de mon dur voyage à travers les plaines septentrionales de Siwr que pour les aider que je suis restée avec elles.

Vers la fin de l'été, cependant, j'ai repris la route. Une des villageoises m'avait raconté, un soir, que Roman avait à ce point besoin de troupes fraîches qu'il avait fait fermer plusieurs camps d'exilés pour envoyer ces derniers au combat. L'espoir m'était revenu. Se pouvait-il que Tcherny soit encore vivant, quelque part vers l'ouest?

Je me suis dirigée vers le sud et j'ai marché des jours et des jours, jusqu'à ce que je croise la route de la Grande Caravane. Je l'ai suivie vers l'ouest, jusqu'à son étape suivante. Là, j'ai été déçue. Il était presque impossible d'y trouver un passage, car Roman l'utilisait presque exclusivement à des fins militaires, pour le transport des troupes et du matériel de guerre.

Rôdant dans le caravansérail à la recherche d'une opportunité, je suis tombée sur un Damné gras et rougeaud – le portrait craché de Koulak – qui se rendait à Petra. Ce gros porc n'avait pas été enrôlé par Roman : comme beaucoup des enrichis de son espèce, il avait acheté un jeune Damné pour l'envoyer à sa place.

Outre mon couteau de pierre, il me restait de mon séjour chez les Siwars une épaisse fourrure de zibeline dont je savais qu'elle pouvait avoir ici une grande valeur. Je me suis faite aguichante et j'ai entraîné le gros derrière un coche abandonné dont une roue avait craqué et je lui ai proposé ma marchandise.

— Où as-tu volé cet objet? m'a-t-il demandé tout en s'en emparant. Et si je te dénonçais aux hommes de Roman?

Je m'attendais à cette réaction. Sortant vivement mon couteau de ma ceinture, je l'ai agrippé au collet et lui ai mis la lame sous le cou.

— J'ai étripé des bœufs deux fois plus gros que toi, ai-je sifflé entre mes dents. Paie-moi pour cette fourrure et ne pose pas de questions.

Sa graisse s'est mise à trembler. Il a hésité, puis il a glissé sa main dans une poche et en a extirpé une bourse.

— Combien? a-t-il balbutié.

Je savais qu'il s'en fichait, dans le fond, puisqu'il me dénoncerait aux hommes de Roman aussitôt que je l'aurais laissé repartir, et qu'il récupérerait son argent tout en gardant la fourrure.

— Tout, ai-je répondu.

Et, d'un geste vif, je lui ai tranché la gorge, puis j'ai empoché la bourse.

Je n'ai pas été inquiétée. Les hommes de Roman avaient d'autres chats à fouetter que d'inspecter les abords du caravansérail, et les Damnés, s'ils avaient découvert le cadavre de cet exploiteur, n'avaient pu que s'en réjouir. Pour ma part, je ne ressentais aucune honte, aucun remords. Ce n'était pas un de mes semblables que j'avais tué, mais un exploiteur qui m'aurait laissée mourir cent fois si cela avait servi ses intérêts.

À l'automne, j'étais à Petra. Je me doutais que les choses ne s'étaient pas améliorées depuis mon départ en exil, mais le choc a néanmoins été rude. La misère s'était abattue sur la ville comme jamais auparavant. Dans les rues, de longues queues de Damnées portant dans leurs bras de jeunes enfants s'étiraient devant des boutiques qui affichaient pourtant « Pas de pain aujourd'hui ». Des Damnés faméliques proposaient leurs dernières possessions à ceux qui leur paraissaient moins maigres contre un morceau de lard ou du sucre.

J'ai longtemps erré dans les rues désolées de Vibor avant d'oser me rendre chez Valenko et Varna, me demandant s'ils étaient toujours de ce monde. J'y suis arrivée un soir. Varna m'a ouvert la porte et m'a dévisagée avec circonspection. Il lui a fallu un bon moment avant de me reconnaître. J'avais quinze ans à présent, mais j'en paraissais sans doute dix de plus.

— Garance! s'est-elle enfin exclamée en me faisant entrer.

Sa joie de me revoir, sincère, est pourtant vite retombée. La pièce était sombre et respirait la tristesse. Son plus jeune fils était allongé sur une paillasse, malade. Les autres étaient morts au cours de l'hiver et Valenko était parti depuis des mois pour le front de l'ouest. La guerre. Elle n'en avait reçu aucune nouvelle.

J'ai posé sur la table tout ce que je possédais. La fourrure de zibeline, du pain et la bourse à demi vide. Varna a ouvert de grands yeux. Ces trésors représentaient de la nourriture pour plusieurs jours et, peut-être, la guérison de son enfant. Elle m'a longuement serrée contre elle, sans un mot, les joues humides.

Nous avons discuté presque toute la nuit. Je lui ai raconté mon odyssée – sans toutefois évoquer l'épisode avec Efi, dont le seul souvenir me donnait envie de vomir – puis, à son tour, elle m'a mise au courant des événements qui avaient eu lieu ici.

Après l'échec des soulèvements, de nombreux Damnés et presque tous les Boleshs avaient été emprisonnés ou déportés. Kollona avait été contrainte de s'exiler à Skand, ainsi que Gavril. Dzerji avait réussi à s'échapper, mais il était revenu quelques mois plus tard pour poursuivre la lutte et il avait été pris et jeté dans les cachots de la Mygale. Gapon était revenu, lui aussi, mais il avait été assassiné par ses anciens camarades, qui le considéraient à présent comme un traître.

Varna avait entendu parler de Tcherny. Lui et ses compagnons avaient été « amnistiés », puis envoyés combattre contre Willem. Elle pensait qu'il avait accepté dans le but de propager les idées d'Ulia parmi les soldats. Terzio, lui, avait réussi son évasion de Siwr et avait trouvé refuge très loin, au-delà des mers de l'ouest, après avoir erré de pays en pays pendant des mois, aucun ne voulant lui donner asile. Et Vermillon, à présent, était la proie de monstres sans scrupules, spéculateurs ou fabricants d'armes, qui vidaient le pays de son sang. La guerre dévorait Hommes et Damnés.

— Mais quelle est la raison de cette guerre? ai-je demandé. Pourquoi se bat-on?

— Je n'en sais rien, a répondu Varna. Personne ne sait. Nous n'avons rien fait à ces gens de Willem, nous ne les connaissons pas. Ce sont les empereurs qui se battent, c'est tout. C'est un jeu pour eux. Que leur importe, puisque ce ne sont pas eux qui souffrent, qui endurent les privations, qui meurent. Roman se porte bien, lui. Il danse et bâfre à l'arrière alors que nos soldats sont à peine armés et que, souvent, ils en sont réduits à attendre qu'un de leurs camarades meure pour pouvoir lui prendre ses bottes. Et ce maudit Novykh!

— Efi Novykh?

— Oui, Efi Novykh. Celui qu'on appelle la Bête. Depuis que Roman le sanglant mène sa guerre inutile et désastreuse, c'est Efi Novykh qui dirige Vermillon. Il a complètement subjugué l'impératrice Alix, cette chienne, et il la manipule à son gré. On dit qu'il couche autant avec elle qu'avec ses filles, pour ne pas parler des autres. On le ramasse parfois au petit matin, ivre mort, dans un des bordels du port, et le soir, il dîne au palais impérial avec Alix et il lui dicte ses volontés.

Je savais comment Efi en était arrivé là. Le pouvoir qu'il avait sur les Suceurs et qui lui permettait de maintenir en vie le prince héritier lui avait valu la confiance aveugle de l'impératrice. En quelques mois, profitant de l'absence de Roman qui dirigeait les combats sur le front de l'ouest, il s'était hissé au sommet de l'empire.

La situation semblait sans issue. Les Damnés étaient écrasés, les Boleshs avaient disparu et Vermillon s'enfonçait dans le désespoir le plus total. La tension était extrême à Petra comme partout ailleurs et, tôt ou tard, ce serait l'explosion. Mais, en l'absence de meneurs inspirés, je craignais que la violence déchaînée des Damnés ne se retourne finalement contre eux-mêmes.

L'image d'Efi, roulant dans sa propre ordure au fond des bouges du port avant de revenir faire sa loi au palais impérial me révulsait, mais je ne pouvais m'en détacher. Je ne pouvais pas rester sans rien faire. Or, je savais que j'étais capable de tuer, l'ayant déjà fait...

Le lendemain soir, j'ai embrassé Varna et je suis partie en direction du port. Même si la mort d'un seul individu, si puissant soit-il, ne changerait probablement pas grand-chose, j'avais pris ma décision. J'avais une vengeance à accomplir.

J'ai passé le pont du Nevki au milieu d'un flot de Damnés en quête d'une croûte de pain, d'un chien errant ou de n'importe quoi qui puisse apaiser la brûlure de leur estomac. Des soldats dépenaillés circulaient aussi comme des ombres honteuses. Ils revenaient des champs de bataille, blessés, mutilés ou malades, et ils cherchaient le moyen de ne pas avoir à y retourner.

— On nous envoie nous battre avec nos mains nues contre des machines de guerre alors que nous n'avons même pas de souliers, disaient-ils. Et ceux qui refusent de monter à l'assaut sont abattus comme des chiens par les officiers. Nos adversaires? Ce ne sont pas ceux de Willem, de pauvres bougres comme nous et qui n'ont rien demandé. Les véritables ennemis, ce sont nos officiers. Si on nous oblige à nous battre encore, ce sera contre eux!

Tous approuvaient d'un air sombre et les groupes se formaient avec des Damnés pour discuter à voix basse et tenter d'avoir des nouvelles des maris, des frères ou des fils qui se trouvaient encore dans cet enfer. Ces conciliabules étaient ponctués par des exclamations pleines de haine. Qui donc frapperait Roman? Qui donc saurait les délivrer enfin de ce boucher sanguinaire?

Je suis arrivée au port à la nuit tombante. La misère ici était peut-être encore plus criante qu'ailleurs. Je trébuchais parfois contre un corps allongé près d'un mur. Un cadavre? Des ombres apparaissaient et disparaissaient dans les ruelles, poursuivant je ne sais quelle activité innommable. Je frôlais les murs, les épaules rentrées, serrant sous mes vêtements le manche de mon couteau de pierre, résistant contre l'envie de me sauver au plus vite de cet endroit répugnant.

Je reconnaissais quelques-uns des lieux de perdition auxquels je m'étais déjà frottée, ne sachant cependant dans lequel Efi se livrait à ses vices, ni même s'il y viendrait cette nuit. Pendant trois nuits, j'ai hanté en vain les quais et les venelles sordides avoisinantes. Le jour, j'essayais de dormir dans des cachettes que j'avais appris à découvrir au fond des entrepôts et des hangars.

La quatrième nuit, quelques heures avant le lever du jour, alors que je commençais à désespérer, j'ai remarqué un groupe d'Hommes dont l'aspect tranchait d'une façon insolente avec celui des habitués du port. Vêtus de pelisses de grand prix, de bottes de cuir fin et munis de cannes au pommeau ouvragé et incrusté de pierreries, ils avançaient avec circonspection, tout en ayant l'air de savoir parfaitement où ils allaient. L'un d'eux, jeune, mince et de complexion délicate, avait l'air d'un prince. Il semblait être le meneur.

Intriguée, je les ai suivis dans le dédale des rues sombres. Très vite, ils sont arrivés devant cette auberge de débauche dans laquelle Efi m'avait retrouvée après ma fuite. Se pouvait-il que…?

N'osant entrer à leur suite, je me suis embusquée dans une encoignure, de l'autre côté de la rue étroite. J'ai attendu longtemps, craignant de me faire entreprendre par un fêtard attardé en quête de plaisir.

Tout à coup, la porte s'est ouverte et les hommes que j'avais suivis sont ressortis, accompagnés par Efi. J'avais eu raison! J'ignorais qui étaient ces hommes et quels étaient leurs rapports avec Efi, mais ils faisaient indubitablement partie du beau monde et ils avaient l'air de très bien se connaître. Efi leur a emboîté le pas sans sourciller.

Son apparence n'avait guère changé, si ce n'est qu'il avait troqué sa tunique de paysan pour des vêtements de soie. Il semblait de bonne humeur, comme s'il s'en allait vers une nouvelle fête dont il aurait été l'hôte d'honneur.

Les cinq hommes sont partis en direction de la haute ville. Parvenus à un carrefour, ils sont montés dans un carrosse fermé d'allure austère qui ne correspondait guère à leur mise élégante. Ni cocher ni laquais n'étaient en vue. À l'évidence, ces messieurs tenaient à une certaine discrétion. L'un des hommes a grimpé sur le siège du cocher et a fouetté les chevaux.

Je me suis élancée rapidement et je me suis accrochée au montant qui servait d'habitude aux laquais. Les rues étaient désertes et personne ne m'avait vue. Le carrosse filait à toute allure et, bientôt, après avoir traversé une bonne partie de la ville, nous sommes arrivés sur les berges du Nevki, bien au-delà de Vibor. L'attelage s'est arrêté près d'un pont. L'endroit était sinistre et n'était pas éclairé.

Je suis descendue de mon perchoir et je me suis jetée dans un fossé, d'où je pouvais voir sans être vue. La porte du carrosse s'est ouverte et les hommes sont descendus. Efi les a suivis au bout d'un moment, lentement, l'air méfiant. Son sourire avait disparu.

— Voyons, Felix, l'ai-je entendu murmurer, es-tu devenu fou?

— C'est toi qui es devenu fou, Efi, a répondu le jeune homme riche d'un ton plein de haine. Tu es allé trop loin et tu vas payer pour ce que tu m'as fait et pour ce que tu as fait à Vermillon.

Sur un geste, ses trois complices se sont précipités sur Efi avec des bâtons et ont commencé à le rouer de coups. Efi s'est défendu avec une force surprenante, et les trois hommes, pourtant de taille respectable, n'ont pas eu la partie facile. L'un d'eux, frappé à la tempe, a roulé sur le sol. Efi, pendant ce temps, recevait sans discontinuer des coups d'une extrême violence, mais aucun n'avait réussi à le mettre à terre.

Les hommes ont paru hésiter, surpris, puis ils se sont élancés de nouveau avec fureur et les coups se sont mis à pleuvoir. Le front d'Efi saignait et il m'a semblé qu'une de ses mains était brisée. Mais il se défendait avec une énergie indomptable, comme un animal sauvage. Il semblait indestructible.

À un moment, il a quand même semblé fléchir légèrement. Le nommé Felix en a alors profité pour s'approcher par-derrière et a sorti une dague de sous son manteau. Poussant un hurlement aigu, il s'est jeté sur Efi et l'a lardé de coups. Il avait l'air d'être devenu fou, de rage et de terreur à la fois, devant l'apparente invulnérabilité de sa victime.

— Après ce que nous lui avons fait boire, je ne comprends pas, a bredouillé un des hommes, hors d'haleine.

Efi était en sang, mais il était toujours debout. Titubant, il a essayé de se sauver. Ses assaillants l'ont poursuivi et ont continué de lui assener des coups terribles, dont un seul aurait suffi à abattre un porc. Malgré cela, toujours vacillant, Efi se dirigeait vers le fleuve.

Le quatrième homme s'est enfin relevé et est allé rejoindre les trois autres. Le front sanguinolent, il était en proie à une fureur indescriptible.

— C'est impossible! s'est-il écrié. Il n'est pas humain!

Tirant à son tour une longue dague de sa ceinture, il s'est rué sur Efi et lui a planté sa lame dans le ventre. Un flot de sang a jailli, mais Efi, se tenant le ventre à deux mains, toujours debout, s'est retourné et lui a craché à la figure. La scène tournait à la folie. Je me demandais ce qui se serait passé si je l'avais attaqué moi-même avec mon petit couteau de pierre. Le Khlysty était-il vraiment indestructible? Quel genre de créature était-il? Je ne savais plus que penser…

Finalement, succombant sous les coups incessants, il a fini par s'écrouler sur le sol, baignant dans une mare de sang. Ses bourreaux n'ont pas cessé pour autant de le battre, comme s'ils n'arrivaient pas à croire qu'ils étaient véritablement venus à bout de cette créature exceptionnelle.

Efi gisait face contre terre. L'homme à la dague s'est approché et, de toutes ses forces, il lui a enfoncé son arme jusqu'à la garde entre les épaules. Alors, enfin, le Khlysty a cessé de bouger.

Les quatre hommes, après avoir repris leur souffle, l'ont empoigné chacun par un membre et l'ont traîné sur le pont. Parvenus au milieu, ils l'ont saisi à bras-le-corps et l'ont fait basculer par-dessus le parapet.

J'ai entendu un grand plouf. Puis, comme venant du fond de l'enfer, un cri effrayant est monté du fleuve :

— Soyez maudits!

# VINGT-SIX

Le corps d'Efi a été retrouvé le lendemain, bien en aval du lieu où il avait été jeté à l'eau.

Nous n'en étions pas débarrassés pour autant. Privée de son « ami » et conseiller intime, l'impératrice est entrée dans une fureur sans borne et a multiplié les décisions aberrantes qui n'ont fait qu'exacerber le ressentiment général.

Elle avait renvoyé depuis longtemps les conseillers qui avaient eu le malheur de déplaire à Efi, et elle était entourée à présent de demi-fous, d'escrocs et d'illuminés dont l'un, à qui elle avait confié la direction de son réseau d'espions, prétendait parler chaque soir avec le spectre d'Efi, lequel lui donnait les ordres qu'il devait transmettre à l'impératrice.

Roman, depuis son quartier général, en arrière du front, s'obstinait à perdre une guerre absurde et à donner sa bénédiction aux folies de l'impératrice, malgré les exhortations de ses propres généraux qui ne parvenaient même plus à contrôler leurs troupes. Les soldats désertaient en masse ou refusaient d'obéir.

Certains officiers avaient même été abattus par leurs hommes en proie au désespoir.

Le bruit courait également que les marins de l'île fortifiée de la Couronne, dans l'estuaire du Nevki, s'étaient mutinés et avaient exécuté par centaines leurs officiers.

À Petra même, les Damnés n'étaient plus les seuls à se révolter. La misère avait atteint les autres couches de la société et la ville était devenue une marmite sous pression sur le point d'exploser. À Vibor, à Putila, dans d'autres quartiers, l'exaspération atteignait son comble et les Damnés refusaient maintenant de travailler alors qu'ils n'avaient pas de quoi manger.

C'est alors que les Boleshs exilés ont commencé à revenir. Quittant leur refuge de Skand, Kollona et Gavril sont arrivés à Petra les premiers et ils ont immédiatement repris leurs activités. Depuis Skand, ils avaient assuré la survie de leurs compagnons restés clandestinement à Vermillon et maintenu le contact avec Ulia qui, lui, était bloqué dans la lointaine ville de Zürn, par-delà les frontières occidentales de l'empire de Willem.

Gavril est immédiatement rentré à Vibor, où je l'ai rencontré alors qu'il s'était introduit aux forges de Putila pour tenter de coordonner le soulèvement des Damnés. Les hommes de Roman étaient débordés et demeuraient discrets. Ou peut-être avaient-il peur, tout simplement, sentant bien que les Damnés n'avaient plus rien à perdre et que la moindre intervention se solderait par leur exécution sommaire.

Kollona, pour sa part, s'est occupée des Damnées qui erraient pitoyablement dans les rues de Petra en quête de nourriture. Le temps était venu pour elles, leur disait-elle, de secouer leurs chaînes, autant celles qui les liaient à leurs exploiteurs que celles dans lesquelles les maintenaient trop souvent leurs propres maris.

Dès le lendemain de ma rencontre avec Gavril, je suis allée la rejoindre pour lui prêter main-forte. Les Damnées semblaient s'éveiller d'une sorte de long sommeil. Inlassablement, Kollona leur enseignait leurs droits, leur redonnait la fierté d'exister, les incitait à briser tous les liens qui les avaient maintenues dans un état de dépendance et d'infériorité. La méfiance que les Damnées avaient éprouvée au début à l'égard de Kollona, dont les vêtements sobres mais élégants contrastaient vivement avec leurs haillons, disparaissait peu à peu.

Dans quelques jours, ce serait la date anniversaire du Dimanche sanglant. Nombreuses étaient celles qui avaient perdu à cette occasion un enfant, un frère ou un mari. Une force sourde et indomptable les animait et il fallait en profiter. Attisée par Kollona, leur colère se faisait plus forte que leur désespoir et de longues colonnes de Damnées déchaînées sillonnaient maintenant les rues de Petra, réclamant pain et liberté.

Les Boleshs, cependant, n'étaient pas les seuls à se laisser porter par l'immense mécontentement des Damnés. D'anciens compagnons de lutte, comme les Meneshs, mais aussi les représentants d'hommes opposés à la dictature de Roman, se regroupaient et se dressaient également contre le pouvoir du tyran. Kollona s'en méfiait.

— Ils vont tenter de profiter de l'énergie des Damnés pour se hisser à de plus hautes positions dans une hiérarchie que, dans le fond, ils ne désapprouvent pas, me disait-elle. Ils se contenteront de miettes et, lorsqu'ils auront obtenu ce qu'ils désirent, ils nous tourneront le dos.

— Mais ils luttent contre Roman, ai-je objecté. Pourquoi ne pas les considérer comme des alliés?

— Provisoirement, nous le pouvons. Mais, tôt ou tard, il faudra les éliminer à leur tour. Le pouvoir qu'ils veulent substituer à celui de Roman repose sur des principes très proches. Les Damnés, dans un tel système, resteront ce qu'ils sont depuis toujours : des outils malléables et jetables destinés à bâtir leur propre richesse. Heureusement, ils se disputent constamment entre eux et cela les affaiblit.

Pendant ce temps, à Vibor, Gavril avait remis sur pied le Conseil des Damnés. Ce conseil donnait la parole à des centaines de milliers de Damnés et représentait une force colossale. Lorsque celle-ci serait lâchée sur Petra, rien ne pourrait l'arrêter.

Le jour anniversaire du Dimanche sanglant est arrivé. Dès l'aube, une foule innombrable de Damnées s'est mise en marche, au départ de Vibor, pour converger vers le cœur de Petra. On était loin, cependant, de l'enthousiasme naïf qui avait prévalu lors de la manifestation organisée par Gapon. Les portraits de l'empereur, le « petit père des Damnés », avaient cédé la place à des drapeaux écarlates représentant le sang des Damnés. Et ce n'était plus seulement du pain que réclamaient ces désespérées, mais la tête de Roman et la fin de la guerre qui entraînait Vermillon vers sa ruine.

Entourée par mes sœurs, je me sentais pleine d'une énergie qui m'avait manqué depuis des mois. Les

Damnées avançaient en rangs compacts. En passant devant les ateliers et les chantiers, elles lançaient des pierres par les fenêtres et exhortaient leurs compagnons à les rejoindre et à se munir de tout ce qu'ils pourraient trouver – outils, morceaux de bois ou de fer – en guise d'armes. Et les Damnés venaient grossir leurs rangs, pleins eux aussi d'une fureur contagieuse.

Les toits dorés de Petra étaient maintenant en vue. Sur le pont du Nevki se tenaient quelques escouades de soldats, mais même le souvenir du massacre du Dimanche sanglant ne pouvait arrêter la foule en colère. Les soldats ont paru hésiter. Ils étaient aussi maigres que les émeutiers, parmi lesquels se trouvait peut-être un membre de leur famille.

Tout à coup, certains ont jeté leurs armes et se sont avancés vers les Damnés, bras ouverts. Les autres se sont repliés, malgré les ordres aboyés par leurs officiers. La voie était libre. Le cortège a passé le pont et s'est déversé dans Petra.

Jamais je n'avais vu une foule aussi nombreuse, ni aussi déterminée. Toutes et tous s'attendaient à ce que les Atamans apparaissent d'un moment à l'autre, mais rien ne refroidissait leur ardeur. D'autres soldats nous avaient rejoints. Déserteurs ou mutins, exaspérés par une guerre et par des chefs qui les avaient réduits aux conditions les plus extrêmes, ils scandaient les mêmes revendications que les Damnés avec lesquels ils fraternisaient.

Tout à coup, alors que le cortège obliquait sur la grande avenue menant au palais de l'empereur, le cri autrefois tant redouté a retenti :

— Les Atamans!

Les cavaliers venaient d'apparaître au bout de l'avenue. Il y a eu un instant de flottement, des murmures se sont élevés, puis une grande Damnée, à côté de moi, a lancé d'une voix forte :

— Les Atamans ne sont que des hommes! Nous, nous sommes l'avenir!

J'avais déjà entendu Kollona prononcer cette phrase. Mille voix ont répondu à ce cri, puis dix mille, et la rumeur s'est enflée. Notre pas s'est accéléré. De leur côté, les Atamans se sont ébranlés au petit trot. Ils étaient trop éloignés pour l'instant pour que nous puissions voir leurs visages, mais ils me semblaient moins décidés que d'habitude.

Pourtant, sur un ordre de leur chef, ils se sont mis au galop et nous ont chargés, sabre au poing. Inflexible, la grande Damnée, près de moi, a levé le poing et a avancé dans leur direction. Folie ou inconscience, je l'ai suivie, bientôt imitée par des centaines, des milliers d'autres.

Parvenus à quelques pas de nous, les Atamans ont bridé leurs chevaux et abaissé leurs sabres. Les chevaux ont piaffé et ont commencé à s'énerver, tout aussi désorientés que leurs cavaliers. La grande Damnée s'est avancée tout près du plus proche.

— Pourquoi vous en prenez-vous à nous? s'est-elle exclamée. Nous ne vous avons rien fait. Nous ne faisons que réclamer ce que vous avez obtenu vous-mêmes depuis longtemps. Pourquoi ne vous retournez-vous pas plutôt contre les hommes de Roman, qui ne font que vous utiliser pour l'exécution de leurs basses œuvres?

Le cavalier à qui elle s'était adressée était effrayant à voir, avec ses épaisses tresses noires pendant de chaque côté du visage. Il a calmé son cheval et l'a longuement regardée, puis il a hoché la tête et prononcé d'une voix rauque :

— C'est peut-être ce que nous finirons par faire.

Enfin, après avoir hésité un moment, il a accroché son fouet et son sabre à sa selle et il est descendu de cheval. Il y a eu un mouvement de recul parmi mes compagnes, mais celle qui avait parlé n'a pas bougé d'un pas. L'Ataman a ouvert les bras, il s'est avancé vers elle et il l'a prise à bras-le-corps. Alors la Damnée a refermé ses bras sur lui et l'a serré sur sa poitrine. Il y a eu une immense ovation, puis d'autres cavaliers ont quitté leur monture et sont venus embrasser les Damnées sous les applaudissements.

Alors la masse des Damnés s'est de nouveau mise en marche. Voyant que personne ne marcherait contre nous maintenant, nous nous sommes dirigés vers le palais impérial. Nous ne nous y sommes pas arrêtés – c'était inutile, Roman se trouvant près des champs de bataille et Alix confinée dans son château de Tsarko, à une demi-journée de marche à l'ouest de Petra – mais nous l'avons laissé à notre gauche pour obliquer vers la forteresse de la Mygale, emblème de la toute-puissance de l'empereur.

En chemin, d'autres soldats nous ont rejoints, certains portant toujours leurs armes mais ayant troqué leurs insignes contre des rubans écarlates marquant leur rupture définitive avec leurs chefs.

Bientôt, la sinistre citadelle est apparue devant nous. Il a encore fallu passer un pont. Cependant, nul ne s'est interposé : toute autorité semblait avoir disparu. De lourdes armes de jet apparaissaient aux créneaux des deux plus hautes tours, mais personne ne se montrait pour les activer.

Massée devant les murs, la foule a commencé à hurler. Puis les soldats et plusieurs marins présents se sont avancés, réclamant l'ouverture immédiate des portes, faute de quoi ils passeraient à l'attaque. Y avait-il encore un gouverneur dans la forteresse? Dans l'affirmative, il ne s'est pas manifesté. Les portes se sont brusquement ouvertes et les soldats gardiens de la Mygale – des infirmes et des blessés de guerre pour la plupart –, se sont joints à leurs camarades.

Nous nous sommes engouffrés dans la prison. J'ai éprouvé un frisson en retrouvant ces murs qui avaient marqué le début de mon exil. Les Damnés qui n'avaient jamais été emprisonnés se sont immobilisés dans la cour, regardant avec crainte les fentes étroites qui s'ouvraient dans certains murs. Les autres ont demandé aux gardiens s'il y avait encore des prisonniers, et combien.

La forteresse, comme je m'y attendais, était presque vide. La plupart des prisonniers avaient été envoyés en exil ou aux travaux forcés, et les condamnés les plus légers, parmi lesquels ceux de droit commun, avaient été enrôlés dans l'armée dès le début de la guerre.

Mais les rebelles proéminents, ceux qui s'étaient déjà évadés à plusieurs reprises ou qu'on jugeait trop dangereux pour le moral des troupes, y croupissaient encore. Sommés d'ouvrir toutes les cellules, les gardiens se sont exécutés. Ils ont disparu dans les souterrains qui abritaient les cachots, accompagnés par des soldats et des marins.

Alors, petit à petit, les détenus ont émergé au grand jour, les yeux clignant dans la lumière du soleil. Ils ont été accueillis par des cris de joie. Des Damnées ont reconnu qui un mari, qui un frère, et des embrassades à n'en plus finir ont eu lieu. Tout à coup, j'ai vu surgir un visage familier. Dzerji, avec sa figure en lame de couteau et ses yeux perçants, n'avait rien perdu de sa morgue. À côté de lui se tenait un Damné de grande taille aux yeux légèrement bridés et aux pommettes saillantes.

Je me suis avancée vers eux. Malgré le vieillissement prématuré qui avait modifié mes traits, Dzerji m'a immédiatement reconnue. Quand Dzerji avait vu un visage, il ne l'oubliait jamais.

— Tiens, tiens, a-t-il fait d'un ton légèrement ironique, la petite Garance. Tu es toujours aux premières loges, à ce que je vois.

Je l'ai toisé avec mon plus beau sourire.

— Oui, ils n'ont pas réussi à me garder à l'intérieur, moi, ai-je répliqué du tac au tac.

Dzerji ne s'est pas vexé, loin de là. Il a souri à son tour. Il aimait les personnalités fortes. Puis il s'est retourné vers son camarade et me l'a présenté :

— Voici Djouga. Un compagnon précieux. Il connaît toutes les prisons de l'empire et tous les tortionnaires de Roman par leur nom! Mais aucun de ses geôliers n'a pu le mater. Et sa mémoire ne connaît pas de limite.

Djouga m'a regardée dans les yeux et, pendant quelques instants, je me suis sentie mal à l'aise. Je devinais, dissimulée au plus profond de ces yeux perçants, une force indomptable et sauvage, ainsi qu'une haine tenace qui me faisait froid dans le dos. Même avec le couteau sous la gorge, n'ai-je pu m'empêcher de penser, Djouga n'abandonnait jamais.

Ni Dzerji ni Djouga n'étaient des rêveurs. Activistes obstinés, ils estimaient ne pas avoir un instant à perdre à l'heure où le vent avait l'air de tourner et où le pouvoir de Roman semblait vaciller. Dzerji m'a posé quelques questions précises, et je l'ai informé de la présence à Petra de Kollona et de Gavril, tandis que Djouga me dévisageait toujours en silence. Dzerji m'a remerciée puis, sans m'accorder davantage d'attention, les deux Boleshs se sont dirigés vers la sortie d'un pas ferme.

Je ne sais pourquoi, je les sentais un peu vexés de s'être trouvés absents, même si ce n'était pas leur faute, du théâtre des événements.

La foule a fini par se disperser. J'avais perdu de vue Kollona et Gavril depuis un bon moment mais j'ai aperçu Varna, qui avait participé elle aussi à l'immense défilé, et je suis allée la rejoindre. Dans son regard fiévreux se lisait enfin l'espoir.

— Valenko a passé quelques semaines ici avant d'être envoyé à l'armée, m'a-t-elle confié. La chute de cette forteresse n'est qu'un début, Garance. Valenko va revenir. Toute l'armée sera avec nous, et les marins, et il ne restera à Roman que ses bottes et son caleçon.

Je n'ai pu m'empêcher de rire en pensant à un empereur au cul nu poursuivi par ses propres troupes. Mais Varna ne riait pas.

— Ils vont revenir, a-t-elle continué. Ulia va revenir, et Terzio. Et les Damnés régneront enfin.

Tout d'un coup, mon humeur s'est assombrie. Ulia et Terzio, oui, bien sûr, ai-je songé, c'est nécessaire. Mais Tcherny?...

# VINGT-SEPT

Pendant les jours suivants, la rébellion n'a pas faibli un seul instant. Tout Vermillon était en feu. Partout, les soldats et les marins se révoltaient, tuaient leurs officiers, dévalisaient les arsenaux de l'empereur pour armer les Damnés. La plupart des Atamans avaient également rejoint le mouvement ou, au pire, ils refusaient d'intervenir.

Les Atamans, je l'apprendrais un peu plus tard, avaient été autrefois des Damnés. Ils vivaient dans la région du Gift, au sud de l'empire, et, à l'époque des ancêtres de Roman, ils s'étaient révoltés et avaient gagné leur indépendance. L'empereur d'alors, plus rusé que son descendant, leur avait octroyé des terres en échange de leur fidélité. C'était pour conserver ces privilèges qu'ils étaient devenus, avec les générations, l'instrument le plus impitoyable de la répression des tyrans. Aujourd'hui, cependant, ils commençaient à comprendre que leur indépendance n'était qu'une illusion.

Le peu de troupes restées fidèles à l'empereur s'était regroupé autour de son quartier général, près de la ville de Mogila, à trois jours de marche au sud-ouest de Petra. L'impératrice, entourée de ses fous et de ses incapables, était toujours recluse au château de Tsarko, dont elle n'osait plus sortir. Dans son délire, elle s'imaginait pourtant encore qu'elle dirigeait Vermillon d'une main de fer, mais ses ordres aberrants ne franchissaient plus les murs du palais.

À Petra, en revanche, les ennemis de Roman s'étaient organisés en une vaste assemblée qui débattait interminablement sur la conduite à adopter. Les Boleshs refusaient d'y participer – Ulia le leur avait interdit – car ils rejetaient tout compromis avec ceux qui ne partageaient pas leur façon d'envisager l'avenir.

Au sein de cette assemblée, un ancien camarade d'Ulia était l'orateur le plus virulent. Il se nommait Keren et était issu d'une famille proche de celle d'Ulia. Keren avait souvent pris la défense des mineurs exploités dans les mines de l'empire et il jouissait d'un grand prestige parmi les Damnés. Dans un de ses discours enflammés, il avait proclamé : « Il faut se débarrasser de l'empereur, par l'assassinat si c'est nécessaire! »

Roman, informé de ce qui se passait dans sa capitale, refusait cependant de se rendre à l'évidence et il avait envoyé un des derniers généraux à lui être restés fidèles pour mater ce qu'il qualifiait d'agitation de la populace. L'officier n'avait cependant pas été capable de réunir autour de lui les troupes suffisantes, et, avant même d'arriver en vue de Petra, il avait abandonné sa mission. Roman se retrouvait seul.

L'assemblée menée par Keren représentait toutes les tendances politiques de Vermillon – sauf celle des Boleshs – et cela lui conférait une sorte de légitimité que personne, hormis les partisans d'Ulia, ne songeait à remettre en cause. Roman ayant été lâché par les siens, elle se considérait donc comme l'héritière légitime d'un pouvoir devenu vacant.

Keren avait alors proclamé qu'il n'y avait plus d'empire et il avait formé au sein de l'assemblée un gouvernement provisoire en vue d'établir la république à Vermillon. Dès le lendemain, il faisait arrêter l'empereur à Mogila et le faisait transférer au château de Tsarko, où il devait rester enfermé avec sa famille sous stricte surveillance.

Dans le même temps, il abolissait la peine de mort, proclamait la liberté totale de pensée et de parole, l'égalité des femmes et des hommes, et décrétait une amnistie générale pour tous les prisonniers. Le jour suivant, dans la foulée, le Conseil des Damnés émettait pour sa part son fameux Ordre n° 1, lequel abolissait dans l'armée les grades, les châtiments corporels et toute forme de respect obligatoire envers les officiers en dehors du service.

Une liesse sans précédent avait éclaté à Petra et dans la plupart des autres villes de l'empire. Il n'y avait pas plus de pain qu'avant, et la guerre continuait de faire ses ravages, mais la liberté enfin gagnée effaçait provisoirement ces préoccupations. Les Damnés se grisaient de cette libre disposition d'eux-mêmes et la foule, dans les rues, se laissait aller sans contrainte.

Des excès de toutes sortes, inévitables, ont bien sûr accompagné ces démonstrations spontanées. Des boutiques étaient pillées, des maisons de riches saccagées et des hommes en qui on reconnaissait d'anciens espions de Roman se faisaient molester en pleine rue. Certains étaient même battus à mort, mais rien ne pouvait arrêter la fureur des Damnés, déchaînés après des siècles d'esclavage.

J'errais dans Petra, ivre moi aussi de me sentir débarrassée de toute forme d'oppression. Je ne comprenais pas les réticences de Kollona et des autres Boleshs. Dzerji se montrait particulièrement irrité et, avec Djouga et d'autres compagnons sortis de la clandestinité grâce à l'amnistie proclamée par Keren, ils multipliaient les tentatives de mobiliser les Damnés contre ce dernier.

Dzerji et Djouga me faisaient un peu peur et j'évitais de les fréquenter. Le regard de Djouga, surtout, me faisait perdre mes moyens. Je me suis donc retournée vers Kollona pour comprendre la position des Boleshs. Après tout, Keren ne venait-il pas d'offrir aux Damnés tout ce à quoi ils aspiraient depuis tant d'années?

— Bien sûr, un premier pas vient d'être franchi, a concédé Kollona. Mais les Damnés ne vont pas se contenter de mots et de déclarations. Or Keren a les mains liées car il est soutenu par ceux qui possèdent encore presque tout à Vermillon, et qui ne se sont débarrassés de l'empereur, en profitant du formidable soulèvement des Damnés – qu'ils méprisent cependant –, que pour avoir les coudées plus franches et mieux les asservir. Ne perds pas de vue que ce sont eux les anciens maîtres. Et qu'ils sont toujours là. De ce point de vue, rien n'a changé.

— Si tel est le cas, les Damnés continueront à se battre, ai-je objecté, et Keren et les siens subiront le même sort que Roman.

— Ce n'est pas aussi simple, Garance. Maintenant que les Damnés ont effectivement obtenu certains droits, leur ardeur combative va s'émousser. Ils sont fatigués et affamés, ne l'oublie pas.

— Je ne sais plus où j'en suis, ai-je dit avec lassitude. Moi aussi, je suis fatiguée, et je suis jeune pourtant. Je vois bien que les Damnés vont rentrer chez eux, à présent, et se remettre au travail. Je les comprends. Ils doivent vivre, et faire vivre leurs familles. Mais je n'arrive pas à croire qu'ils aient été floués. Keren a toujours été leur défenseur.

— Oui, mais il a le pouvoir, à présent, et le pouvoir corrompt. Porté par les événements, Keren est trop sûr de lui. Pourtant, même le plus puissant des autocrates n'est jamais qu'un jouet entre les mains de l'histoire. Vois ce qui est arrivé à Roman. Lorsqu'un homme est persuadé qu'il a atteint le pouvoir absolu, c'est qu'il est déjà en train de le perdre.

À mon grand désespoir, les prédictions de Kollona se sont révélées exactes. Le printemps est arrivé et, alors que les Damnés espéraient de tout cœur la fin de cette guerre qui détruisait leurs enfants et qu'ils considéraient comme celle de Roman et non comme la leur, Keren a annoncé que les combats devraient reprendre, et que les Damnés de Vermillon n'auraient de repos que lorsque l'empire de Willem serait à genoux.

La nouvelle a provoqué un choc. Lorsqu'elle l'a apprise, Varna s'est effondrée en larmes.

— Ça ne finira donc jamais? a-t-elle hoqueté entre deux sanglots. Nous ne serons donc toujours que de la chair destinée à nourrir les puissants? J'avais l'espoir de revoir encore Valenko, mais le voilà réduit à néant. Pourquoi nous sommes-nous battus, Garance? Qu'avons-nous vraiment gagné?

Je comprenais sa détresse. Passé l'euphorie des premiers jours de liberté, nous commencions à comprendre que, sans la paix, il ne pouvait exister aucune forme d'indépendance. Mais qui allait reprendre le flambeau de la lutte que, dans notre joie de la première heure, nous avions laissé tomber dans la rue? Il était temps que Terzio et Ulia reviennent.

Le problème, malheureusement, c'est qu'ils étaient l'un et l'autre exilés dans des pays se trouvant de l'autre côté de l'empire de Willem, et qu'il n'existait pour eux aucun moyen de traverser ce dernier pour atteindre Vermillon. Ils étaient déjà informés de ce qui se passait ici car Kollona entretenait avec eux un réseau de communication secret que jamais les hommes de l'empereur n'avaient pu briser.

Dès la nouvelle de la chute de Roman connue, Terzio, qui se trouvait à l'autre bout du monde, au-delà de l'océan de l'ouest, s'était embarqué sur un navire à destination de Skand, mais il n'arriverait pas avant plusieurs semaines. Quant à Ulia, réfugié à Zürn, une ville neutre dans les montagnes au sud-ouest de Willem, il n'avait d'autre ressource que de traverser ce pays… qui était en guerre ouverte contre le sien!

Heureusement pour lui, il avait des sympathisants au cœur même de l'empire ennemi et ceux-ci, ayant fait valoir qu'Ulia était partisan de la cessation immédiate de la guerre, sans annexions ni compensations, son retour à Vermillon pourrait soulager l'effort de guerre de l'empire de Willem sur son front oriental. L'idée avait été reçue avec un intérêt certain par les autorités de Willem.

Après de longues négociations, on en était arrivé à cette situation surprenante : Ulia et ses compagnons, prétendants au pouvoir d'un pays en guerre, s'étaient vu affréter une voiture spéciale par leurs propres ennemis afin de traverser discrètement leur territoire jusqu'aux royaumes indépendants de Skand. De là, Ulia pourrait gagner Vermillon par ses propres moyens en quelques jours.

Kollona nous tenait au courant des péripéties du voyage, tandis que la guerre s'éternisait et que la colère recommençait à monter chez les Damnés. Après quelques vagues succès qui avaient redonné un peu d'espoir aux soldats, l'offensive lancée par Keren avait essuyé défaite sur défaite et l'armée de Willem avait finalement amélioré sa position en progressant plus loin dans l'est de Vermillon que jamais auparavant. Les Marches de l'Ouest étaient désormais sous son contrôle, et avec elles une grande partie des champs et des mines de Vermillon. Le pays se retrouvait presque sans ressources.

Les vagues de désertion ont repris de plus belle, ainsi que les mutineries. Pour contrer ce mouvement, Keren, sur le conseil des officiers, a rétabli la peine de mort et les châtiments physiques dans l'armée. Ce décret, véritable claque au visage du Conseil des Damnés qui avait promulgué l'Ordre n° 1, a provoqué une réaction immédiate. De nombreux soldats ont abandonné le front pour se rendre à Petra et soutenir le Conseil des Damnés face à cet affront qu'ils considéraient comme une première trahison.

Dans le même temps, les redoutables marins de l'île fortifiée de la Couronne, ancien fleuron de la marine de guerre de l'empereur, se préparaient à débarquer à Petra pour contraindre Keren, par la violence si nécessaire, à respecter la volonté des Damnés. Keren avait l'autorité, sans doute, mais il n'avait pas la force. Le Conseil des Damnés, au contraire, n'avait peut-être pas l'autorité, mais il avait la force. Petra était de nouveau en ébullition et l'étoile de Keren commençait à pâlir.

Un soir, enfin, Ulia est arrivé du nord, en provenance de Skand. Les Boleshs étaient là pour l'accueillir, ainsi que d'innombrables marins et soldats qui attendaient avec impatience de voir leur libérateur. J'étais là, au premier rang, trépignant comme une gamine, et intimidée en même temps.

Comme la plupart des Damnés rassemblés ici, je n'avais jamais vu Ulia et n'avais aucune idée de ce à quoi il pouvait ressembler. La soirée était fraîche et brumeuse et le coche d'Ulia, qu'une escorte de Boleshs était allée rencontrer en route, a bientôt fait son apparition sous la lumière des fanaux et des torches brandies par les soldats et les marins.

À quoi m'attendais-je, à vrai dire? Je ne saurais le préciser. Mais j'avoue que j'ai été surprise – et pas moi seulement – lorsque j'ai vu sortir du coche enfin immobilisé un petit homme au crâne dégarni et à la barbiche en pointe. Plus encore que Terzio, qui au moins était beau, Ulia semblait sortir du bureau poussiéreux d'un sous-chef de province. Un marin aux mains énormes, à côté de moi, a grommelé entre ses dents : « Quoi, c'est *ça*?... »

Mais la puissance d'Ulia, davantage encore que celle de Terzio, résidait dans sa capacité à enlever dans un même élan des milliers d'auditeurs. Sans perdre un instant, sans même embrasser les nombreux amis qui étaient venus l'attendre et ne l'avaient pas vu depuis de nombreuses années, Ulia a grimpé sur le toit du coche et il s'est adressé à la foule d'une voix véhémente.

Les Damnés avaient été trompés, clamait-il, et Keren n'était que le nouveau serviteur des anciens maîtres dont il n'allait pas tarder à restaurer l'ordre. Qu'en était-il de ses promesses? Où était la paix tant attendue? Qui détenait encore la terre qu'on avait promise aux Damnés? Qui gouvernait encore les forges et les filatures et en tirait des profits sur le dos des Damnés?

Une rumeur pleine de colère montait de la masse énorme des Damnés, qui approuvaient de la tête. Ulia était infatigable. Il aurait pu parler des heures encore. Soldats et marins l'écoutaient avec ferveur. Enfin les discours qu'ils désiraient entendre! J'étais emportée par cette vague d'enthousiasme. Le marin qui avait murmuré, tout à l'heure, d'un ton sceptique, pleurait presque à présent. J'étais toute remuée de voir ce grand gaillard aux mains larges comme des battoirs devenu aussi fragile qu'une petite fille face à la diatribe d'Ulia.

— Il n'y a qu'un seul mot d'ordre, a conclu Ulia d'une voix vibrante d'énergie. Tout le pouvoir aux Damnés!

Une immense clameur est montée de la foule en délire. Les poings se levaient, et les lances, et les piques. La foule reprenait comme un refrain : « Tout le pouvoir aux Damnés! Tout le pouvoir aux Damnés! » Le tumulte paraissait ne pas devoir finir. Les Damnés avaient trouvé celui qui allait les mener à la victoire, cela ne faisait pas l'ombre d'un doute.

Peu de voix se sont élevées contre Ulia. Quelqu'un, cependant, a crié qu'on ne pouvait pas se débarrasser ainsi de Keren et de son gouvernement et qu'il fallait plutôt participer à sa coalition, puisque aucune faction ne s'était montrée capable, à ce jour, d'assurer le pouvoir à elle seule, ainsi que l'avaient démontré les interminables discussions au cours desquelles chacune restait sur ses positions.

— Aucune? s'est écrié Ulia d'une voix tonitruante, piqué au vif par cette remarque qu'il semblait considérer comme une insulte. Bien sûr, qu'il y en a une. Nous!

# VINGT-HUIT

L'été s'annonçait torride. Un mois après Ulia, Terzio est enfin arrivé à Petra. Ses réserves vis-à-vis d'Ulia avaient disparu et il l'a aussitôt rejoint. Ulia, Terzio, Kollona, Dzerji, Djouga et quelques autres, dont Kamen et Zino – deux anciens compagnons d'Ulia issus du Bund –, formaient le noyau dur de la résistance à Keren. Leurs discours et proclamations étaient suivis avec avidité par les Damnés, mais la chaleur et l'épuisement consécutif à des années de lutte semblaient avoir réduit l'ardeur belliqueuse de la population.

Keren, cependant, devenait de plus en plus impopulaire. Son soutien exclusif à la guerre contre Willem et l'absence de mesures concrètes en faveur des Damnés l'isolaient de plus en plus de ceux qu'il prétendait défendre. Dans les campagnes, les Damnés qui avaient espéré la redistribution des terres ne voulaient plus attendre. Puisque le nouveau pouvoir ne tenait pas ses promesses, les Damnés avaient décidé de se servir eux-mêmes et il ne se passait pas un seul jour sans que des dizaines de châteaux et de manoirs appartenant aux anciens maîtres soient incendiés et pillés, et leurs propriétaires battus ou pendus.

Ulia sentait que la situation était mûre et qu'il fallait déclencher l'assaut final contre Keren et lui ravir le pouvoir. Terzio, cependant, objectait qu'une telle action ressemblerait trop à un coup d'État et que beaucoup de Damnés en seraient choqués. Or, prendre le pouvoir était une chose, le garder en était une autre. Si les Damnés de Petra soutenaient majoritairement les Boleshs, l'immense majorité de ceux de Vermillon s'en méfiait encore et une action prématurée des Boleshs risquait de les couper du pays entier.

Il fallait aussi, d'après Terzio, organiser une force armée capable de défendre les acquis des Damnés une fois que ceux-ci seraient obtenus. Ulia lui avait donc confié cette tâche.

C'est dans cette atmosphère exaspérante de tension et d'attente que Tcherny est enfin revenu. Je vivais toujours chez Varna, que j'aidais du mieux que je pouvais à survivre alors que Petra manquait de tout. Un matin, de très bonne heure, alors que je me préparais à sortir pour prendre ma place dans les interminables queues dans l'espoir de trouver un peu de pain ou de sucre, on a frappé à la porte.

Varna et moi avons sursauté. Pendant des années, ce bruit qui ne pouvait annoncer que la venue des hommes de Roman avait été redouté plus que tout. Nous nous sommes regardées. L'inquiétude de Varna était visible. Si l'autorité n'existait plus et si les hommes de l'empereur n'étaient plus à craindre, la ville était sillonnée par de nombreux désespérés prêts à tout pour un morceau de pain ou de lard.

Nous ne pouvions cependant pas rester calfeutrées comme des blaireaux dans leur terrier. Prenant mon courage à deux mains, j'ai sorti mon vieux couteau à lame de pierre et je me suis dirigée vers la porte, que j'ai ouverte brusquement, mon arme pointée devant moi.

Mon bras est retombé. Dans l'embrasure se tenaient deux vagabonds dans un état pitoyable, effroyablement maigres, le visage couturé de blessures, vêtus de haillons puants. Les inconnus m'ont dévisagée avec stupeur, puis l'un d'eux, qui se tenait en retrait, m'a souri.

— Garance, a-t-il murmuré. Tu es donc vivante!

— Tcherny! Valenko! me suis-je écriée.

À ces mots, Varna s'est précipitée et a saisi son mari dans ses bras en sanglotant. Je suis tombée dans ceux de Tcherny et nous nous sommes embrassés longuement sur le seuil, sans pouvoir prononcer un mot.

Valenko avait un peu de pain dans sa besace et nous avons partagé ce repas dans un profond silence. Puis Valenko nous a raconté leur périple. Depuis plus d'une semaine, ils avaient déserté en vue de se rendre au Conseil des Damnés de Petra et de rendre compte de l'état de la situation sur le front de l'ouest.

Les nouvelles étaient alarmantes. Après une série de défaites cuisantes, le général en chef de l'armée de Vermillon avait été remplacé par Kornos, l'ancien commandant de la garnison de Petra. Kornos était un homme violent et borné, détesté par ses soldats et naturellement ambitieux. Il était à craindre qu'il ne s'en tienne pas qu'au champ de bataille.

Varna était consternée.

— La paix, a-t-elle soupiré avec lassitude. La paix à n'importe quel prix…

— C'est le mot d'ordre des Boleshs, a répondu Valenko. Et c'est aussi le vœu des soldats. Ulia peut maintenant déclencher l'offensive, nous le suivrons jusqu'au bout.

Dans l'après-midi, tandis que Valenko partait au Conseil des Damnés de Vibor pour rendre compte à Gavril, Tcherny et moi sommes sortis en direction de Petra. Tcherny voulait rencontrer Terzio et Ulia, et il avait accepté de grand cœur que je l'accompagne. Serrés l'un contre l'autre dans la chaleur de l'été, nous avancions en titubant comme deux amoureux ivres.

Tcherny m'a parlé des horreurs de la guerre et de son action auprès des soldats en proie au désespoir. C'était cela, disait-il, qui l'avait maintenu en vie. Cette immersion totale dans le combat pour les Damnés.

— Je t'ai crue morte, Garance, et c'est pourquoi, au départ, j'ai accepté de voir commuer ma peine d'exil en un envoi au front. La nouvelle de ton évasion nous est parvenue en plein cœur de l'hiver et, semaine après semaine, j'ai perdu tout espoir. Il était impossible que tu aies survécu dans des conditions aussi extrêmes, là où des hommes aguerris seraient tombés comme des mouches. Je me suis alors jeté avec rage dans le combat. Pas celui contre nos frères de Willem, mais celui contre nos chefs, contre l'empereur, contre ces maîtres qui nous envoyaient à la mort tout en continuant à danser dans leurs palais regorgeant d'or.

— Moi aussi je t'ai cru mort, Tcherny. J'ai vu ton camp de travail déserté, en ruine. J'ai pensé que vous aviez tous été décimés par la maladie, ou massacrés par les hommes de Roman.

Alors, la voix brisée par l'émotion, je lui ai raconté tout ce qui m'était arrivé depuis notre séparation, sans lui épargner la mort de notre enfant et la façon horrible dont je l'avais perdu dans la neige et la glace. Tcherny est resté longtemps silencieux. Puis j'ai vu des larmes couler sur ses joues. Il m'a enlacée tendrement.

— De telles choses n'existeront plus, a-t-il enfin repris. Nous sommes près du but. Tôt ou tard, Kornos tentera de renverser le gouvernement de Keren pour prendre sa place et restaurer l'ordre ancien. Mais il se fait des illusions. Presque tous les soldats et les marins sont derrière Ulia, maintenant. Ils n'attendent qu'un ordre de lui pour passer à l'action et réaliser enfin notre rêve à tous : tout le pouvoir aux Damnés.

Les souffrances de Tcherny, pas davantage que les miennes, n'avaient altéré cette vision du monde qui se préparait. Un monde nouveau et riant, un monde où il n'y aurait plus de larmes. Nous ne savions pas alors que… Non, nous ne savions pas. Nous ne pouvions pas savoir. Une seule chose était claire en cet instant : Ulia était là, et nous étions prêts à le suivre jusqu'au bout.

Quelques jours plus tard, nous avons appris que Kornos venait de donner raison aux craintes de Valenko. À la tête d'une armée composée de mercenaires, d'Atamans restés fidèles à un passé qui n'existait pourtant plus et d'une formation de guerriers de Mongot qu'on appelait la Division sauvage, il marchait sur Petra.

Keren était dépassé. Il se rendait enfin compte qu'il ne pouvait plus donner d'ordre à personne, que l'armée et la marine étaient acquises aux Boleshs. Ulia, en revanche, a réagi immédiatement. L'armée mise en place par Terzio s'est portée au-devant des troupes hétéroclites de Kornos. J'y ai accompagné Tcherny, armée de mon seul couteau et de mon désir d'en découdre.

Quelle étrange bataille, cependant! Pas un seul coup n'a été porté. Les Boleshs des Escadrons rouges ont utilisé leur arme favorite, la plus puissante, selon Tcherny. Le langage.

Lorsque les guerriers de Mongot et les Atamans ont vu arriver sur eux ces Damnés mal vêtus, mal chaussés, armés de bric et de broc, ils ont commencé par rire. On leur avait dit qu'ils allaient nettoyer Vermillon d'une horde de sauvages sanguinaires, et voilà qu'apparaissaient devant eux des Damnés affamés et misérables.

Puis, stupéfaits, ils se sont aperçus que les Damnés n'obéissaient plus à personne qu'à eux-mêmes, ils ont compris qu'ils se battraient jusqu'au bout pour leur propre cause, mais qu'ils ne lèveraient pas le petit doigt pour des maîtres qui les remercieraient avec des coups de fouet.

Ils ont vu des Boleshs aux pieds nus, armés de simples bâtons et d'épieux, s'approcher d'eux sans peur et leur demander pour qui ils combattaient, pour quel honneur, pour quelle terre…

— Repartez chez vous et tuez vos maîtres, leur criaient les Damnés. Vous croyez être forts parce que vous obéissez à des fantoches que vous pourriez abattre d'un seul coup de sabre. La vraie force, c'est de devenir son propre maître!

L'indécision a flotté dans les rangs ennemis. Fou de rage, un des officiers de Kornos s'est alors précipité sur un des cavaliers de Mongot et l'a frappé au visage d'un coup de fouet si violent que l'homme est tombé à terre, la joue à moitié arrachée.

L'effet a été foudroyant. Comme un seul homme, la Division sauvage s'est jetée sur l'officier et l'a roué de coups jusqu'à la mort. D'autres officiers ont tenté d'intervenir pour calmer les cavaliers, mais ils n'ont fait qu'exacerber leur colère. Une bagarre générale s'est ensuivie et la mutinerie s'est transmise aux autres régiments. Les hommes de Kornos, voyant que la situation leur échappait, ont commencé à fuir, aussitôt pris en chasse par les cavaliers de Mongot et une partie des Atamans.

Kornos s'est échappé de justesse. Ses plans ayant échoué, il s'est enfui vers le sud. Les Atamans sont repartis vers le Gift et la Division sauvage s'en est retournée vers Mongot, remplie d'idées nouvelles.

Je suis rentrée à Petra avec Tcherny. La ville était provisoirement sauvée et plusieurs de ses habitants ne savaient même pas à quoi ils avaient échappé. La nuit tombait. Nous nous sommes dirigés vers le quartier général des Boleshs, établi dans l'ancien couvent de Somolny. C'était là que devait se tenir, dès le lendemain, l'assemblée générale de tous les conseils de Damnés de Vermillon, et déjà certains délégués venus de très loin se pressaient à l'entrée pour être sûrs d'y avoir une place.

Somolny ressemblait à une ruche bourdonnante. Damnés, soldats et marins entraient et sortaient en flots compacts, s'apostrophaient, échangeaient des nouvelles. Nous avons appris que Keren avait fait détruire l'imprimerie dirigée par Djouga et bloqué les ponts de Petra afin de prévenir toute incursion massive des Damnés de Vibor dans la ville. Des camarades ont salué Tcherny et nous ont laissés pénétrer à l'intérieur.

L'ancien couvent grouillait de monde. Partout, dans les couloirs, allaient et venaient des messagers qui devaient enjamber les corps de nombreux Damnés et Damnées qui y dormaient. Soudain, Terzio a fait irruption d'une pièce où un groupe de Boleshs discutait fiévreusement. Apercevant Tcherny, il l'a aussitôt appelé avant de rentrer là d'où il était sorti.

Nous sommes entrés à sa suite. Ulia était là, entouré de ses principaux collaborateurs. J'ai fait un signe à Kollona qui, contrairement à son habitude, avait les cheveux défaits et des poches sous les yeux. Ulia avait l'air exténué, lui aussi. Aucun d'entre eux ne semblait avoir dormi ni mangé depuis des jours. Djouga, impassible, m'a jeté un regard inexpressif, puis ses yeux sont allés alternativement de Terzio à Tcherny.

— Keren vient de commettre une erreur monumentale, a déclaré Terzio. En bloquant la ville et en nous empêchant de publier nos manifestes alors qu'il a lui-même instauré la liberté d'expression, il se renie et se comporte une fois de plus comme un traître. Cette provocation nous donne donc toute légitimité pour agir : nous n'apparaîtrons plus comme des agresseurs mais comme des héros. C'est maintenant qu'il faut déclencher notre plan. Si nous laissons passer l'occasion, elle ne se représentera peut-être jamais.

Ulia a immédiatement approuvé, imité aussitôt par les autres, à l'exception de Kamen et de Zino, qui étaient pourtant des compagnons de la première heure – ce qui ne les empêchait pas d'être souvent en désaccord avec Ulia. Djouga et Dzerji leur ont jeté un regard noir mais Ulia les a simplement ignorés.

— Combien de temps te faut-il pour prendre le contrôle de la ville? a-t-il demandé à Terzio.

— Tout sera terminé avant le lever du jour, a répondu ce dernier avec aplomb.

— Parfait, a conclu Ulia. Alors, allez-y.

# VINGT-NEUF

Cette nuit-là a été l'une des plus excitantes de ma vie. Rapidement, dans les couloirs de Somolny, Terzio a tendu à Tcherny et à d'autres chefs de groupe leurs ordres de mission et il leur a brièvement expliqué ce qu'il attendait d'eux. Chaque mission était claire et précise, et le succès de l'ensemble dépendait de leur parfaite exécution. Des messagers étaient déjà partis pour demander aux régiments rebelles de se tenir prêts.

Un des plus beaux navires de guerre de Roman, l'*Aurore,* avait appareillé le matin même de l'île de la Couronne sous le commandement de mutins acquis à Ulia, et il devait se trouver en ce moment en face du palais d'hiver, où Keren s'était réfugié avec les derniers membres de son gouvernement fantôme.

La mission de Tcherny était précisément de prendre possession du palais au nom du Conseil des Damnés. Au moment de partir, Terzio s'est tourné vers moi et m'a embrassée sur les deux joues. Ses yeux étaient brillants de fièvre. Il était si pâle que j'ai cru qu'il allait s'effondrer sur le sol. Il n'avait pas dormi depuis trois jours.

Tcherny et moi nous sommes précipités à l'extérieur. Quelques éléments des Escadrons rouges attendaient à l'extérieur, tendus et nerveux, mais farouchement déterminés. Tcherny leur a tendu le document signé par Terzio et nous nous sommes mis en route sans tarder.

J'ai été stupéfaite de voir comment les choses se déroulaient. Ce n'était pas ainsi que j'imaginais une prise de pouvoir par la force. On était loin des foules immenses et grondantes qui avaient abouti à la chute de l'empereur, de ces soulèvements spontanés et bruyants qui avaient marqué les derniers mois. Les rues de Petra étaient presque calmes. À un moment, nous sommes même passés devant un théâtre où se jouait une pièce du répertoire classique. Les gens élégamment vêtus, qui attendaient à l'entrée pour la représentation du soir, nous ont regardés passer avec surprise.

Il est vrai que nous étions peu nombreux, une dizaine de Damnés tout au plus. Le gros des troupes qui devait nous épauler se trouvait déjà sur l'esplanade du palais, nous avait dit Terzio. Très vite, nous nous sommes engagés dans cette avenue que j'avais déjà remontée dans des circonstances tragiques, la première fois avec Gapon, puis avec Kollona et les Damnées en colère.

En débouchant sur la place du palais, nous sommes tombés sur une barricade qui venait d'être érigée par les Damnés. Soldats et marins attendaient, armes à la main. Un garde des Escadrons rouges nous a vus arriver avec méfiance. Tcherny lui a tendu l'ordre de mission signé par Terzio. Le garde l'a pris et l'a retourné dans tous les sens, l'a même examiné un instant à l'envers, puis il l'a rendu à Tcherny en grommelant :

— Que veux-tu que j'en fasse, je ne sais pas lire.

Un des Damnés est alors sorti des rangs et a déclaré :

— Je peux te le lire si tu veux, mais c'est inutile. C'est Terzio qui les envoie. Je connais Tcherny, j'ai été en exil avec lui.

Le garde a hoché la tête. Tcherny a remercié son ami, puis il a demandé comment le palais était défendu. Le garde a éclaté de rire.

— Des étudiants de l'académie militaire et une escouade de jeunes femmes volontaires, tout ça sous le commandement d'un vétéran unijambiste, a-t-il annoncé d'un ton railleur.

Tcherny a demandé qu'on lui passe une torche. Sur le fleuve, l'*Aurore* était là, juste en face du palais. Sur l'autre rive, la lugubre silhouette de la Mygale se détachait vaguement dans le noir. Tcherny a saisi la torche enflammée qu'un soldat lui tendait, il a grimpé sur la barricade et il l'a agitée en direction du navire.

Des marins ont répondu par un signal analogue et, quelques minutes plus tard, une violente explosion accompagnée d'un éclair fulgurant résonnait dans la nuit. Une boule de feu s'est élevée du navire, a décrit une vaste courbe dans l'espace, puis s'est abattue sur la façade du palais.

Tcherny a crié un ordre et, hurlant à pleins poumons, soldats, marins et Damnés se sont lancés à l'assaut du palais. Les portes ont été fracassées sans difficulté et les assaillants se sont rués à l'intérieur. Dans le grand hall d'entrée, de jeunes gens en armes et uniforme couraient dans tous les sens. L'un d'eux a crié en direction de l'étage supérieur :

— Monsieur, devons-nous nous battre jusqu'au dernier?

Une voix cassée a répondu, du haut d'un immense escalier :

— C'est inutile. Nous ne voulons pas d'un nouveau bain de sang. Rendez-vous.

Les jeunes combattants ont déposé leurs armes en tremblant et les Damnés s'en sont saisis.

— Est-ce que vous allez nous tuer? a demandé l'un des adolescents dont le visage était décomposé par la peur.

— Avez-vous l'intention de prendre de nouveau les armes contre le peuple de Vermillon? a répondu Tcherny.

Les jeunes hommes ont nié.

— Alors vous êtes libres.

J'avais déjà tué dans ma vie, et j'étais prête à le refaire en cas de besoin, mais j'étais soulagée de voir la manière dont Tcherny avait conduit la prise du palais sans verser une goutte de sang. Les Damnés se sont déployés dans l'immense bâtiment en quête d'autres défenseurs éventuels à désarmer, et Tcherny a gravi les escaliers à la recherche de Keren.

Tout en l'accompagnant, j'étais sidérée par le luxe qui s'étalait du sol au plafond. Roman avait littéralement vécu dans l'or, le cristal et les soieries pendant que les Damnés mouraient de faim et de froid. L'envie de mettre le feu à ce monument dédié à l'oppression me démangeait, mais je savais que Tcherny s'y opposerait. Avec raison, d'ailleurs. Ce palais était maintenant la propriété des Damnés et je n'avais pas à y toucher.

À l'étage supérieur, Tcherny a trouvé plusieurs des ministres du gouvernement déchu, qu'il a fait arrêter et conduire à la Mygale. Quant à Keren lui-même, il était introuvable. Un des serviteurs du palais nous a avoué qu'il s'était échappé quelques heures plus tôt, avec l'intention de s'enfuir à Skand.

En redescendant, nous sommes tombés sur les femmes de l'escouade qu'on appelait, je ne sais pourquoi, le bataillon de la Mort. Les Damnés les avaient trouvées dans les caves où elles s'étaient réfugiées, persuadées qu'elles allaient se faire tuer et violer par les terribles Escadrons rouges. Tcherny les a simplement fait désarmer et les a renvoyées chez elles. Enfin, Tcherny s'est assis dans un bureau vacant et a commencé à rédiger son rapport pour Terzio. Déjà des messagers arrivaient de toutes les directions, apportant des nouvelles des autres groupes. Toutes les missions avaient été couronnées de succès, sans plus de sang versé qu'au palais d'hiver, et les Escadrons rouges contrôlaient à présent tous les points névralgiques de la ville. Petra, dorénavant, appartenait aux Damnés.

Plus tard, Tcherny a fait hisser un étendard écarlate – la couleur du sang des Damnés – sur le toit du palais et nous sommes allés regarder la nuit d'un des balcons de l'étage. Des fanaux brillaient sur l'*Aurore*, où les marins se laissaient aller à leur joie, et se reflétaient dans l'eau. Les étoiles, piquées sur le ciel nocturne, semblaient leur répondre.

Puis, délaissant le ciel, Tcherny m'a prise par la taille et, sans un mot, il m'a regardée profondément dans les yeux.

— Nous avons gagné, ai-je murmuré dans un sourire rayonnant. C'est magnifique. Je crois… je crois que je suis heureuse…

— Je l'espère de tout cœur, Garance.

— Nous sommes libres, ai-je ajouté. Il n'y aura plus jamais d'oppresseurs, il n'y aura plus jamais ni prison ni exil.

— Je l'espère, a-t-il répété.

Il y avait un tremblement dans sa voix, que je ne parvenais pas à m'expliquer.

— Tu ne sembles pas y croire, ai-je dit d'un ton inquiet.

— Je le voudrais bien, a-t-il répondu. Mais j'ai peur. C'est maintenant seulement que tout va commencer. C'est maintenant seulement que tout va se jouer.

J'ai lancé mes bras autour de son cou et je l'ai embrassé à n'en plus finir pour le faire taire. Je ne voulais pas le laisser ternir ma joie. J'étais bien loin, à ce moment-là, de savoir qu'il ne lui restait que quelques mois à vivre et que notre rêve allait s'effondrer dans l'horreur. Mais comment aurais-je pu m'en douter, dans ce tourbillon de bonheur qui m'emportait?

Pourtant, la suite des événements allait tragiquement lui donner raison. Même si je ne m'en étais pas encore rendu compte, la Terreur était déjà là.

# TABLE DES MATIÈRES

100%

Ce document a été imprimé sur du papier contenant 100 %
de fibres recyclées postconsommation, certifié Écolo-Logo
et Procédé sans chlore et fabriqué à partir d'énergie biogaz.

Ce tirage aura permis, à lui seul, de sauver
l'équivalent de 69 arbres matures.